河出文庫

たんぽぽ娘

R・F・ヤング
伊藤典夫 編

河出書房新社

たんぽぽ娘　目次

たんぽぽ娘

特別急行がおくれた日

伊藤典夫 訳

蒸気をシューシューと噴きあげ、鐘をジャンジャン鳴らし、ＧＣ＆Ｗ特別急行は、４－６－４機関車のスロットルに手をおくルークを乗せて、グリーン・コーナーズ駅にすべりこんだ。いつものとおり、定刻の到着だ。

制動手のベンは列車の全長を走って、駅への引込み線をふたたび本線と接続する転轍機のレバーを入れた。そして線路のわきに立ち、発車を待ちうけた。

ルークは運転席の右側の窓から身を乗りだし、グリーン・コーナーズへ来た乗客がプラットホームに降りるのをながめた。機関助士のバックがとなりに来た。郵便係のフレッドが郵便車の扉を開け、グリーン・コーナーズ行きの郵便袋を手荷物係のジムの足もとに放り投げ、ジムのほうはウッズヴィル行きの郵便袋をフレッドに向かって押し上げた。炭水車、郵便車、客車に加え、特別急行には冷凍車と大型無蓋貨車（目下はどちらも空っぽ）と車掌車が連結されていた。

車掌のジョンは下車する乗客たちを案内している。駅舎の赤い屋根の向こうでは、小さな町の角砂糖のような家並みが、谷間の草深い緑の斜面を背にまばゆい白にかがやいている。グリーン・コーナーズに来た乗客がみんな下車すると、ジョンはウッズヴィル行きの客が乗車する手伝いをした。切符売りのレスリーが駅のドアのところに来て、ルークとバックに向かって手をふり、二人も手をふりかえした。彼女はルークに温かい笑みを投げ、ルークは顔が赤らむのをおぼえた。

「なあ、傷んだ路盤のことは報告しないのか、ルーク?　《湿り(しと)が原(はら)》で通ったところだよ」バックがきいた。

「だめだめ」とルーク。「わかってるだろう。保線の連中は、注文した新しい作業車がとどかなきゃベッドからも出てこないのさ」

バックは、ルークとおなじグループ仲間である。車掌のジョン、制動手のベン、郵便係のフレッドもおなじ仲間。ルークやバック同様、みんな線路と結婚しているのだ。G C&W鉄道と。

ウッズヴィル行きの客の最後の一団が乗りこむと、ルークはずしりと重い金の鉄道懐中時計を取りだし、時刻を見た。ついで時計をオーバーオールのポケットにもどし、鐘をとめた。「汽笛を鳴らせ、バック」とルークはいった。

バックが紐(ひも)を力いっぱい引き下ろす。じっさいのところ、汽笛を鳴らすのはルークの役目である。だが彼はとっくの昔にその仕事をバックにゆずっていた。これは石炭を積まない蒸気機関車に乗る機関助士への思いやりで、これで多少はバックの居心地もよくなるというものだ。

「出発しんこオォ――う！」と車掌のジョンが叫んだ。「出発しんこオォ――う！」ルークはブレーキをゆるめ、スロットルを一目盛り進めた。特別急行はそろそろと駅をすべりだした。制動手のベン（ときには転轍手のベンと呼んだほうがぴったりする）は車掌車が通りすぎるまで待つと、転轍機をもとの位置にもどし、車掌車を追ってとびのった。彼の姿は車内に消えた。

ルークはもうすこしスロットルを開けた。機関車はスピードを増し、あとにつづく列車はかすかにカタンカタンと音をたてはじめた。回転速度をさらに上げると、六つの動輪がレールをたたく音に聞きほれた。列車はアロウヘッド・ヒルにさしかかり、草深い緑の斜面をずっと登ったところに、彼は自分の独(ひと)り住まいである小さな家を見ることができた。ほかの乗務員仲間はオマリーおっ母(かあ)のグリーン・コーナーズ荘に下宿しているが、ルークはプライバシーを大切にしていた。また彼は切符売りのレスリーにずっと前から目をつけているので、わが家は将来への投資のようなものだった。

やがて強力な4―6―4蒸気機関車は《のこぎり尾根》のいただきへと通じる急斜面を登りはじめた。山の背に達すると、ルークは機関車のスピードが上がるままにした。右手に――あなたなら東にというだろう――むくむくした樅(もみ)の木がぎっしりと茂り、眺望をさえぎっている。というか、眺望がないという事実を隠している。機関車の左、バックのいる側からは、広々とした緑の牧草地がのぞまれ、牛がぽつんぽつんと立ち、背景には家や納屋(なや)が見えている。

車掌のジョンが乗客の改札をおえて前方へ移り、一っ話しようと機関車にやってきた。その歳で車両から車両へジャンプし、炭水車を乗り越えてきたことを考えれば、これは並々ならぬ壮挙である。だがジョンは乗客といつまでもいるのが嫌いなたちだった。彼は単純に乗客にがまんならないのである。〝ぐうたら〟すぎるというのがその理由だ。

「連中がやってることといえば」運転室にはいると、ルークとバックにはさまれて立ち、腹立たしげに口をひらいた。「グリーン・コーナーズへと行ったり来たりしているだけだ。ほかに熱中することが何かないのかい？　だいたい連中は働いてるのか？」

「なぜおれたちがそんなことを気にかけなくちゃいけないんだ？」ルークが分別を見せた。「乗ってくれる客がいるおかげでＧＣ＆Ｗはやっていけるんだろう？」

「まあ、そういう意味じゃ、いちいち気にすることはないがね」ジョンは認めた。「だけど、おれみたいに客と始終顔を合わせていると、やつらのぐうたらぶりはいいかげん鼻につくぜ。連中がやってることといえば、すわって、あんぐり口をあけて風景をながめているか、丘や樹が見えるたびにはっとするだけだものな」

「それの何が悪いんだよ？」とバック。

「いままで何百回も見てきた樹や丘を見て、口をあけたり息をのんだりするより、人間にはほかにもっとやるべきことがあるだろう。さっぱり意味がわからんぜ」

「あんたの問題はな、ジョン」とバック。「考えすぎるってことだ。毎晩自分の部屋で寝ずにいて、もう歳だ、そろそろ引退だなどとくよくよ思い悩むより、オマリーおっ母のリビングルームで仲間に合流して楽しんだほうがいいんだよ。ゆうべは夜中の十二時までピノクル三昧(ざんまい)さ」

「おれはピノクルは嫌いなんだ」とジョン。

　窓ぎわにすわり、右手をスロットルにおき、ルークは気がつくとレスリーのことを考えていた。なんとすばらしい女性だろう。なぜまだ結婚していないのか？　だがプロポーズはきっとたくさん受けているはずだ。あの波うつ茶色の髪、ブルーの瞳(ひとみ)、すらりとのびた脚(あし)、何をとっても非の打ちどころない。もしかしてレスリーは彼のプロポーズを待っているのではないか？　そう思ったとたん、胸がどきどきしはじめた。ええい！自分が勇気さえ出せれば！

　彼が物思いから抜けだすころには、ジョンは郵便係のフレッドとのおしゃべりにもどり、特別急行は《のこぎり尾根》をあとに、バッファロー・プレイリーを快調にとばしていた。右手も左手も――レールの向きが変わったので、いまは北と南だ――大地は草深い緑で、起伏のほとんどない平原である。しかし地名とはうらはらにバッファローは一頭も見あたらなかった――乳牛がいるのは例のとおり、ときたま野生の馬が見えるだけだ。

「汽笛を鳴らせ、バック」ルークは命令した。「そろそろ《地獄のカーブ》だぞ」

　バックは短く六回汽笛を鳴らした。汽笛を使うのが大好きなのだ。

近づくにつれ、ルークは機関車のスピードをゆるめた。カーブにさしかかると、運転はさらに慎重になった。左手にある緑の丘が行く手の視界をまったくさえぎってしまうので、ここは危険地帯である。それだけではない。路盤に盛り土がなされていないのだ。進むにつれて、右手は深い峡谷（きょうこく）へと落ちこんだ。脱線でもすれば乗客も乗務員も命はない。

「ルーク！　ルーク！」とバックが叫んだ。「線路に牛がいるぞ！」

ルークの油断のない目はとっくに牛を見つけていた。そいつは巨大なホルスタインで、センターレールにまたがり、近づく機関車と向きあっていた。ルークはため息をついた。ブレーキをかけるには遅すぎるが、スロットルを二目盛りほどもどせば、スピードはずいぶん落とせるはずだ。しかし牛に助かる見込みはなかった。排障器（カウキャッチャー）は牛をひっかけ、火花を派手に飛ばしながら、線路づたいに押しつづけた。とうとう牛は線路から押しだされ、断崖（だんがい）のふちで止まった。一本の足はもげ、残りの三本は宙に突き立っている。

「もうすこし勢いよくぶつかっていれば、谷底に落ちていたのになあ」バックが残念そうに声をあげた。

「そうだな」とルークはいい、こんなにあわてて減速しなくてもよかったかとすこし悔（く）やんだ。

カーブを抜けだすと、特別急行は《死者の砂漠》を北へと走りだした。路盤のどちら側にもサボテンが立っている。涸（か）れ谷は数多く、水のない池がちらほら、岩石の形成物がたくさん見える。なかのひとつはグリーン・コーナーズ・メソジスト教会の尖塔みたいな形をしていた。行く手には《ときわの森》が広がり、北、西、南の三方からウッズヴィルを区切っている。町そのものはまばらなダーク・グリーンの木立のかげに隠れていた。

「汽笛を鳴らせ、バック」ルークがいった。

汽笛のかん高い音が消えると、ルークはまた金の鉄道懐中時計を取りだした。いつものとおり、定刻だ。グリーン・コーナーズとウッズヴィルでは、住民は列車の運行に時計を合わせればよい――それくらい時間厳守なのである。じっさい人びとは列車に合わせて時計を合わせていた。そうせざるをえないのだった。彼らが暮らすこのOゲージ宇宙では、夜も昼も不定であり、変わらないのは列車の動きだけだからだ。

特別急行はほどなく《ときわの森》にはいり、やがて樹々の向こうに白い角砂糖のような家並みが見えてきた。ルークは間合いを測りながら、速度をゆるめた。制動手のベンが車掌車からとびおり、路盤を走って転轍機を切り替える。ルークはするすると駅に乗り入れ、最後に鐘をオンにすると、郵便車と客車をぴたりとプラットホームに寄せた。

ウッズヴィル駅はグリーン・コーナーズ駅と瓜二つで、ただこちらが白く、向こうが赤いだけの違いだった。ウッズヴィル行きの客は下車し、グリーン・コーナーズ行きの客が乗車する。乗客のかたまりをそれぞれ区別するのはむずかしかった。というのは、顔立ちはどれもぼやけたもやもやに過ぎず、服装はみんなおなじだったからである。男たちはダークグレイの背広と白いソンブレロ、女たちは明るい色のプリントドレスで、裁断や色もすべておなじ。一方、子どもたちは、男の子も女の子もおなじように茶のワンピースの遊び着を着、赤いニット帽をかぶっていた。

郵便係のフレッドはウッズヴィル行きの郵便袋をウッズヴィルの手荷物係ジョージの足もとに放り投げ、ジョージのほうはグリーン・コーナーズ行きの郵便袋をフレッドに向かって押し上げた。ウッズヴィルの切符売りジェーンが駅のドアのところに来て、ルークとバックに向かって手をふった。ルークの目には、彼女は美しさではレスリーに遠く及ばない。だがバックは彼女をとびきりの美女だと思っているようだし、一方、ジェーンがこのハンサムな若い機関助士に向ける温かいまなざしから見て、彼をとびきりの美男子だと思っていることも疑いなかった。

ルークは金の鉄道懐中時計をながめた。出発の時間だ。「汽笛を鳴らせ、バック」

「出発しんこオォ――う!」と車掌のジョンが声をはりあげた。「出発しんこオォ――う!」

制動手のベンはさっさともうひとつの転轍機のところに駆けより、線路を曲げている。車掌車が通りすぎると、線路を曲げもどし、列車にとびのった。このところルークはベンに動作の無頓着さを注意することが多くなっていた。ベンはすることなすこと自信過剰のところがあるので、いつミスをしでかして、線路にころがらないとも限らなかった。

そのとき何が起こるか、それはベンさえも知っていた。

《ときわの森》はしだいに樹々の数が減り、列車はひらけた土地に出た。改札を終えた車掌のジョンが、ランチボックスをぶらさげて前部にやってくると、バックも自分とルークのランチボックスを炭水車から出した。ルークは片手をスロットルにおき、片目で線路に気を配りながら、三人いっしょに昼食を取った。ジョンはピーナツバター・サンドとオレンジソーダ、バックはバナナクリーム・パイとチョコレートミルク、ルークはピザとホットココアで胃袋をみたした。

昼食がすむと、ジョンはフレッドと雑談をするため郵便車にひっこみ、バックは機関助士の席で軽く昼寝をとった。確信は持てないものの、ルークにはどうも機関車の力が弱いような気がしてならなかった。これは特別急行が《百岩尾根》へいたる斜面を登りはじめたところでしだいにはっきりしてきた。だが、ほどなく列車は丸い丘陵のいただきを走りはじめ、動力の減衰があるにしても、まったく目立たなくなった。

スプーンハンドル川にかかる構脚橋に近づくにつれ、ルークは速度をすこしゆるめた。例のとおり、彼に関心があるのは乗客の安全だけ。川の流れこむスパークリー湖が、バックのいる側の窓からのぞいている。やがて特別急行が構脚橋にさしかかると、はるか下方で川が急峻（きゅうしゅん）な岩間をくねりながら流れているのが見えてきた。西側では小峡谷はみるまに細くなり、両側の急斜面はとうとうぶつかって天然の袋小路ができていた。岩が出合うところの下には、暗い洞窟（どうくつ）がぽっかりと口をあけ、川の水がわきだしている。その洞窟については数知れぬ伝説が語られていたが、あえて立ち入ろうとする者はひとりもいなかった。いちばん有名で、ルークも信用している物語は、むかし荒くれインディアンの部族が洞窟内に住み、列車の襲撃をくりかえしていたが、ついには騎兵隊が来て掃討してしまったというものだ。

　まもなく小峡谷はうしろに去り、特別急行は《山》のふもとに通じる長くカーブした築堤を驀走(ばくそう)しはじめた。この山に名前をつけた者がいないのは、もともと名前が必要なかったからだろう。人が「山」というとき、どの山のことをいっているのかたちどころにわかるのは、ほかに山がないという単純な理由によるものだ。

　それは奇妙に荒涼とした形成物で、先ぶれとなるような丘などひとつもなしにいきなり風景のなかにそそり立っている。なるほど斜面の高みにいけば、何本かの樹々は見え、ひねこびた茂みもちらほらとある。だが、それだけ。トンネルは《山》のまん中を通っていて、内部は真夜中のようにまっ暗だ。

　車掌のジョンによれば、トンネルに近づくたびに乗客は不安そうな顔をし、突入するやいなや、おなじことを口走るという。たとえば、「おいおい、まっ暗じゃないか！」とか、「ぶるるる！——おれ恐いよ、おまえ恐くないのかい？」こうした言動はジョンには腹立たしくてならない。「あんたも思うだろう。乗客もこれだけの回数乗っていたら、トンネルなんか屁(へ)でもなくなっていいはずだ。というか、少なくとも違うことを考えたっておかしくない。ところがそうじゃないんだな——いつだっておなじ古くさいた わ言ばかりだ！」

ジョンはいろんなことに気をまわしすぎるのではないか。ときどきルークはそんな疑いにとらわれる。この老車掌だって、トンネルにはいるときには、おなじような車内放送をしているはずなのだ。「ご乗車の皆さん、ただいまからトンネルにはいります。暗くなりますが、ご心配なさらないように」とか何とか。だが、どうやらそのことは忘れてしまうらしい。しかも乗客の不安を和らげるいちばんの方法は明かりをつけることなのに、それも忘れているらしいのだ。

「汽笛を鳴らせ、バック」とルークはいった。「トンネルのなかに牛がいるかもしれんからな」

かりにトンネルのなかに牛がいたとしても、汽笛を鳴らすだけで牛をどかせるとは思えない。だが、いまここで汽笛を鳴らさなかったら、いつ鳴らすというのか? バックが短くつづけざまに汽笛を鳴らした。

一瞬のち、特別急行は《山》の漆黒の腹のなかに突入していた。

ルークは強力な前照灯をオンにした。ライトは闇のなかに白い光芒を投げ、プレス金型のレールを鈍く光らせた。レールをたたく動輪の音がトンネルの壁にあたって増幅され、絶え間ない轟音に変わると、車両のカタンカタンという音をのみこんだ。前方の線路は空っぽのように見えたが、ルークはふたたびバックに汽笛を鳴らすよう命じた。あとにつづいた一連の絶叫は《山》をその土台から浮きあがらせるほどのもので、ルークはまたぞろジョンの説教を聞かされる羽目になるのかと覚悟した。汽笛なんぞ不必要、神経にさわることとおびただしいという小言は毎度のことだった。車掌としてそんなものを鳴らす行為を大目に見るわけにはいかないし、こっちを困らせるためにやっているのではないかと信じたくなるぞ。ルークは笑いをこらえながら、ひと言も返さなかった。

やがて前方に昼の光が見分けられるようになり、ルークは前照灯を消した。だが機関車の速度は上げなかった。というのは、トンネルを出たところに《湿り が原》があるからで、ちょうどそのあたりの路盤が傷んでいるのである。かわりにスロットルを一目盛りもどしたが、その必要があったかどうか、どのみち機関車はひとりでに速度を落としていた。

その段にいたっても、彼はパワー不足と路盤の傷みをすぐには関連づけて考えなかった。トンネルを出たところで、線路の切れめを見つけ、ようやく真相に思い当たった。彼は機関車にブレーキをかけた。渾身（こんしん）の力をこめてブレーキを引いた。機関車は車輪をギシギシいわせながらゆっくりと停止した。分離した箇所まであといくらもないところだ。

「どうして停（と）まったんだ？」とバックが声をかけた。

ルークは尻ポケットからGC＆W鉄道の大きな赤いバンダナを引っぱりだし、顔をふいた。ついで運転席の横から身をのりだし、線路の先を指さした。「そいつが理由さ」

バックは自分の側から首をだした。「こりゃあ、まあ！」

ブレーキをロックすると、ルークは機関車から降り、路盤を歩きだした。バックが追いついた。路盤の南側は《湿りが原》の名で知られる低い平野、北側は割り材フェンスでかこった広い牧草地となっている。前方には給水塔が見える。線路はそのかなたで長いカーブを描き、グリーン・コーナーズ谷へと向かっていた。

どうしたものか、ＧＣ＆Ｗの《湿りが原》区間はほかよりも振動に弱く、その結果、路盤のバラストはならされて、特別急行が通過するたびに線路が上がったり下がったりするようになっていた。当然レールの接続部には、前後に引っぱる力がかかる。どうやら前回通過したとき、線路はほとんど切り離され、今回トンネルを抜けて接近する途中、生みだされたかすかな振動が最後の仕上げをしてしまったらしい。

切れめに来ると、ルークは熟練した目で線路を調べた。ひどい有り様だった。ピンがきれいに浮いていた。

もっとよく見ようと、ルークは線路のそばに膝をついた。「どうしたらいい、ルーク？」とバックが心細げにきいた。「乗客をグリーン・コーナーズまで歩かせるわけにゃいかないし、保線の連中は新しい作業車が来なけりゃ動かない。どうする？」

ルークはぴんと身を起こした。「おれたちで修理するさ。トンネルへもどって、フレッドとベンを呼ぶんだ。それからジョンにいってくれ。何も心配する必要はないから、明かりをつけて乗客を落ち着かせろと。おれはここで待ってる」

バックは弾丸のように飛びだし、一瞬のちトンネルのなかへ消えた。ルークはこの合間を利用して、状況を全体から見なおし、バックがフレッドとベンを連れてもどるころには、この才気にみちた若いエンジニアは修理方法と手順をきっちり頭のなかにまとめていた。

ルークの号令で三人の男は、近くのフェンスからてこに使う割り材を一本ずつ取ってきた。ルークも補強材に使おうと一本取った。「さて」とルーク。「三人とも切れめに向かって立ってくれ。線路の両側にひとりずつ、もうひとりはまん中だ。まん中に誰が立つにしろ、そいつはセンターレールをまたいで、両足をしっかり枕木のあいだに置いてくれ。いいか、くれぐれも注意しろよ！　ようし、位置につけ」

ルークのことばに従い、バックとフレッドは線路の両側につき、ベンは絶縁されたセンターレールをまたぎ、両足を枕木のあいだに置いた。

「さて」とルーク。「各自、引っこ抜けた箇所近くの金属枕木の下にてこをさしこんでくれ。おれのかけ声と同時にてこをこじあげて、前へ押すんだ――ただ、あまり大きく動かしてはだめだぞ。反対側が抜けてしまうからな」ルークは膝をつき、補強材を切れめに直角に置いた。「用意できたか？……よし、行けぇ！」

バック、ベン、フレッドはこじあげて押した。同時にルークも押しこんだ。三本の浮いたピンは、となりのガラレールにまるでピストンのようになめらかにすべりこんだ。線路がまた落ちこみそうになると、ルークの補強材がたわみを食いとめた。

四人の鉄道マンはGC＆Wの赤いバンダナをオーバーオールのポケットから引っぱりだし、ひたいをぬぐった。「お見事、ルーク」とバックが感嘆の声をあげた。

「新しい作業車が来るまで、これでもつ」ルークはそういって立ちあがった。「あとは保線員の仕事だ」

ベンがあくびをした。「おれは車掌車にもどるよ」てこをわきに放り、線路から出ようとしている。

「ベン、危ない！」とルークが叫んだ。

無頓着な制動手は通電中のレールに乗っていたが、うわの空で片足を出し、走行レールを踏み段にわきの路盤に降りようとしていた。ルークの叫びに、ベンは宙に浮いた足を止めようとした……が、遅すぎた。

愕然（がくぜん）とする同僚たちの目のまえで、ベンは十六ボルトの電流に感電し、その体は板のようにつっぱった。GC＆W鉄道のキャップを貫通して、頭から火花が飛んだ。顔が青くなり、ついで黒ずんだ。最後にのけぞると、背中からばたんと倒れ、ショートした二本のレールにはさまれるように収まった。

「ベンにさわるな！」とルークがどなった。

さわりかけていたフレッドは、あわててとびさがった。「大変なことになっちまったな、ベン」とフレッド。「かわいそうに、よき相棒よ。いままで誰ひとり傷つけずに生きてきたってのに！」

「くそったれの第三レールめ！」バックが悪態をついた。「どうしてこんなところにならなきゃいけないんだ？」

ふたたびルークが指揮をとった。彼の指示のもと、バックとフレッドは間に合わせのてこを使って不運なベンをレールからひきはがすと、遺骸を列車に運び、車掌車に安置した。ややあってフレッドは郵便車へ帰り、ルークとバックは悲しみにくれたまま機関車にもどり、運転席にのぼった。ルークはブレーキをゆるめ、スロットルを前に押した。

「汽笛を鳴らしてくれ、バック」

バックは荒々しく紐を引き下ろした。

特別急行は三十五O（オー）ゲージ秒*遅れでグリーン・コーナーズ駅にはいった。グリーン・コーナーズ行きの客は降りたが、ウッズヴィル行きの客は乗ってこなかった。路線が閉鎖されそうなときには、どういうわけか噂（うわさ）は早く広がるものだ。

まもなく闇が訪れる。

ルークはバックとフレッドにおやすみをいうと、またしてもジョンがはじめたトンネル内で汽笛を鳴らすことの非についてのお説教に耐え、老車掌におやすみをいい、夕食をとるため駅の小さな簡易食堂に立ち寄った。メニューをためつすがめつしたのち、彼はアップルパイ・アラモードとルートビアに決めた。レスリーは空いた時間を利用して

*原註　二十八分（¼インチ・スケールで計算。1¼秒が1分に相当する）。

簡易食堂に勤めているので、調理をすべて受け持ち、ウェイトレスもかねている。彼女はルークに温かい笑みを投げ、味はどうかとたずねた。レスリーのパイづくりの腕は絶品だ。皮はやわらかく、口にはいればとろけてくる。ええい！　彼女、きっとすばらしい奥さんになるぜ！　いまここで打ち明けてしまおうかとも考えたが、どうしても勇気が出なかった。それにどう見ても簡易食堂は、好きな女性へのプロポーズにふさわしい場所ではない。というわけで、パイとルートビアの食事をすませると、彼女におやすみをいい、家路についた。

　丘を半分ほど登ったところで、ふとベンの死のことを思いだした。だが歩調はゆるめなかった。彼は知っていたからだ。明日にはまた、今日とおなじように制動手のベンが特別急行に乗っていて、ルークも含め、誰ひとりそれを不思議に思わないことを……また車掌車にある遺体は、いままでその種の不愉快な出来事がすべてそうだったように、夜のうちに忽然と消えてしまうことを。

　昼の光が消えた。ルークは残りの道のりを手探りで登り、こぢんまりしたわが家に着くと、なかにはいった。明かりはとっくについていた。大きな安楽椅子のまえにコーヒーテーブルを引き寄せ、椅子にかけ、独りトランプの札を配った。小さなリビングルームの窓のそとから、巨大な目がのぞきこんでいるのに気づいたにしても、そんなそぶりはすこしも見せなかった。ひょっとしたら、彼は別のルークの存在を知っているのかもしれない。もうひとりの自分――ＧＣ＆Ｗ鉄道を所有し、レールの上に牛を置いたり、その他いろんないたずらをして、機関車乗務員の日常を興味深いものにしているでっかい小人――この小さな巨人の暮らしをのぞき見するのが大好きな超巨大ルークの存在を……。さらに、多少疑問の余地はあるものの、小さな巨人ルークがこの現実の構造さえ見通している可能性もある。すなわち、現実は数知れぬ階層から成っていて、あるひとつのレベルでのその様相は、カメラの性能と同時にレンズの角度によっても左右されてしまうということを。

彼の思いはレスリーのことにもどった。ええい！　なんてかわいいんだろう、あのレスリーという娘！　いつかは彼も頭だけで考えるのはやめ、堂々と名乗りでて彼女にプロポーズしよう。だが、そんな日が決して来ないことも彼は知っていた。

河を下る旅

伊藤典夫 訳

この河はおれの独り占めか。そう思いはじめたとき、ファレルは女の姿に気づいた。河下りはもう二日近くつづいていた——といっても、河の時間で二日である。たしかめるすべはないものの、河時間が現実の時間とほとんど関わりないことは納得していた。ここにも昼と夜はあり、夜明けと夜明けのあいだに二十四時間が過ぎる。だが、かつて知っていた時間といま流れている時間とのあいだには、いわく言いがたい違いがあるようなのだ。

女は水辺に立ち、ちっぽけなハンカチをひらつかせていた。筏を岸に寄せてくれといっているのだろう。指示されるまま、彼は棹を突いてゆるやかな流れから抜けだすと、浅瀬に乗り入れた。岸まで数ヤードのところで、筏が河底にぶつかった。棹に体重をかけて筏を止め、問いかけるように女を見た。女が若くてきれいなのに驚いたが、ここは驚くところではないだろうと思い直した。女を創造したのが自分だとすれば、目を楽しませるように創るのは当然のことだ。逆に自分の創造物でないとすれば、彼が三十を過ぎたというだけで、もはや生きていたくないために、三十過ぎの別の人間を登場させるというのは不合理である。女の髪は、いま彼女にあたっている昼下がりの日ざしよりほんのすこし暗いだけで、それをたいへん短くカットしていた。そばかすが彼女のデリケートな鼻梁(びりょう)のあたりに軽くふりまかれている。体つきはすらりとして、どちらかといえば背は高かった。目は青い。

「わたしも乗せてもらえるかしら?」数ヤードの水をへだてて、女が声をかけた。「わたしのは夜中にこわれて流されちゃったの。明け方から歩きっぱなし」

女の黄色いドレスには十カ所あまりで破れ目ができ、足をつつむ細身の上ばきはすでに復元可能の一線を超えていた。「どうぞ」と彼はいった。「すまないが、水にはいって乗ってくれ。これ以上は近づけないんだ」

「平気よ」

水は女の膝(ひざ)の高さまで来た。手を貸して女を引っぱりあげる。そして河底を棹で強くひと突きすると、筏をまた流れにもどした。以前は髪を長く伸ばしていたのか、女は頭をふった。短くしたことを忘れ、風にあてたように見えた。「わたし、ジル・ニコルズ。どうでもいいことだけど」

「クリフォードだ」とファレルはいった。「クリフォード・ファレル」

女は筏にすわり、靴とストッキングを脱いだ。ファレルも棹をわきに置き、何フィートか離れて腰を下ろした。「旅をしているのは自分だけかと思いはじめていたところだったよ」

風はおだやかだが、休みなく上流に向かって吹いていて、髪を後ろになびかせようとでもしているように、彼女は向かい風に顔をさらした。風は精いっぱいがんばっているが、彼女の白いひたいを縁どる短い巻き毛をなぶる程度のことしかできていない。「わたしも独りぼっちだと思っていた」

「さっきまで、河はぼくの想像の産物だと思っていた。だけど、いまはそうじゃないとわかった——きみがぼくの想像の産物じゃなければ、だけどね」

彼女は横目をつかってほほえんだ。「それはいわないの。こっちだって、あなたを想像の産物だと思ったんだから」

彼は笑みを返した。この何年かではじめての微笑だった。「たぶんこの河は、ぼくら二人の想像力が生んだ寓意的な存在なんだ。きみのほうも考えていたんだろ、こんなふうになるんじゃないかって。つまりさ、暗い茶色の河を流れにまかせて下っていて、どっちの岸にも樹が茂っていて、見上げれば青空がある。そうだろう?」

「そうよ。時が来たら、こんなふうになるんじゃないかと思っていたわ」

彼の心にひとつの思いがひらめいた。「ぼくは進んでここへ来たから、きみもそうだと思って疑わなかったんだけど、ほんとかい?」

「そうよ」

「もしかしたら二人の人間が抽象的な観念を思い描こうとして、そのときおなじ寓意を使うと、その寓意がじっさいの風景として現われるんだ。たぶん長い時代にわたたって、意識することもないままに、人間はこの河を存在させていたんだろうね」

「そして時が来たら、その河に自分を浮かべるというわけ？　だけど、どこにある河なの？　ここがまだ地球だとは思えないんだけど」

　彼は肩をすくめた。「さあ、どうかな。おそらく現実には人間が知らない無数の相があるんだ。いまぼくらがいるのも、そういう相のひとつだろうね……河に来て、どれくらいなの？」

「二日とちょっとぐらい。今日は歩かなければいけなかったから、時間はよくわからないけど」

「ぼくはそろそろ丸二日だ」とファレル。

「わたしのほうが先にじ――先に河に来たようね」彼女はストッキングをしぼり、筏の上に広げた。ずぶ濡れの上ばきもそのわきに置き、脱いだものをしばらくながめていた。

「変ねえ、この段になって物を干すなんて。靴やストッキングが濡れていたって、それがどうだっていうの？」

「ぼくらはきっと習慣の生き物なんだ。最後の最後までね。ゆうべ泊まった宿では、ひげを剃ったよ。電気カミソリがあったのはたしかだけど、どうしてわざわざ剃る気になったかだ」

　彼女は苦い笑みをうかべた。「ゆうべ泊まった宿では、わたし、お風呂にはいった。髪を結いあげようとして、なにやってるのわたしって思ったわ。そう見えるでしょう？」

そのように見えたが、それはいわなかった。だが大っぴらに否定したわけでもなかった。どうしたものか他愛のない会話はそぐわなく思えた。筏はいま小さな島のそばを通りすぎてゆく。河にはそんな小島がたくさんあった。砂と石ころがこぢんまりと堆積(たいせき)しただけの殺風景な島だが、それにしてはどの島にも最小限一本の樹が生えていた。彼は女を見やった。彼女にも島が見えているのだろうか？　見ていることは眼差しからわかった。

それでも彼はまだ納得しきれずにいた。二人の人間が――それも、おたがい見ず知らずの二人が、死にゆくプロセスを寓意的なまぼろしに変えたのみならず、そのまぼろしを通常の現実と見分けのつかないほど強固に造りあげてしまうとは……なおさら信じがたいのは、おなじ二人が当のまぼろしのなかに踏みこみ、そこではじめて出会ったことである。

何もかもが変だった。体はここにある。息をし、ものを見、喜びや苦悩を味わっている。しかし息をし、ものを見、味わいながらも、自分がこの河にいるのでないことはわかっていた。自分はこの河にいるはずがない。なぜなら現実のもうひとつの相――ほんとうの相においては、彼はガレージのなかで自分の車の運転席にすわり、ガレージのドアを締め切り、エンジンをかけっぱなしにしているからだ。

にもかかわらず、どうしたものか、奥底知れないどこかの相において、彼は河にいるのだった。作ったおぼえも買ったおぼえもなく、存在すら知らなかった筏に乗り、すでに二日近くその河を下っている。いや、それとも二時間か？　二分か？　二秒か？

　彼にはわからなかった。はっきりしているのは、河にいると知ってから、主観的時間にして少なくとも四十八時間近く過ぎていることだけ。そのうちの半分は河の上で過ごし、あとの半分は二つの無人の宿に泊まっている。ひとつの宿は一日めの夕方、河岸で行きあたったものであり、もうひとつは二日めの日暮れに河岸で見つけた。

　これもまた河の不思議のひとつだった。夜間この河を下ることは不可能なのだ。光がないせいではなく（光がないのもたしかに危険だが）、気鬱さがとつぜんふくれあがるのである。先に立つのは恐怖で、ほかにこの否応ない旅を早くきりあげて休息したい、心の平安を見つけたいという抑えがたい欲求もあり、それらをつきまぜたような感情だった。しかし、なぜ心の平安なのか？　ふと疑問がわいた。河が運んでゆく先にあるのは平安ではなかったか？　ただひとつの真の平安は忘却の平安ではないか？　ここまで来れば、それくらいのわかりきった事実はみとめていいはずだ。

「暗くなってきた」とジルがいった。「もうすこし行けば宿があるはずよ」靴とストッキングが乾いたので、彼女はどちらもはきなおしていた。

「じゃ、目をこらしていよう。きみは右の土手を見ていろ、ぼくは左側を見る」

　宿は右側の土手にあり、水辺とほとんどおなじ高さの土地に建っていた。低い桟橋が流れのなかに十フィートあまり突きでているので、ファレルはもやい綱で筏をつなぎとめ、頑丈な厚板にとびのると、手を貸してジルを引っぱりあげた。見たかぎりでは、宿は――少なくとも外側は――いままで泊まった二軒の宿とさして違いはなかった。三階建ての角ばった建物で、居並ぶ窓がせまりくる闇のなかで暖かい黄金の四角い光を投げている。内部もいままでの宿とそっくりだったが、二、三つけ加えられたり、取り除かれたりしているところがあった。それらはジルの仕事だろう――彼女もここの創造に加わったにちがいないからだ。こぢんまりしたロビーがあり、バーがあり、広い食堂があった。つややかな楓材の階段がカーブを描きながら、二階、さらには三階へと延び、電気による照明がローソクやカンテラなどの形を借りて、いたるところで灯っていた。

ファレルは食堂を見わたした。「どうもぼくらはアメリカ・コロニアル様式につきまとわれているようだね」

ジルは笑った。「わたしたち似たところがあるみたいね」

彼は遠い隅で明るい光を放っているジュークボックスを指さした。「そのうちのひとりはちょっと混乱しているかな。ジュークボックスはアメリカ・コロニアル様式にはそぐわない」

「犯人はどうやらわたしね。ゆうべ泊まったところにもあったし、おとといの晩泊まったところにもあったもの」

「どうやらこの宿は、ぼくらがいなくなると消えるみたいだね。何にしても、きみの宿は見あたらないから……まだ納得がいかないんだ。この全体をひと括りにしているのは、ぼくらの力だけなのかどうかということがさ。もしかして、ぼくらがし――ぼくらが行ってしまうと、この全体が消えてしまうのかもしれない。もちろん、この宿に客体性があって、消えることができるとすればだけどね」

ジルが食堂にあるテーブルのひとつを指さした。純白のリネンのテーブルクロスがかかり、二人分の席が用意されている。それぞれの席の前には、本物のローソクが――といっても、この仮象の土地で、物体がどれほど本物といえるか疑問はあるが――銀の燭(しょく)台(だい)に灯っていた。「夕食に何が出るか、どうしても気をまわしてしまうわ」

「そのときいちばん食べたいと思ったものが出るんだろうね。ゆうべは無性に南部風フライドチキンを食べたいと思ってたんだ。テーブルにつくと、ちゃんと南部風フライドチキンが用意されていたよ」

「そんな奇跡を平然と受け入れてしまうなんて、おかしいわね」とジル。ややあって、

「わたし、ちょっとさっぱりしてきます」

「こっちもそうしよう」

二人は廊下をへだてて向かいあう部屋を選んだ。先に階下におりたのはファレルで、彼は食堂でジルを待った。二人が留守のうちに、蓋(ふた)をかぶせた二つの大きなトレイと銀のコーヒーセットがリネンのテーブルクロスの上に出現していた。どういう仕掛けなのか、それは彼の能力で測り知れるところではなかったし、彼自身深くは考えなかった。熱いシャワーですっかりくつろぎ、夢のなかにあるような満足感が全身に満ち満ちていた。食欲さえあった。もっともそれは、彼がまもなく空腹をいやす食事とおなじように

現実ではないのだろうが……。それはいい。となりのバーにはいると、ビールの小瓶を取りだし、味わいながら飲んだ。ビールは冷たく、喉にしみ、飲み心地満点だった。食堂へもどると、ジルが階段をおり、ロビーの入口で待っていた。破れたドレスはできるかぎり繕い、靴の汚れも落としている。うっすらと口紅を引き、頬にも軽く紅をさしている。あらためて面と向かうと、ジルは目を見はるほど美しかった。

二人がテーブルにつくと、明かりが落ち、ジュークボックスから曲が流れだした。蓋をかぶせたトレイと銀のコーヒーセットに加えて、魔法のテーブルクロスはよだれの垂れそうな前菜を実体化させていた。二人はローソクの光のもとでラディッシュをかじり、細切りニンジンを味わった。ジルがきゃしゃな青いカップに熱いコーヒーを注ぎ、砂糖とクリームを足した。ジルはスイートポテトと焼いたバージニアハムを〝オーダー〟し、彼のほうはステーキとフライドポテトを〝オーダー〟した。食事の最中、ジュークボックスはこのほのかな部屋のなかで低くビートを打ち、ローソクの炎は目に見えぬ壁のひび割れから吹きこむ隙間風にちらついた。食事が終わると、ファレルはバーに行き、シャンパンのボトルと二つのグラスを持ってもどった。シャンパンを注ぎおえると、自分のグラスを彼女のそれに軽くあてた。「ぼくらがはじめて会った日に」と彼はいい、二人でシャンパンを飲んだ。

そのあと二人はがらんとしたダンスフロアで踊った。彼の腕のなか、ジルは夏の風だった。「きみはプロのダンサーなのかい?」と彼はきいた。

「以前はね」

彼はことばに詰まった。音楽は夢のようで、現実感がなかった。広い食堂は柔らかな照明と淡い影に満ちている。「ぼくは絵描きだったんだ」やがて彼はつづけた。「買う人間もいないくせに、希望のかけらと夢の形骸にすがりついて描きつづけるってタイプさ。絵を描きはじめたころ、ぼくは自分が気高い意味のある仕事をしていると思っていた。だけど、そんな小学生みたいな信念は永遠につづくものじゃない。とうとう最後にぼくは現実を直視し、受け入れることにした。ぼくが描いた絵は、マッシュポテトの一盛りにもあたらないってね。だけど、それが河を下っている理由じゃないんだ」

「わたしはナイトクラブで踊っていたの」とジルはいった。「お上品なダンスじゃないけど、ストリッパーじゃなかった」

「結婚はしてる？」

「いいえ。あなたは？」

「絵を描くことと結婚していたようなものさ。このところ別居状態だけどね。いまはグリーティング・カードをデザインする会社に勤めているよ」

「おかしいわね、こんなふうになるなんて思ってもいなかった。つまり、死ぬということ。ひとりで河に出るんだといつも思っていたわ」

「ぼくだってそうさ」とファレルはいい、ややあって、「きみはどこに住んでいたんだ、ジル？」

「ラピッズ・シティよ」

「おいおい、ぼくもそこに住んでたんだぜ。もしかしたら、このおかしな土地で出会ったのも、それと関係あるのかもしれない。き、きみをもっと早く知っていたらよかったと思うよ」

「もう知りあっているじゃない」

「うん。会うことなく終わってしまうよりましか」

すこしのあいだ二人は黙りこくって踊った。宿は二人を夢のように囲いこんでいる。おもてでは、あるはずのない星空のもと、河は暗く流れ、闇のなかに広がっている。やがて二人の踊っていたワルツが終わると、ジルがいった。「今日はこれくらいでおひらきにしない？」

「うん。この辺が切り上げどきだね」ファレルは彼女の目を見つめた。そして、「夜明けには目をさますよ――わかってるんだ。きみは？」

彼女はうなずいた。「それもこの世界のあり方ね――夜明けに目がさめることが。そして、滝の音に耳を澄ますことが」

彼はジルにキスした。彼女はつかのま立ちつくし、ついで身をひいた。「おやすみなさい」そういうと、早足で食堂を出ていった。

「おやすみ」彼は後ろ姿に声をかけた。

そのまま彼は急にがらんとした食堂にしばらくたたずんだ。彼女が行ってしまったので、ジュークボックスは止まり、照明は明るくなり、冷たい色調を帯びた。河の音が聞こえた。河は千と一つの悲しげな思いをささやいている。彼の頭にうかんだ思いもあれば、ジルの思いもあった。

ようやく部屋を出ると、階段をのぼった。ジルの部屋のまえに来て、足を止めた。手を上げ、こぶしをドアに向けた。扉の向こう側では彼女の動く気配がしている。はだしの足がフロアを踏む音、就寝のためドレスを脱ぐ気配。やがてかすかにシーツのこすれる音とスプリングのくぐもったきしり。そしてこうした物音すべての背景に、河の低い悲しげな流れの音がひびいているのだった。

やがて手を下ろすと、きびすを返して廊下を横切り、自分の部屋にはいった。彼はドアをしっかりと閉じた。愛と死は手を取りあうことができても、色恋と死出の旅とはそうもいかないらしい。

眠っているうちに河の音はさらに大きくなり、朝には耳もとでひびく絶え間ないさざめきとなった。朝食は卵、ベーコン、トースト、コーヒーで、目に見えぬ幽霊たちがこれを供し、夜明けの薄明かりのなかで二人はあいまいな会話を交わした。日の出とともに彼はジルと筏で乗りだし、間もなく宿はうしろに遠ざかった。

正午すこし過ぎて、二人の耳に瀑布(ばくふ)の轟(とどろ)きが聞こえてきた。

はじめは柔らかなどよめきだったが、音量は刻一刻と上がり、河幅は狭くなって、荒涼とした灰色の断崖(だんがい)のあいだを流れはじめた。ジルがファレルに身を寄せてきたので、ファレルは彼女の手をとった。早瀬は二人のまわりで荒れくるい、ときどき突発的に冷えきった飛沫を二人に浴びせかけた。筏は右に左にかたむき、流れのゆさぶるままになっている。だが転覆はせず、その心配もなかった。なぜなら死を表象するのは瀑布であって、急流ではないからだ。

ファレルの目はしょっちゅうジルのところにとんだ。彼女は急流などには目もくれず、ひたと前方を見すえている。まるで自分とファレルと筏のほかには何も存在しないかのようだ。死がこんなにも早く到来するとは彼は思ってもいなかった。ジルと出会ったからには、人生はこの先も途切れなくつづくものと思っていたのだ。だが、二人がどうしたものか作りだしたこのふしぎな土地は、二人を滅ぼす以外の機能は持っていないようなのだ。

しかし、終わりは彼が望んでいたことではなかったか？　このふしぎな土地でのふしぎな出会いぐらいで、それが変わるはずがない。それはジルにしたっておなじことだ。ひとつの疑問がひらめき、彼は急流の騒音と滝の咆哮に逆らって声をあげると、こう問いかけた。「きみは何を使ったんだ、ジル？」

「ガスよ」と彼女は答えた。「あなたは？」

「一酸化炭素」

それきり会話はとだえた。

午後も遅くなって、河幅はふたたび広がり、両側の崖はしだいに遠ざかって、ゆるやかに起伏する土手に席をゆずった。土手のかなたにはおぼろにかすんだ丘陵が見え、空はいっそう青みを帯びたように見えた。滝の轟きは耳を聾（ろう）せんばかりになったが、滝そのものはどうやらまだずいぶん下流にあるようだ。今日は最終日ではないのかもしれない。

その通りだった。宿が目にはいり、ファレルはすぐそれに気づいた。宿は左岸にあり、日が沈むすこし前になって現われた。流れはいまでは速く、勢いもたいへん強いので、力を合わせてようやく筏を小さな桟橋につなぎとめた。荒い息をしながら、全身濡れそぼち、たがいにしがみついたまま息をととのえた。そして二人は宿にはいった。

暖気が出迎え、二人はありがたく身をひたした。二階の部屋をそれぞれ選ぶと、服を乾かして見苦しくない程度に身仕度をととのえ、夕食をとりに食堂へ下りた。ジルはローストビーフ・ディナーをとり、ファレルはポテトのグラタンとポークチョップにした。こんなにおいしい食事にありついたのは生まれてはじめてで、一口一口を味わいつくした。ああ、生きていることはなんとすばらしいものか！

思いに愕然（がくぜん）として、彼はからっぽになった皿を見つめた。生きていることはすばらしいって？　それなのに、なぜ自分はエンジンかけっぱなしの自動車のなかで、ガレージのドアを閉めきり、死を待っているのか？　いったいこの河で何をしている？　ジルの顔にも戸惑いが見てとれ、世界の様相が彼女にとっても一変したのはわかった。ファレルの新しい人生観が大きく彼女の影響を受けているように、ジルのそれも彼にずいぶん影響されているのだ。

「きみはなぜやったんだ、ジル?」と彼はきいた。「なぜだ?」

彼女は目をそらせた。「ナイトクラブで踊っていた話はしたわね。品のいいダンスとはいえなかったけど、ストリッパーじゃなかったって——ことばの厳密な意味ではね。もっとえげつなく踊ることはできたけど、あのままでも充分えげつなくて、自分のなかにあると思っていなかったものを目覚めさせてしまったわけ。何にしても、ある晩わたし逃げだして、そんなに日がたたないうちに修道院にはいったわ」

彼女はしばらく沈黙し、ファレルも無言を通した。やがて口をひらいた彼女は、ファレルを見つめた。「変ね、人間の髪って——それがつまり、何の代わりをするかということ。わたしは髪を長く伸ばしていたんだけど、これがわたしの踊りのいちばん肝心なところだったみたい。たったひとつのお上品なところ。というのは、はだかを隠してくれるから。何が起こっているのかわからないうちに、わたしにとって、それは残ったわずかな奥ゆかしさを象徴するものになっていたの。でも真実に気づいたのは、手遅れになってしまってから。髪を伸ばしているかぎりは自分を許すことができた。髪を切ったわたしは、生きている資格のない女にしか思えなかった。それで——それでまた逃げだして——こんどはラピッズ・シティへ来たの。デパートに職を見つけると、小さなアパートを借りたわ。だけど、まともな職業だけでは足りなかった——それ以上のものがほしかった。そのうち冬が来て、流感で寝こんじゃったの。こういうときは、わかるでしょ、精神的に弱ってしまうのね。そのあと、どれくらい落ちこんでしまうか。わたし――わたしって――」

彼女は両手を見下ろした。テーブルにのった手はほっそりして、ひどく白かった。悲しげな河音は部屋に満ちわたり、ジュークボックスの低いビートを圧倒している。二種類の音の背景をなしているのは、滝の轟きだ。

ファレルは自分の両手を見下ろした。「ぼくのほうも病気だったと思う。そうに決まってる。空しかった。うんざりしてた。真底うんざりするというのがどういうことかわかるかい？　大きな空虚がぽっかりあいて、どこへ行くにもつきまとい、自分を食い荒らしてゆくんだ。灰色の大波みたいに幾度も押し寄せ、呑みこまれてしまう。息もできない。好きな仕事をあきらめたのは、河を下っていることと関係ないと前にいったね。たしかに関係ない――まあ、直接にはだけどね。空しさは、要するに反動だったんだ。何もかもが意味をなくしていた。クリスマスが来るのを一生待って、やっとクリスマスの朝が来て目がさめると、からっぽのストッキングがあったようなものさ。ストッキングのなかに、何でもいい――何かはいってさえすれば、ぼくは大丈夫だったと思う。だが何もなかった。まったくからっぽだった。悪いのは自分だったということが、いまになるとわかる。クリスマス・ストッキングに何かがはいっているのを見つける唯一の方法は、前の晩にあらかじめ何かを入れておくことであって、まわりを見たら空虚しかなかったということは、鏡のなかのぼく自身がそう見えたということさ。だけど、あのころはそこまで気づかなかった」彼は顔を上げ、テーブルをへだててジルの目を見つめた。「おたがいに出会って、生きていこうと決心するために、なぜ死ななきゃいけないんだ？　どうしてほかの人たちみたいな出会いができなかったんだろう？——夏の公園とか、静かな街角とかで。どうして河で出会わなくてはいけなかったんだ、ジル？　なぜだ？」

立ちあがった彼女は、泣いていた。「踊りましょう。夜が明けるまで」

二人は人けのないフロアをさまよい、音楽は二人の周囲に立ちのぼり、二人を腕のなかにかき寄せた。悲しい曲、楽しい曲、心にしみいる曲——すべて二人のどちらかが、置き去りにしてきた人生のなかで覚えていた曲の数々。「これ卒業ダンスパーティのときの曲」とジル。しばらくのちファレルがいった。「いま踊っているのは、ぼくがまだ子どもで、自分が恋をしてると思っていた時分の曲さ」「それで恋だったの？」ジルはそういって、やさしく見つめた。「違っていたよ、そのときはね。それからずっと恋なんかしていない——いまを別にすればね」「わたしもあなたを愛してる」とジルはいい、曲はもっと柔らかい旋律となって、長いあいだ時は存在しなくなった。

夜明けが近づくころ、彼女がいった。「河が呼んでいるのが聞こえる。あなたは？」

「うん、聞こえる」

彼は呼びかけに逆らおうと努め、彼女もそうした。だが無駄な努力だった。二人は夜明けの光のなかで踊る自分たちの幽霊をあとに残し、桟橋に出ると、筏に乗り、岸を離れた。貪欲な流れに筏が捕まると、滝の轟きは勝ち誇ったような調子をおびた。行く手、昇る太陽の弱い光のなかで、霧が谷間の空に高くかかっている。

二人は筏の上で身を寄せ、たがいにしがみついていた。咆哮はいまや二人が呼吸する空気の一部となり、霧は二人を包みこんでいた。霧の向こうにおぼろな形が現われた。別の筏か？　とファレルは疑問に思った。たちこめる蒸気のかなたを透かし見ると、小さな樹々、砂だらけの岸が見えた。島だ……

そこでとつぜん、河にちらばる島が何を表わしているか理解した。彼もジルも本音のところでは死にたくなかった。そのため二人が共同で創りあげ、飛びこんだ寓意世界には抜け道もできていた。結局、帰る道はあるのかもしれない。

とっさに立ちあがると、棹をつかみ、筏の向きを変えはじめた。「手伝ってくれ、ジル！」と叫んだ。「最後のチャンスだぞ」

彼女もまた島を見て、その重要性を見抜いたにちがいない。彼女も加わり、二人はいっしょに棹をさした。流れはいまや全能で、早瀬は荒れくるっていた。筏は揺すられ、投げだされ、水をかぶった。島は霧の向こうでしだいに大きくなってくる。「もっと力を入れろ、ジル、もっとだ！」かすれ声を上げた。「もどるんだから、ぼくらは――絶対に！」

ここへきて彼は、島までたどりつけそうにないと気づいた。二人が力を合わせても、流れのこの勢いでは、生存への最後の絆を取り逃がしてしまうおそれがある。救われる道がひとつあり、それが唯一の可能性だった。彼は靴を脱ぎすてた。「どんどん押して、ジル！」どなるなり、もやい綱の端を歯のあいだにはさみ、ぐっと嚙みこむと、早瀬に飛びこみ、ありったけの力で島をめざした。

うしろでは筏が激しくゆらぎ、棹をジルの手からもぎ取ると、彼女の体を筏の上に投げとばした。そうとも知らず彼は泳ぎつづけ、やっと気づいたのは、島にたどりつき、肩越しにふりかえったときだった。そのころには綱のたるみもほとんどなくなり、小さな樹の幹にまわして、つなぎとめる余裕しかなかった。綱がぴんと張りきると、樹は激しくふるえ、筏は滝の数ヤード手前でだしぬけに止まった。ジルは両手と両膝をつき、ふり落とされまいと必死に筏にしがみついている。ファレルは綱を両手でとり、筏を引き寄せようとしたが、流れはあまりにも速く、あたかも島を筏のところへ引き寄せたかに見えた。

細い樹の根はすこしずつ浮きあがっている。遅かれ早かれ地面から引き抜かれ、筏は滝に落ちてしまうだろう。なすべきことはひとつしかなかった。「きみのアパートは、ジル？」早瀬の白波をへだてて叫んだ。「どこだ？」

かろうじて聞き取れる声でジルは返事をした。「ローカスト・アヴェニュー二二九番地の三〇一号」

彼は呆然とした。ローカスト・アヴェニュー二二九番地のアパートメントビルといえば、彼が住んでいるビルの目と鼻の先だ。多分いままで何回もすれ違っているだろう。

一度や二度は鉢合わせして、忘れているのかもしれない。都会ではそれくらいは日常茶飯事だ。

だが河では違う。

「持ちこたえろ、ジル！」と呼びかけた。「遠回りして行くから！」

島からガレージへの旅は、考えを切り替えるだけですんだ。自動車のなかでわれに返ったが、頭には霧がたちこめ、ズキズキと痛んだ。イグニッションを切り、車から出ると、ガレージのドアを開けはなち、ぐんと冷えこんだ冬の夜のなかによろめきでた。帽子とコートが後部座席に置きっぱなしなのを遅まきながら思いだした。

かまわん。新鮮な空気を思いきり吸いこみ、雪を顔にすりこむと、通りを走り、目の前のアパートメントビルに向かった。時間はあるのか？　と思った。ガレージにいた時間はどう長く見積もっても十分そこそこのはずである。ということは、河時間は彼が思っている以上に速く流れているということだ。すると島を離れてから、もう数時間がたっているということで、筏はとっくに滝から落ちてしまっていると考えてもおかしくない。

というより、ほんとうに筏は存在したのか？　それをいえば、河は？　日ざしのような髪の女は？　もしかしたら、すべては夢だったのか——彼を生に立ち返らせるため、無意識が仕組んだ夢。

そう思うと居たたまれなくなり、思いを心からふりはらった。アパートメントビルにたどり着くと、中へかけこんだ。ロビーに人けはなかったが、エレベーターは昇っていくところだった。階段を三つかけあがり、彼女の部屋のドアのまえで止まった。ドアはロックされていた。「ジル！」呼びかけ、ドアをこわした。

彼女はリビングルームのソファに横たわっていた。手近のフロアスタンドのまばゆい光に照らされて、顔は蒼白（そうはく）だ。彼がよく覚えている黄色いドレスを着ているが、いまではどこにも破れ目はない。細身の上ばきもきれいなままだった。しかし髪は彼の記憶にあるとおりで——短く、軽いカールがかかっており、目は閉じられていた。

壁ぎわにある火のついていないファンヒーターのガスを止め、部屋の窓をすべて開け放った。そして彼女を抱きあげて、いちばん大きい窓のそばまで運ぶと、命を吹きこむ新鮮な空気にゆだねた。「ジル！」とささやく。「ジル！」

まぶたがふるえ、開いた。おびえた青い瞳（ひとみ）が彼を見上げた。顔がわかるにつれ、恐怖はすこしずつ薄れてゆき、そのとき彼は知ったのだ。二人にとって、この先、もはや河は存在しないだろうと。

エミリーと不滅の詩人たち

山田順子 訳

エミリーは毎朝、博物館に出勤したその足で、受け持ち区域を巡回する。公式の役職としては、〈詩人の間〉を預かっている補助学芸員にすぎないのだが、心のなかでは、単なる補助学芸員にとどまってはいなかった。エミリーは死すべき運命の人間ながら、幸運にも、偉大なる不滅の人々の間近にいられるという恩恵に浴している。偉大なる不滅の人々——彼らの仲間のひとりのことばで表現すると、〝その遙かなる足音が時の歩廊にこだまする、不滅の詩人たち〟のことだ。

　詩人たちは生年順ではなく、名前のアルファベット順に配置されている。エミリーはホールの左手の詩人——名前がAで始まる——からスタートして、大きな半円を描きつつ歩を進めていく。このまわりかただと、最後まで、いや、ほぼ最後まで、ロード・アルフレッド・テニソンを残しておけるのだ。テニソンはエミリーの大好きな詩人だった。

　エミリーは詩人たちひとりひとりに、明るくおはようとあいさつする。詩人たちもそれぞれ個性的なあいさつを返してくる。だが、テニソンにだけは、〝詩作にふさわしい、すてきな朝じゃありませんか？〟とか、〝『国王牧歌』のことで、あまりお悩みにならないでくださいね〟とか、ひとことふたこと、特別に心のこもったことばをつけくわえた。
もちろん、テニソンがじっさいに詩作にふけったりはしないことも、彼がすわっている椅子のそばの、ロール式の蓋のついた小さな書きもの机や、その上にのっている旧式なペンや、時代ものの紙は、ほんの飾りだということも、エミリーはよく知っている。どちらにしても、アンドロイドの詩人は、血肉をそなえた当の詩人が何百年も前に書いた作品を朗唱するほか、なんの才能もないことも、エミリーはちゃんと承知している。だからといって、本物の詩人を相手にしているようにふるまっても、べつに害はあるまい。
特に、アンドロイドのテニソンに内蔵されたテープが、

〝春、つややかな鳩の羽毛は
はなやかな虹色を帯び、
春、若き男の気まぐれな心は
恋の想いに千々に乱れる——〟

とか、

〝いまだ蕾の乙女たちのなかで咲き誇る薔薇の女王よ
舞いは終わりぬ、此方に来やれ
サテンの光沢、真珠の輝き
薔薇と百合の美をそなえし君よ——〟

と応えてくれるときには。

エミリーは〈詩人の間〉の仕事を引き継いだとき、あふれんばかりの期待を抱いたものだ。最初にこの企画を思いついた博物館の理事たちと同じく、エミリーもまた、詩がもはや用なしとなってしまったわけではないと、堅く信じていた。また、一般市民も、埃っぽい書物のなかに心を魅了することばを見いだすのではなく、等身大のアンドロイド詩人のくちびるからこぼれでる珠玉のことばに耳をかたむければ、憂き世のことも、高い税金のことも、すっかり忘れ去ってしまうだろうと、心の底から信じていた。しかし、この点においては、エミリーも博物館の理事たちも、時代の流れからはずれていたのだ。

二十一世紀の平均的市民は、書物のブラウニングであろうと、新たに生命を与えられたブラウニングであろうと、少しも関心をもたなかった。減少の一途をたどっている文学者たちは、自分たちの好みの詩は旧式のスタイルで供されるのを良しとした。なかには、機械仕掛けのまがいものに、いにしえの巨匠たちの不滅の詩句を朗唱させるとは、人間性に対する科学の冒瀆だと、声高に非難する者もいた。

こうして報われない歳月が流れていくなか、エミリーは忠実に職務を果たしていたが、ついに詩の世界の空が落ちてくる朝がやってきた。エミリーはずっと信じていた。いつか誰かが、フレスコ画で飾られたロビーから右手の廊下(左手の廊下は〈自動車の間〉へ、中央廊下は〈電気器具の間〉へつづいている)を歩いてきて、彼女のデスクの前に立ち、「リー・ハントはいるかしら？　あたしはなぜジェニーが彼にキスしたのか、ずうっとわからなくてね。それで、彼に訊いてみたら、答えてもらえるかなと思って」とか、「いま、ビル・シェイクスピアは忙しいかね？　わしはどうしても、あの鬱々としたデンマークの王子のことで、ビルと話をしたいんだよ」といってくれることを。だが、歳月が流れても、ロビーから右手の廊下に歩を進めるのは、エミリー本人と、博物館の職員、用務員、そして夜警しかいなかった。その結果、エミリーは〝不滅の詩人たち〟のことを熟知するようになり、誰からもかえりみられない詩人たちに、深い同情を寄せるようになった。ある意味で、エミリーも詩人たちと同じ船に乗っているのだが……。

その朝、詩の世界の空が落ちてきた。さしせまった災厄も知らず、エミリーはいつものように朝の巡回をおこなっていた。ロバート・ブラウニングはエミリーの朝のあいさつに、習慣となっている〝朝は七時、丘陵に露が玉を結び……〟という朗唱で応え、ウィリアム・カウパーは〝ひとたび我らが空の曇りてのち、二十年の歳月が過ぎゆかんとす！〟と元気よく叫ぶ。エドワード・フィッツジェラルド（ほろ酔いだなとエミリーは思った）は泰然として、

〝偽りの朝の幻影が消えないうちに
居酒屋の中より声が聞こえてくる
『内に神殿がととのうているに

　巡礼者はなぜ表にてためらう？』〟

と呼びかけた。エミリーはフィッツジェラルドの台座のそばを、むしろ無愛想に通りすぎた。〈詩人の間〉にエドワード・フィッツジェラルドが加わっていることに関して、エミリーは博物館の理事たちの見解を受け容れていない。内心では、フィッツジェラルドは不朽の名声を求める資格はないと思っている。確かに、彼は独創的で豊かなイメージを駆使して『オマル・ハイヤームの四行詩』を翻訳し、五つの版を定着させたが、だからといって、それでフィッツジェラルドが天才的な詩人だということにはならない。〈詩人〉という意味において、ミルトンやバイロンは詩人だが、フィッツジェラルドはちがう。テニソンは詩人だが、フィッツジェラルドはちがう。

　テニソンのことを思うと、エミリーの足どりは速くなり、やせた頰には、二輪の淡いピンクの薔薇が花開いた。テニソンの台座まで行き、彼の口からこぼれる詩句を聞くのが待ちきれない。ほかの詩人たちのテープとちがい、テニソンのそれはいつも異なる作品を提供してくれる。エミリーとしては、詩人たちをアンドロイドと考えるのはいやだったが、テニソンのそれは、新型モデルだからだろう。

　ようやく、とっておきの場所にたどりつく。エミリーは若々しい顔（アンドロイドたちはどれも、詩人たちの二十代のころの姿に模してある）を見あげた。「おはようございます、ロード・アルフレッド」

　繊細なつくりもののくちびるが、生きているかのような笑みを形づくった。音もなくテープが回りはじめる。くちびるが開き、甘美なことばが流れでる。

〝朝風が吹きそめ
暁の明星は天に高く
いとしい陽光を受けて愛の女神はかそけく薄れいき
水仙色に明けそめる空のしとねに――〟

エミリーは片手を胸にあてた。心のなかの寂しい森を詩人のことばが駆けめぐっていく。いつもなら、はかどらない詩作について、やさしいからかいのことばをかけるのだが、今朝は深く感動したために、そんなことも忘れて静かにたたずみ、台座の上の詩人を畏敬にも似た思いでみつめるばかりだった。やがて巡回を再開したが、ホイットマン、ワイルド、ワーズワス、イェーツといった面々には、おはようらしきことばを口の中でもごもごとつぶやいただけで、さっさと通りすぎてしまった。

デスクにもどると、驚いたことに、主任学芸員のブランドンが待っていた。彼が〈詩人の間〉を訪れてくるなど、めったにないことだ。ブランドンはもっぱら科学技術関係の展示物にかかりきりで、詩人たちの管理は補助学芸員のエミリーに任せっぱなしにしている。エミリーはブランドンが大きな本を抱えているのに気づいた。これもまた、驚きだ。彼は決して読書家ではないからだ。

「おはよう、ミス・メレディス。いいニュースをもってきたよ」

とっさにエミリーの頭には、パーシー・ビッシュ・シェリーのことが浮かんだ。現在のシェリーのテープには欠陥があるため、アンドロイド商会にテープの交換を依頼してほしいと、何度もブランドンに要請していたのだ——たぶん、ようやく依頼の書類を出し、その返事がきたのだろう。「はい、なんでしょうか、ミスター・ブランドン」エミリーは胸をはずませて訊いた。

「ミス・メレディス、きみも知ってのとおり、〈詩人の間〉はわたしたちにとって失望の種となっている。わたしはそもそも最初から、非現実的な企画だと思っていたが、一介の学芸員にすぎない身としては、とやかく口出しするわけにはいかなかった。理事会が、ひとつのホールを詩に酔いしれるアンドロイドでいっぱいにしたいと決めたんでね。で、われわれはひとつのホールを、詩に酔いしれるアンドロイドでいっぱいにした。しかし、うれしいことに、理事会もようやくものの道理がわかったようだ。理事たちも、一般大衆にとって、詩人なんぞはもはや過去の遺物であることを認識し、〈詩人の間〉は——」

「でも、一般の市民だって、じきに関心をもってくれると思いますよ」エミリーはふいに揺れだした空を支えようと、あえて口をはさんだ。

「〈詩人の間〉は」ブランドンはかまわずに話をつづけた。「博物館の財政上では、常時、赤字となっている。そこにもってきて、〈自動車の間〉ではディスプレイを拡張するために、どうしても優先的にスペースがほしい。で、またまたうれしいことに、理事会は最終的な結論を下したのだ。明朝から〈詩人の間〉は公開中止として、クローム期の車のディスプレイ用にホールを明け渡すことにする、とね。クローム期というのは、じつにまったく、興味深い時代で――」

「では、詩人たちは」エミリーはふたたび口をはさんだ。「詩人たちはどうなるんですか？」いまや空は砕け散り、その青いかけらにまじって、こなごなになった優美なことばや、ずたずたに裂けた流麗な詩句の破片が降りはじめた。

「そりゃ、もちろん、収蔵庫行きだよ」一瞬、ブランドンの口元に憐憫の微笑が刻まれた。「もしも一般大衆の関心がよびさまされるようなことになれば、木枠から出して――」

「それじゃ、みんな窒息してしまいます！　死んでしまいます！」

ブランドンはきびしい目でエミリーを見た。「ミス・メレディス、おかしなことをいっていると、自分で思わないか？　アンドロイドが窒息するかね？　アンドロイドが死ぬかね？」

エミリーは顔が赤らむのを覚えたが、頑として退かなかった。「彼らが朗唱しなければ、詩のことばは窒息してしまいます。聞く者がいなければ、詩は死んでしまいます」

ブランドンはいらだった。血色の悪い頬にうっすらと赤みがさし、褐色の目が黒く翳った。「ミス・メレディス、きみはまったく現実を理解していない。がっかりだ。大むかしの詩人たちの霊廟(れいびょう)ではなく、進取の気性に富んだ展示物の係になれるのだから、おおいに喜んでくれると思ったのだが」

「わたしがクローム期の車の係になるんですか？」

ブランドンはエミリーの憂慮を畏(おそ)れだと誤解した。たちまち声にあたたかみが増した。

「そりゃそうだとも。このわたしが、きみの領域をほかの誰かに侵害させたりするものかね」そんなことは考えただけでぞっとするというように、ぶるっと震えてみせる。ある意味で、それは彼の本音でもあった。新たにほかの者を雇えば、エミリーよりも高い給料を要求されるに決まっている。「ミス・メレディス、さっそく明日から新しい職務についてくれ。今夜、車を移動させるように作業員をたのんであるし、明日の午前中には、ホールを最新式に内装してくれる業者がくることになっている。うまくいけば、明後日までには、公開準備が完了するというものだ……きみ、クローム期の車について、知識があるかね？」

「いいえ、ぜんぜん」エミリーは平板な声で答えた。

「そうだろうと思って、これを持ってきた」ブランドンは抱えていた大きな本をエミリーにさしだした。「『二十世紀芸術におけるクローム・モチーフの分析』だ。ていねいに扱ってくれよ。なんといっても、今世紀でもっとも重要な書物なのだから」

　詩の世界の空の最後のかけらが落ち、エミリーは青い破片に埋もれ、茫然(ぼうぜん)と立ちつくしていた。やがて我に返ると、両手にずしりと『二十世紀芸術におけるクローム・モチーフの分析』が重く、ブランドンはとっくにいなくなっていた……。

その日の残りの時間をなんとかしのぎきると、エミリーは帰る前に、詩人たちに最後の別れを告げた。泣きながら、電子ドアから九月の街路に出る。家に帰るエアタクシーの中でも、エミリーの涙は止まらなかった。帰りついたアパートメントは、数年前と同じように、みすぼらしくて醜悪に見えた。エミリーの生活に不滅の詩人たちが登場する前と同じように。そして、ビデオ・セットのスクリーンは、深海にひそむ怪物の青白く冷酷な目のように、暗がりからエミリーをにらんでいる。

砂を噛むような食事をすませると、エミリーは早々にベッドに入った。うつろな暗闇に横たわっていると、窓越しに、通りの向こうの大きな広告灯が目にとびこんできた。大きな広告灯は点滅をくりかえして、ふたつのメッセージを伝えている。ひとつめのウィンクで、〝安眠錠をどうぞ〟、ふたつめのウィンクで〝すやすやすやすや〟。ベッドには入ったものの、長いあいだ、エミリーは眠れなかった。最初、彼女は雪のように白いローブをまとって小舟に横たわり、キャメロットに向かって川を流れていくシャロットの姫だった。そのあとは、生まれたままの姿で泳いでいるところを、近所の悪童どもにみつかった。息を詰めて泳ぎ場の深みにもぐり、悪童どもが意地の悪い笑いではやしたてるのにも、聞くに堪えない卑猥な野次をとばすのにもあきて立ち去ってくれれば、冷たい水からあがって服を着られるのにと、絶望的な思いでじっと待っていた。つごう六回、熱くほてる顔を水中に突っこみ、水面下で待っていると、ようやく悪童どもがいなくなった。エミリーはよろよろと岸にあがり、青ざめ、震えながら、必死になってダクロンの服という聖域に身を隠した。そして村に向かって走りだした。走りに走った……はずなのだが、奇妙なことに、ふと気づくと、エミリーはまた雪のように白いローブをまとって小舟に横たわり、キャメロットに向かって川を流れていた。

〝流れに運ばれる姫はおごそかに
　死の蒼き衣をまとい
　音もなく塔の町キャメロットに入りぬ〟

そういう場合の常として、騎士や町の人々が岸辺に駆けつけ、小舟の舳先にしるされた姫の名をあらためた。やがてランスロット卿がやってきた――いや、ランスロットかアルフレッド・テニソンか、定かではない。なぜならば、ときとして、一方が他方に、他方が一方になり、最後には両者が重なってしまったからだ。〝美しいお顔だ〟ランスロット／アルフレッドがいう。シャロットのエミリー姫は死んでいるにもかかわらず、はっきりとその声を聞いた。〝神よ、うるわしきシャロットの姫に、御恵みをたれたまえ……〟

作業員たちは夜を徹して働き、〈詩人の間〉はすっかり変わってしまった。詩人たちは運び去られ、そのあとに、二十世紀のまばゆい代表作品が並んだ。ロバート・ブラウニングが妻のエリザベスを偲んですわっていた場所には、〈ファイアドーム8〉なる車が、ロード・アルフレッド・テニソンの聖なる座所だった場所には、〈サンダーバード〉というとんでもない名をもつ、前後がいやに長くて丈の低い、流線型のしろものが鎮座ましましている。

ブランドンがやってきて、エミリーのそばに立った。その目は、彼が愛するようになったクロームめっきの装飾に勝るとも劣らないほど、きらきらと輝いている。「どうだね、ミス・メレディス、新しい展示物はどうだね？」

もう少しでエミリーは本音をいってしまうところだった。だが、なんとか、口から出そうになった苦いことばを引っこめた。クビになったら、詩人たちと完全に引き離されてしまうが、博物館に勤めているかぎり、少なくとも彼らの近くにいられる。エミリーはブランドンに答えた。「あの——とてもまぶしいです」

「これでまぶしいというなら、ま、内装が完了するまで待ってごらん！」ブランドンは熱狂的な気分になるのを抑えきれなかった。「うん、きみがうらやましいぐらいだよ、ミス・メレディス。きみは博物館でいちばん魅力のある展示物を管理することになるんだ！」

「ええ、そのようですね」エミリーは当惑の目で、新しく受け持つことになった展示物を見まわした。「ミスター・ブランドン、どうしてどれも、こんなにけばけばしい色に塗ってあるんでしょう？」

ブランドンの目の輝きがいくぶんか薄れた。「どうやらきみは『二十世紀芸術におけるクローム・モチーフの分析』の表紙さえ開かなかったようだな」咎める口調だ。「カバーの袖ぐらい見ていれば、アメリカの車の色彩が、必然的にクローム装具の発展を促したとわかるだろうに。このふたつの要素が結合して、自動車芸術に、一世紀以上も持続した新しい時代をもたらしたのだ」

「復活祭の彩色たまごみたい」エミリーはいった。「ほんとうにこういうものに人間が乗っていたんですか？」

ブランドンの目はいつもの色合いにもどり、熱狂的な気分は、穴を開けられた風船のように、彼の足もとにぺしゃりと落ちた。「そりゃ、当然、乗っていたとも！　ミス・メレディス、どうやら難癖をつけたいらしいが、そういう態度は感心しないよ！」ブランドンはくるりと背を向け、去っていった。

エミリーはブランドンを怒らせるつもりなど毛頭なかったので、呼びとめてあやまりたいと思った。だが、どうしてもできなかった。テニソンからサンダーバードへの変転に対し、自分でわかっている以上に、強い怒りを覚えていたからだ。

室内装飾家たちがホールを一新していくのを、エミリーがなすすべもなく見守っているうちに、最悪の午前が過ぎていった。淡い色の壁はあざやかな色へと変わり、縦仕切りのある窓は、クロームのブラインドにおおいかくされた。間接照明は取りはずされ、しらじらと明るい蛍光灯が天井から吊りさげられた。寄せ木細工の床には、無惨にも合成タイルが敷きつめられた。正午になるころには、ホールは特大サイズのトイレの個室のような部屋に変貌した。足りないのはクロームの便器だけだわと、エミリーは皮肉な感想を抱いた。

昼食後、詩人たちが不快な思いをしていないか、ようすをみようと、エミリーは階段を昇って屋根裏の収蔵庫に行った。しかし、埃だらけの収蔵庫には、詩人が収められた木枠などひとつもなかった。以前からしまいこまれている品々——何年ものあいだ埃をかぶったままの、どうしようもなく時代遅れの遺物しかなかった。エミリーの心の片隅が、疑惑という強い力で引っぱられる。大急ぎで階段を降り、博物館のしかるべき場所に行き、ブランドンを捜した。「詩人たちはどこです?」車の並べかたをこまかく指図していたブランドンをみつけると、エミリーは詰問した。

ブランドンの顔に、背後のクロームのバンパーの曇りと同じく、見まちがえようのない、うしろめたい表情がうかんだ。「いや、まあ、ミス・メレディス、きみ、ちょっと——」

「あのひとたちはどこにいるんです?」エミリーはさらに問い詰めた。

「地、地下室だ」ブランドンの顔に、それまで彼が検分していた深紅色のフェンダーのような赤みがさす。

「なぜなんです?」

「まあまあ、ミス・メレディス、そういう態度はよくないなあ。きみは——」

「なぜ、あのひとたちを地下室に入れたんですか？」

「当初の計画に若干の変更が出たんだ」ブランドンは、急に足もとの合成タイルの模様に気をとられてしまったようだ。「一般大衆は詩歌にまったく関心がなく、その現象はほぼ永久的なものであるという事実と、今回の改装計画が予期していた以上に費用がかさむという付随的事実と、この二点を鑑みて——」

「あのひとたちをスクラップとして売り払うつもりなのね！」エミリーは蒼白になった。怒りの涙があふれ、頰に流れ落ちる。「だいっきらいよ！　あんたたちもだいっきらい！　あんたたちはカラスとおんなじ。ぴかぴか光るものをみつけたら、後生大事に博物館という古巣に持ち帰って、それをためこむために、いいものを全部、投げ捨ててしまうんだわ！　あんたたちなんか、きらい、きらい、だいっきらい！」

「ちょっと、ミス・メレディス、お願いだから、もう少し冷静になって——」ブランドンは自分が空気を相手に話しかけているのに気づき、途中で口をつぐんだ。いつのまにかエミリーは身をひるがえして飛ぶように行ってしまい、上品なプリント模様の服が車の列のかなたに見えているだけだった。ブランドンは肩をすくめたが、さりげなく、というわけにはいかず、意識して力をこめなければならなかった。ブランドンは何年か前のことを思い出した——つきつめたようなまなざしの、大きな目のやせた若い女が、おずおずとした微笑をうかべ、〈電気器具の間〉にいた彼のもとにやってきて、仕事がほしいといった日のことを。同時に、彼女を補助学芸員にした自分の〝こずるさ〟——ただし、いまになってみると、それが〝こずるい〟やりくちだったのかどうかわからないが――も思い出した。補助学芸員といえば聞こえはいいが、給料ときたら用務員のそれよりも安いため、なりてのない、肩書きだけの地位にすぎない。彼女に〈詩人の間〉を押しつけたのも、ブランドン自身がより快適な環境ですごしたかったからにほかならない。あれこれと思い出していたブランドンは、その後数年たつうちに、エミリーが不可思議な変化をとげたことに思いいたった。彼女の目のつきつめたような色が次第に薄らいでいき、足どりが活発になった――特に朝には、輝くような微笑をうかべるようになっていた。

ふたたびブランドンは、腹だたしげに肩をすくめた。今度は肩が鉛でできているような感じがした。

詩人たちは詩にもならないような地下室の片隅に、ごちゃごちゃに積み重ねられていた。地上に近いところにある高い窓から、かろうじて午後の陽光がさしこみ、詩人たちの表情ひとつ変わらぬ顔を、うすぼんやりと照らしだしている。それを見たとたん、エミリーは思わずすすり泣いてしまった。

テニソンをみつけ、救いだすまでに、長い時間がかかった。ようやく彼をひっぱりだすと、やはり地下室に放りこまれていた二十世紀の椅子にもたせかけ、エミリーは彼と向かいあわせに置いた椅子にすわった。テニソンはアンドロイドの目で、もの問いたげにエミリーをみつめている。エミリーはいった。「『ロックスリー・ホール』を」

〝友よ、いまだ暁なれば
しばし我に暇を与えたまえ
ことあらば
たからかに角笛を吹きたまえ〟

『ロックスリー・ホール』の朗唱が終わると、エミリーはいった。「『アーサー王の死』を」
そして『アーサー王の死』が終わると、「『夢喰い人』を」。テニソンが詩を朗唱しているあいだ、エミリーの心はふたつに引き裂かれていた。心の一方で、うっとりと詩に浸り、もう一方では詩人たちの窮地に思いをめぐらしていたのだ。『モード』を聞いている途中で、エミリーはかなりの時間がたってしまったことに気づいた。はっと我に返ると、もはやテニソンの顔も見えない。高い窓を見あげれば、黄昏の灰色の空があるばかり。驚いたエミリーは、立ちあがって階段のほうに向かった。暗いなかで階段の明かりのスイッチをみつけ、『モード』を朗唱しつづけているテニソンを残したまま、一階にもどる。博物館は闇につつまれていた。玄関ロビーに夜間照明が煌々とついているだけだ。

その光の輪のはずれの薄暗がりで、エミリーは立ちどまった。地下室に降りていくところは誰にも見られなかったようだ。ブランドンはエミリーが帰宅したものと思い、夜警にバトンを渡して、自分も帰宅したにちがいない。ところで、夜警はどこだろう？博物館を出るには、夜警にドアを開けてもらわなければならない。それにしても、自分はほんとうに家に帰りたいのだろうか？

エミリーはじっくり考えた。地下室で屈辱的にも山積みにされている詩人たちを思い、本来は詩人たちのものである神聖な場所を、不当に占拠しているぴかぴかの車のことを思う。心が激しく痛む。と、そのとき、エミリーの目が、ドアのそばのこぢんまりとしたコーナーの金属の光を捕らえた。

そこはむかしの消防隊のディスプレイコーナーで、一世紀前に使われた、火災と闘うための道具類が展示されている。消火器、ミニチュアのはしご消防車、きちんと巻かれたキャンバス地のホース、斧……。エミリーの目を捕らえたのは、この斧のきれいに研がれた刃が放つ、ぎらりとした光だった。

エミリーはふらふらとディスプレイに近づいていった。斧を手に取り、持ちあげてみる。軽々と振りまわせる。頭のなかにもやがかかり、思考が停止した。斧を握りしめ、エミリーは右手の廊下を進みはじめた。かつての〈詩人の間〉に入り、明かりのスイッチを押す。新品の蛍光灯が、爆発した新星のように、目もくらみそうな光を放ち、二十世紀人たちが芸術に貢献した、その成果をぎらぎらと照らしだした。

車はバンパーとバンパーを接するように大きな円形に並べられ、静止したままレースをしているようだ。エミリーの正面に銀白色のクロームめっきがほどこされた車がある。この車はほかのけばけばしい色の車より古い型のものだが、手始めには、これで充分だ。エミリーは迷いのない足どりでその車に近づき、フロントグラスに狙いを定めて、斧を振りあげた。と、ふいに違和感を覚え、そのまま立ちつくした。

振りあげた手をおろし、エミリーは一歩前に出て、開いた窓から中をのぞきこんだ。模造の豹（ひょう）の毛皮でおおわれた座席、ずらりと計器の並んだダッシュボード、ハンドル……ふいにエミリーは違和感の原因がわかった。

円形に並んでいる車を一台ずつ見てまわる。違和感がつのってくる。車はそれぞれ、サイズも、色も、クロームの装具も、馬力も、乗車可能な人数も異なっているが、ある一点だけは、まったく同じだった。どの車もからっぽ。ドライバーなしでは、地下室の詩人たち同様、車は死んでいるも同然だ。

突然、エミリーの心臓の鼓動が速くなった。ゆるんだ指から斧が床にすべり落ちても、気づきもしない。エミリーは大急ぎで玄関ロビーに向かった。地下につづく階段室のドアを開けようとしたとき、するどい声で呼びとめられた。夜警の声だとわかったので、エミリーは彼が近づいてきて確認してくれるまで、じりじりする思いで待った。

「やあ、これはミス・メレディス」夜警はエミリーだと認めた。「ミスター・ブランドンは、今夜は誰も残業していないとおっしゃってましたが」

「たぶん、お忘れになったんでしょう」エミリーは自分の口からすらすらと嘘が出たことに、我ながら驚いた。そして、ある考えがひらめいた。嘘をついてしまったからには、それひとつでやめる必要があるか？　荷物用エレベーターを使うにしても、エミリーひとりでは容易ではない。まさに！「ミスター・ブランドンが、もし必要なら、あなたに手伝ってもらえばいいとおっしゃってたわ。それでね、どうしてもあなたに手伝っていただく必要があるの！」

夜警は顔をしかめた。胸の内で、この状況に相当する組合の条項を確認する——夜警は、その業務の威厳をそこなう行為に従事するよう求められるべきではない。いいかえれば、職務以外のよけいな肉体労働をするな、ということだ。だが、エミリーの顔には、これまでに見たことのない感情がみなぎっている。労働組合の条項などなにするものぞ、という強い決意が。夜警はため息をついた。「わかりました、ミス・メレディス」

「いかがですか？　どうお思いになります？」エミリーは訊いた。

ブランドンの驚愕ぶりは、じつに見ものだった。目玉はとびだしてこぼれ落ちそうだし、あごはたっぷり四分の一インチはがくりと落ちた。だが、なんとか明瞭なことばを発することができた。「時代錯誤だ」

「あら、それは時代ものの衣装のせいです」エミリーは指摘した。「モダンなビジネススーツを買ってあげられますよ。予算が許せば」

ブランドンは明るい青緑色のビュイックの運転席を横目でにらんだ。そして二十一世紀のパステルカラーの服を着たベン・ジョンソンの姿を、脳裏に思い描いてみようと努めた。意外なことに、その努力はむくわれた。ブランドンのこぼれ落ちそうになっていた目玉は正常な位置にもどり、いっときは失われた語彙ももどってきた。

「そうだね、お手柄といってもいいかもしれんな、ミス・メレディス。理事会も喜ぶんじゃないか。本音をいえば、われわれとしても、詩人たちをスクラップにするのはしのびがたいと思っていたんだよ。ただ、実際的な利用方法を考えつかなかっただけでね。だがこれで――」

エミリーの心は舞いあがった。つまるところ、生か死かという問題では、実際的うんぬんというのは、ごく小さな犠牲にすぎないのだ……。

ブランドンが去ると、エミリーは受け持ち区域の巡回を始めた。朝のあいさつに対し、一九五八年型パッカードの中から、ロバート・ブラウニングがいくぶんかこもった声で〝朝は七時、丘陵に露が玉を結び〟と応えた。ウィリアム・カウパーは詰め物をした新しい高御座から、〝ひとたび我らが空の曇りてのち、二十年の歳月が過ぎゆかんとす！〟と元気よく叫んだ。ほろ酔いのエドワード・フィッツジェラルドは、いまにも一九六〇年型クライスラーを危険きわまるスピードで疾走させそうだ。あいもかわらず、ペルシアの詩人オマル・ハイヤームの居酒屋四行詩を引用する詩人に、エミリーは苦々しく眉をひそめた。

エミリーは最後に、ロード・アルフレッド・テニソンを残しておいた。一九六五年型フォードのハンドルを前にした詩人は、ごく自然に見える。観察力の足りない者は、この詩人は運転に気をとられていて、前方の車のクロームめっきのバンパーのほかはなにも目に入っていない、とみなすだろう。だが、エミリーにはよくわかっている。詩人がみつめているのは、キャメロットであり、シャロットの姫であり、グィネヴィア王妃とともに萌えいずるイギリスの緑野を駆けている馬上のランスロット卿であることを。

エミリーは詩作にふけっている詩人の邪魔をするのはいやだったが、彼が気にしないこともわかっていた。

「おはようございます、ロード・アルフレッド」

気品ある顔がこちらを向き、アンドロイドの目がエミリーのそれと合った。どういうわけか、その目はいつもよりきらきらと輝き、くちびるから流れる声は生気に満ちて力強かった。

〝古き秩序は
新しき秩序に座を譲り、
神はあらゆるかたちで、
御業を示したもう……〟

神風

伊藤典夫 訳

テラン軍旗艦のテレスクリーンの並びに、八機の近づくカミカゼが映った。迎撃機はすでに発射されている。そのうち七機は目標に命中した。八機めははずれ、生き延びたカミカゼは偏曲場を通り抜け、まったくの偶然によってテランの病院船に衝突した。ミサイルと病院船は巨大な赤い薔薇（ばら）となって咲きこぼれ、それぞれの残骸（ざんがい）は競い合うように惑星オザールの氷におおわれた地表に落下していった。テランの宇宙艦隊はその惑星をめぐる軌道上にいたのだ。

テラン軍司令官は旗艦ブリッジに最高位の階級にある将校らを招集した。討議の末たどり着いた結論は、テラン＝プワルム戦争勃発時から胚芽（はいが）の状態で眠っていたものだった。将校たちが解散すると、司令官は一級ミサイル操作士ガンサー・ケニオンをブリッジに呼んだ。

司令官は名前をオマリーといい、ケニオンとおなじくらい背が高かった。まばゆい純白の軍服は、彼女の肩幅を広く見せ、尻（しり）の筋肉のしまり具合を強調している。胸毛を生やしているという噂（うわさ）もケニオンは聞いていた。

氷のような青い瞳が、彼のおだやかな茶色の目を刺しつらぬいた。彼女はいった。

「なぜきみを呼んだか想像はつくな」

　彼は首をふった。「いいえ、閣下」

「説明しよう。カミカゼとは、もともとは命を捨てて敵艦に体当たりした攻撃機のパイロットをいう。いまは無人ミサイルのことをそう呼んでいる。さっき病院船に突っ込んだプワルム・カミカゼがもし有人であったら、パイロットはどたんばで楽に進路を修正して、真の目標を破壊していただろうね」

「この旗艦を？」

「そう。いまごろは敵のスパイビームで向こうに中継されているだろう。われわれが昔ながらの愚を犯して、戦争マシンの電脳を一隻の艦に集中させている、と。敵はお見通しだよ、ひとたび旗艦を撃破すれば、残る艦艇に正面攻撃をしかけられることを。それはこちらもおなじことだ。われわれのスパイビームのおかげで、プワルムが昔ながらの愚を犯しているのはわかっているから、旗艦さえ倒せば、正面攻撃が可能になる」

「しかし閣下、旗艦が失われても、双方の艦隊は戦うでしょう」

「そうだな。しかし知性ある指導部が失われてしまっては、共倒れになる……いままでは手探り状態の戦いをしてきた。プワルム艦隊は本星系第四惑星をめぐる軌道上にいる。われわれがいるのは第五惑星をめぐる軌道上で、両軍が争っている惑星はそのひとつ外側――空にかがやく青い宝石だ。これが勝利の記念品となる。偏曲場の目的は艦隊の真の位置をカムフラージュし、相手の目標センサーを攪乱することにある。そのかげに隠れて、おたがいやみくもに爆発性の石を投げあい、ときおり偶然がはたらいて相手方に命中する。こんなばかげた戦争はない。おそらく百年もたつうちには、どちらかの側が目標を誤りなく見定めて撃破すると思う。しかし、わが方は百年など待てないし、それはプワルム人にしてもおなじことだ。われわれが明日しようとしていることを、彼らは明後日おこなうつもりでいるのだからな」

ケニオンは無言を通した。いままでの人生でずっとそうしてきたように、彼は待ちうけた。

「明日」と司令官。「われわれは真のカミカゼを発進させる」

凍てつく青い目がケニオンの目に釘付けされた。つづくことばは彼女が口を開く前から知れた。「そこでガンサー・ケニオン、きみは長年にわたる軍への献身と、非常時において再三見せてきた勇気と冷静さに鑑みて、その任に選ばれた」

「聖なる風ですね」とケニオン。

「そう。聖なる風だ。きみは名誉ある戦死者の候補に列せられたのだ」

彼女は指示棒をとりあげ、左舷隔壁の一部をおおって光っているホロ星図に歩み寄った。星図は縮尺なので、すべての戦域がひと目で見わたせる。しかし縮尺であっても、関係する三惑星がいまのように太陽のおなじ側になければ、ひとつの図で表わすことは不可能であったろう。

彼女は指示棒の先端で、星図の下側にきらめく小世界を指した。「これがオザール。カロウィンの第五惑星で、われわれはその周囲を回っている。で、こちらが」――と指示棒の先を大きく左上方へ移して、ひとつの青い世界にふれ――「ブラゾン、カロウィンの第六惑星で、今回の戦闘とこの戦争全体の焦点だ。それから、これが」――と指示棒の先を遠く右手へ、星図のもっと高いところへ移し、二つの月をめぐらす茶色の世界を示すと――「ミタール、カロウィンの第四惑星だ。プワルムの艦隊はその天体ならびに衛星をめぐる軌道上にいる」

「〝禁断の宙域（ノーマンズ・スペース）〟だ」とケニオンはつぶやいた。

司令官の毛深い眉（まゆ）が吊（つ）りあがった。「きみは歴史の研究でもしているのかね、ガンサー・ケニオン？」

「古代戦について書いたものを読んだだけであります。カミカゼを共通語につけ足した世界戦争からわずかひとつ戦争をさかのぼるだけで、〝禁断の土地（ノーマンズ・ランド）〟という語にぶつかります」

「下士官兵としては、それだけでもりっぱな知的成果だ」司令官は指示棒を下ろした。「星図を見せた理由はほかでもない。ブラゾンは明日きみのたどる弾道からはあまりにも遠いので、よほど進路から逸脱しないかぎり危険はないと伝えておきたかったのだ。この点は安心していい。きみが運ぶ弾頭は、真空遮蔽（しゃへい）された反物質なのでね」

ケニオンは呆然（ぼうぜん）とした。「反物質は戦争では使わないという協定を、たしか双方で締結したのでは……」

「かつてはな。だが、そんな協定に従うのは負け犬だ。戦争の目的は二つしかない。第一、何がなんでも勝つこと、第二、きみが戦い取ろうとしているものを無傷のまま残すことだ。明日は無人のカミカゼの一波がきみに先行する。これはプワルムの迎撃機によって破壊されるが、そのころにはきみは偏曲場のすぐ近くまで来ている。偏曲場をすり抜けたら、あとはマニュアルに切り替えて旗艦を見つけ、体当たりする。弾道に乗れば、センサーが表示する敵旗艦のある宙域まで行ける。旗艦はもちろんそこにないが、さほど遠くではないはずだ。きみの弾頭は敵旗艦だけでなく、その宙域すべての艦船を破壊する。こうしてわれわれの最終的な勝利が確保されるわけだ」

ケニオンにはいいたいことがたくさんあったが、何をいう勇気もないので無言のままでいた。

「発進は〇六〇〇時だ」

ケニオンは敬礼し、その場を辞した。

自由落下チューブを下る途中、彼は二人の女性将校につかまり、倉庫に引っぱりこまれてレイプされた。レイプははじめての経験ではなかったが、その行為がもたらす隷従関係は反吐をもよおした。自分の狭いキャビンにもどると、寝台に横たわり、灰色の天井を見つめた。もともと下士官兵が上層部に召喚されるときには、武装した衛兵がエスコートした。だが最近のテラン＝プワルム交戦以降、下士官兵の不足が生じ、武装した衛兵をいちいち付けることは不可能になっていた。おなじ理由によって、中央レクリエーション・ホールで開かれていた月例の親睦（しんぼく）パーティも中止となり、レイプ発生のおそれは増大していた。

キャビンには、寝台のほかにロッカーと長椅子（ながいす）が置かれていた。こぢんまりして質朴だが、彼より階級の低い下士官兵が暮らす異臭ただよう共同区画と比べたら、なかなかの広さだ。彼の部署は旗艦のカミカゼ発射ステーションのひとつで、そこを一日八時間受け持っている。司令官にブリッジへ召喚されたのは、その日の当直がちょうど明けたときだった。

彼の最後の当直が。

別れを告げたい相手はいない。ときたまいっしょに寝る下士官兵の女がいるが、それ以上の仲ではない。心を許した友人もいないし、社交的な性格でもない。それに、どのみち誰にもさよならをいうことはできなかった。司令官は口にしなかったが、来（きた）るべき任務は艦内で広めるようなことではないのだ。

上層部の気まぐれでふりあてられた務めの当否を問うつもりはない。だが寝台に横たわって考えるうち、死にたくないという思いがつきあげた。名誉ある戦死者の長い灰色の列に加わるのはまっぴらだった。

古代テランの戦記を読んでいて、人間魚雷の記述に出会ったことがある。《回天》にうち乗り、海中から敵艦の腹に体当たりする――日本の十五、六歳の若者は、そうして輝かしい殉死（じゅんし）をとげるのを心待ちにしていたという。彼もおなじことを説き聞かされたわけだが、若者たちとおなじ心境にはなれなかった。おれは年を取りすぎている、と彼は思った。あまりにもたくさんの春を見てきたし、あまりにも多くの青空の下の夏を見てきた。樹々（きぎ）が色あせた秋のドレスを脱ぎ捨て、真新しい純白のガウンに着替えるのをあまりにもたびたび見すぎてきた。夜明けに目をさまし、朝日のなかで星々が眠りにつくのをいくたび見てきたことか。生きるとは数知れぬ小さな物事から成っており、そうした小さな物事の集積が愛であり、その愛のかたわらでは、おなじく生をかたちづくるゴミは見分けがたい塵（ちり）へと落ちぶれるのだ。

彼の乗った艇は〇六〇一時、禁断の宙域（ノーマンズ・スペース）にむかって発射された。

工兵たちがカミカゼに設置したコックピットは弾頭のすぐうしろにあった。正面には操縦パネル、その上には前方ビュースクリーンがあり、闇（やみ）と星々が映っていた。右手の小さなスクリーンに見えるのは、テラン軍旗艦ブリッジの一区画。前方スクリーンの下、後方ビュースクリーンには、遠のく旗艦が見えている。コックピットの両側には小さな窓があり、広漠とした宇宙空間がのぞきこめる。右手の窓には、この星系の太陽カロウインがかがやいていた。

マニュアル優先コントロールは座席の左アームに組みこまれていた。右アームの下には、目標をはずした場合にそなえ、弾頭発射用の小さなボタン。キャビンの設置にあたって、工兵たちは——おそらく皮肉をこめてだろうし、それ以上にありうることとして、司令官をはじめとする将校たちが真のカミカゼ飛行を検討中であることを秘密にしておきたかったのだろう——射出ハッチを取り付けていた。いいかえれば、ケニオンは衝突直前にキャビンから脱出できることになる。はりあう相手が反物質弾頭でなくとも、この脱出にどれほどの意味があるかははなはだ疑わしかった。現状で彼が手にしているのは、ミサイルのなかではなく、外に出て死ぬ特権だけなのだ。

前方ビュースクリーンには、有人カミカゼの何秒かまえに発射された八機の無人カミカゼの黄色にかがやく航跡が映っていた。かなたにある三日月はミタールだが、その二つの衛星は見えない。それをいえば、ミタールもまたそこにあるのではなかった。プワルムの偏曲場がその正確な位置を大きくゆがめて、軌道計算を不可能にしているのである。

おれは爆弾だ、と彼は思った。このためにいままで生きてきたのだ。

子どもの時分、古世界に住んだことのある彼は、休暇でもよくその惑星に立ち寄った。古世界はテラン帝国の母体であり、帝国は銀河系レンズに沿って連なる惑星の群島から成っていた。プワルム帝国もまた別の群島で、銀河系のすこし奥まったところに位置していた。どちらの種族も、古世界やプワルムにかつて蒔(ま)かれた〝たね〟から育った〝作物〟で、おそらくは進化のはるかな高みにある種族が、遠い過去に、銀河系外から訪れて農夫の役を演じたのだろうと思われた。テラン人とプワルム人がおたがいの存在に気づいたのは、双方ともに恒星間飛行が可能になり、外星系植民が実現してしばらく後のことである。いまケニオンが加わっている戦争は、はじまってすでに三年。原因はブラゾンの領有権をめぐる対立だった。銀河系には生命の存在しない惑星はたくさんあるが、ブラゾンのような居住可能の世界はあまりにも数が少なく、それぞれが大きく離れていた。またブラゾンはこれまで知的生命によって播種されたこともなかった。双方にとって、これは宇宙のさらなる広野への進出を約束する無条件の招待状だったが、カロウィン星系で生じた艦隊の対峙は、いずれかの側が負ければ、そこで戦争は終結するというところまでテラン並びにプワルム経済を追いつめていた。

ケニオンは前方ビュースクリーンにブラゾンをとらえようとした。外殻カメラがミタールに、というか見かけのミタールがある位置に焦点を合わせているので、ブラゾンは見えなかった。ブラゾンは左にずっと寄ったところにあるのである。彼は体を傾け、左側方の窓から宇宙をのぞいた。二時の方角に豆粒のようなサファイアが見えた。その青さが古世界の思い出をよびさまし、彼は目をそらすと、ぐったりとシートにもたれた。
禁断の宙域をなかば進んだところで、操縦パネルのミサイル・センサーライトが赤くともった。迎撃機が近づいてくるのだ。ブリッジのスクリーンにオマリー司令官の顔が現われた。彼女のあごには小さないぼが見える。過ぎ去って久しいロマンチックな時代、それは〝美女のしるし〟と呼ばれたものだった。「敵は八機発射しただけだ」と彼女はいった。「いまのところ、きみの存在は気づかれていない。衝突はきみが偏曲場に行き着く直前に起こる」

ケニオンは何もいわなかった。

心はもはやコックピットにはなかった。

彼は春の街を歩いていた。

樹々は新緑をまとっている。心は軽やかで、うら悲しかった。むかし歩いたことのある通りだ。彼は家並みや芝生に目をやり、古世界の青空をながめた。ライラックの香りをかぎ、ブーケのような明るい紫の樹々をながめた。小さな物事だ、と彼は思った。そいつだ、小さな物事、われわれがふだん気にもとめない介在物——それが愛をかたちづくっているのだ。

先発のカミカゼと迎撃機との出会いがはじまるころ、彼はコックピットにもどった。宇宙空間がウィンクしたように見えた。ウィンクはいくたびか起こった。やがてケニオンは星の鉄条網に囲まれた夜のなかで独りぼっちになった。

前方ビュースクリーンを見つめる。ミタールは巨大な三日月になり、いまや丸みをおびた暗がりの部分も見えた。プワルム艦隊のかさばった影が点々と浮かんでいる。いちばんかさばって見えるのは旗艦の影だ。艦隊のかなたには小さな月が二つ。闇のなかでダイヤモンドのように光っている。

ミサイル・センサーのライトはすでに消えていた。ブリッジスクリーンにはまだ司令官の顔が映っている。「迎撃機は探知されなくなった、ケニオン。だが敵はきみがいることをもう知っているぞ。別の手を打ってくるだろう」

とつぜん彼のかたわらに若い女が現われた。

となりのシートにかけているように見えたが、そこにシートは存在しない。

彼女はこれまでに見たどんな女とも違っていた。頰(ほお)はふっくらとし、まなざしは優しく、濃い茶色の髪を肩まで伸ばしている。その目は、いましがた彼が春の散歩を楽しんだ古世界の青空を思わせた。着ているのは白いチュニックだが、裾(すそ)はヒップのわずか下にとどいているだけで、胸元は乳首で吊(つ)っているだけのように見えた。

司令官の顔はいまだにブリッジスクリーンを満たしている。かたわらの女と比べると、それはガーゴイルの顔だった。怒りと恐怖がその顔を灰色に染めている。「女を射出しろ！——そいつは爆弾だ！」

そう、爆弾だ。禁断の宙域にいる彼に、どういう女が会いにくるだろう？

プワルムのセンサー技師は彼のカミカゼを探知したばかりではない。彼が乗船していることを知って女性形爆弾を投影してきたのだ。

「射出しろ！」司令官の金切(かなき)り声。

そのとき彼は気づいた。女の体を透(す)かして、うっすらと艇の隔壁が見える。彼はヘルメットのフェイスプレートを持ちあげた。「むりです。まだ投影が完了していません」

「それは投影じゃない——物質送信しているんだ！」

「しかし、まだ着ききっていません。送信が終わるまで射出はむりであります」

「それなら待て。油断するな。女は生物爆弾だ。思ったときに自爆できるぞ！」

それはケニオンにもわかった。女は爆弾として生まれてきたのだ。

「チャンスは一瞬だ」と司令官。「物質化した瞬間、射出しろ！」

ひとつの爆弾から逃れて、別の爆弾になるということか。

名誉ある戦死者の国にいたる二つの入口。

コックピットのシートベルトを引いて腰にまわし、バックルでしっかり留めた。女の左腕につかみかかったが、指は何もない空間を通り抜けた。となりにいるように見えるだけだ。そのまま女の腕のまわりで手をすぼめ、かすかな揺れに合わせて走らせた。女は見えないシートにすわって、ふわふわただよっている。彼は右足を動かし、ハッチを開放する制御レバーを探りあてた。

女の腕は依然として実体がない。彼はシートにかけたまま、女の顔を見つめた。そこにはテラン人の女の顔の特徴である無骨さや非情さはなかった。線は円(まる)みをおび、たおやかだった。青い瞳はまっすぐ彼を見ていた。すっかり到着してはいないものの、彼を見ることはできるのだ。その目に憎悪をさがしたが、それは見当たらず、ただ古世界の空の青さがあるばかりだった。

女は彼の言語を話したが、口の動きとはシンクロしていなかった。「わたしは死の女(め)

神よ」

「わかってる」

「与えられた仕事をするようにプログラムされているの。ごめんなさいね」

ふと心が動き、彼はいましがた歩いた春の通りの話をした。空と樹々と芝生と家並みのことを話し、ライラックのことを話した。宙に浮かんだまま、死の予感をただよわせ、

「すてきな通りね」と彼女はいった。

「その通りを歩いたのは、当たり前すぎていままで気にも留めなかったいろんな小さな物事について考えていたからなんだ」

「口をきくな！」ビュースクリーンから司令官の声がとんだ。「そうやって、おまえの警戒心を解こうとしているのだ！」

前方スクリーンのなかでは、プワルムの艦隊が灰色の亡霊のようにしだいに大きくなってくる。

「わたしも小さな物事について考えた」と女。「わたしが住んでいたところとか、なついてくれた子どもたちのこととか。誰ひとり知りもしなかったわ。わたし自身でさえ、知っていたほうがいい両親でさえ、わたしが爆弾だったということを」

「いつ知らされたんだ？」

「一時間足らずまえ」

「それで小さな物事について考えはじめたんだね」

「そう。わたしも樹々のことを考えたわ、あなたとおなじように。小鳥のこと、花のこと……わたしがすっかり着いたら、放り出すつもりでしょう?」

「うん」

「わたしが気づく前にあなたが気づいたらね」

「うん。うまく間に合えばだ」

「むりね。わたしのほうが先に気がつくわ」

「やってみようじゃないか」

「あなたはプワルムの男とはちがうわね」

「きみもテランの女とはちがう」

「テランの女はプワルムの男とおなじ樹に生(な)っているのよ」

「はじめはそうじゃなかった」とケニオン。「むかしは母親のデモ行進に加わって、戦争反対を唱えたものさ。わたしたちにまかせたら、戦争は永久になくなるといってね。テランの女たちは、ゼノビア*やエリザベス一世やマーガレット・サッチャーといった女が歴史のなかにいたことを忘れてしまったんだ。というか、そういう女たちのことを記憶していたくなかったのかもしれない。だけど、いつか女が物事を左右する日が来ることは、そもそもの始まりから本に書かれていたんだ。そうして女たちは変わってしまった、というか、もともと下地にあったものに外見が合わせただけかもしれない。だが女

＊三世紀ごろの近東の王国パルミラの王妃。才色兼備、勇猛であったという。

のに」

「どうしてでしょうか?」とケニオン。「あとしばらくで名誉ある戦死者の列に加わる

「ばかやろう、ケニオン!」と司令官がどなった。「そいつのいうことを聞くな!」

「ぼくらの種族の本性だろうな」

「どうしてあの人たちはあんな樹の果実になりたがるのかしら?」

たちが変わろうがどうしようが、現実はなにも変わっちゃいない」

女が空気のシートの上で身をずらし、彼はいまだ実質のない彼女の腕にあらためて手をまわさなければならなかった。「そう」と女。「名誉ある戦死者ね」

「〝フランダースの野にポピー揺れる、列また列なす十字架のはざま*〟」

「あなたたちの名誉ある戦死者はそういうところに眠るの?」

「かなりの数はね」

「どうして名誉ある戦死者がいなくてはいけないのかしら?」

女に目をやる。彼女はケニオンが求める何もかもであり、得ることの叶(かな)わぬすべてだった。「文明のなくてはならない成分なんだ。その列に加わりたいバカがいる限り、バカが死ぬのに都合のよいイデオロギーをどんどん供給するバカが出てくる」

「運命を選ぶことのできないバカもいるわ」

「うん。きみやぼくみたいなバカがね」

彼はすぼめた手に力をこめた。こころなしか組織の感触があった。「まだよ。すっかり着いてはいないの。ここにいるように見えるのは、意識が先行するから」

彼女の顔にふれようとした。あるかなきかの感触。「やめろ！」司令官が悲鳴をあげた。「向こうの狙いはそれだぞ！」

「春の通りを歩いていて、きみみたいな人と出会うとは思わなかった」

「ごめんなさい、爆弾に生まれてきて」

「ライラックが満開だ。あそこにレンギョウがあるんだけど見えるかな？　ごらん——ハナミズキもある！」

「こんな通りを見晴らせるところに住めたら、すてきでしょうね！」

彼女の腕をまた取っていた。肌がしっかりしてくるのが感じられた。「もういつ着くか」

「ええ。そろそろね。この歳月でようやく出会って、そのあげくにあるのが死ぬことなんて」

「ぼくらはそのために生きてきたのさ」

彼は腕を放し、フェイスプレートを閉じると、ハッチレバーを蹴(け)って女を射出した。一刹那(いっせつな)おくれて、彼女は赤い薔薇となって開花した。その赤のなかに彼はおのれの血の

＊第一次世界大戦中に書かれたもっとも有名な詩「フランダースの野に」の冒頭の一節。カナダの軍医大佐ジョン・マクレイの作。

色を見た。

操縦をマニュアルに切り替えた。「おまえ何をしている?」司令官が叫んだ。

「わたしは聖なる風だ」ケニオンはカミカゼの進路を変えた。

「ケニオン、進路をもどせ! カロウィンに衝突すれば、ノヴァ化するぞ!」

「わたしは神の息吹(いぶき)だ」とケニオンはいい、太陽をめざした。

たんぽぽ娘

伊藤典夫 訳

丘の上にいる若い女を見たとき、マークはエドナ・セント・ヴィンセント・ミレー*を連想した。おそらくそれは、午後の日ざしを浴びるうしろ姿と、風におどるたんぽぽ色の髪のせいもあっただろう。あるいは、すらりと伸びた脚(あし)の周囲でひるがえる古風な白いドレスのせいだったのか。いずれにせよマークは、その女がどうしたものか過去から抜けだし、現在に立ち現われたような強い印象を受けた。なんとも奇妙なことだった。というのは、事情がはっきりするにつれ、女が抜けだしてきたのは過去ではなく、未来であることがわかったからである。

登り坂に息を切らし、マークは女からいくらか距離をおいて立ちどまった。彼女はまだ気づいていない。警戒させずに自分がいることを気づかせるには、どうしたらよいものだろう。決心がつかぬままパイプを出し、タバコを詰(つ)め、火をつけた。両手で火皿をかばいながらふかすうち、タバコは生きいきと輝きだした。ふたたび目を上げると、いつのまに気づいたのか、女はふりかえり、好奇心いっぱいの目でこちらを観察していた。

空の近さをひどく意識しながら、マークは女のところへ歩いていった。頬(ほお)に吹きつける風が心地よかった。もっとハイキングに精を出したほうがいいぞ、と心にいった。森のなかを歩きまわるうち、この丘に出たのだが、いまや森ははるか下界に去り、ほんのりと薄黄色に燃えて、秋の訪れをつげていた。そして森の向こうには、山小屋と魚釣り桟橋(さんばし)を配した小さな湖があった。妻が陪審員として思いがけず召喚されたので、マークは夏休みのとっておきの二週間を、たったひとりで過ごさねばならなくなってしまったのである。昼は桟橋で釣りに興じ、夜は冷たい外気を避けて、垂木(たるき)を組んだリビングルームの大きな暖炉のまえで読書にふける、そんな孤独な生活を二日つづけてみた。だが三日めには倦怠(けんたい)が追いつき、目的も行先もなく森のなかをさまよいだしていた。そしてこの丘に登り、彼女と出会ったのである。

女の目は青かった。近づいてそれがわかった——彼女のすらりとした肢体を囲む空にも負けない青さだった。面長(おもなが)の顔は、やさしく、愛らしく、若さにかがやいていた。いたたまれないほどの既視感(デジャ・ヴュ)をおぼえ、手がつと伸びて、風のなかにある彼女の頬にふれそうになった。マークは苦労して衝動をおさえた。手が腰から離れてもいないのに、指先がひりひりと痛んだ。

（自分はもう四十四だ）気持がふしぎに揺れた。（この女は二十(はたち)そこそこだろう。何を

＊二十世紀前半のアメリカでもっとも成功し、尊敬された叙情詩人（一八九二－一九五〇）。グリニッチ・ヴィレッジ初期のボヘミアンの代表格。ロマンチックで反逆的な詩を書いた。一九二三年、ピューリッツァー賞受賞。作中で題名が言及される「昼下がりの丘にて」は彼女の詩。

しようというんだ？）「どうです、いい景色ですか？」と彼は声をかけた。

「ええ」と女はいい、遠くに目を向けると、こらえきれなくなったように伸ばした手を半円にふった。「すばらしいと思いません？」

　マークは女の視線を追った。「きれいですね。まったくすばらしい」二人の見下ろしたところから、森はまた始まっていた。暖かな九月の色彩をまとって、森はさらに麓の低地へと広がり、数マイル先の小さな村をすっぽりと包みこんでいるが、やがて都市開発の最初の前哨基地とぶつかり、そこで屈していた。彼方ではコーヴ・シティのごつごつしたシルエットが靄のなかでかすみ、現実というよりは中世の夢の城のように延び広がったたたずまいを見せている。「あなたも市内から？」とマークはきいた。

「そういえばそうかしら」と女はいい、彼を見てほほえんだ。「わたし、いまから二百四十年後のコーヴ・シティから来たんです」

　微笑は、いまの話を本気にする必要はないと語っていた。だが、信じたふりをしてくれれば嬉しいという含みも感じられた。マークはほほえみかえした。「すると、二二〇一年ということか。そのころには、あの市も大きくなっているでしょうな」

「ええ、それはもう」と女はいった。「メガロポリスの一部になってしまって、すぐそこまで来ているんです」女は足もとの森のはずれを指さした。「あのサトウカエデの木立のなかを二千四十丁目がまっすぐに走っていて、それから、あそこにニセアカシアの林が見えます？」

「うん、見える」

「あれが新しいショッピング・プラザのあるところ。とても大きいスーパーマーケットがあって、通り抜けるのに半日もかかるくらい。頭痛薬からエアカーまで、何でもといっていいくらい買えるわ。そのスーパーマーケットのとなり、ブナがかたまって生えているところには大きなドレスショップがあって、一流デザイナーの最新モードがいっぱい陳列してあるの。いま着ているドレスも、今朝そこで買ったんです。すてきだと思いません？」

そうだとすれば、それは彼女が着ているからにちがいない。が、とにかく無作法にならないようにドレスをながめた。それは見たこともない生地で仕立てられていた。海の泡と綿菓子と雪を混ぜて織りなしたような布……。現代の合成繊維技術の生みだす奇跡に限界はない——若い女性たちが紡ぎだす眉唾な作り話とおなじようなもので、それはどこまでも発展してゆく。「すると、タイムマシンでこちらに来たわけか」

「ええ。父が発明したんです」

マークはまじまじと女を見つめた。こんなに底意のない表情を見るのははじめてだった。「ここへはよく来るんですか？」

「ええ、しょっちゅう。ここはわたしのいちばん好きな時空座標なんですもの。何時間も立って、もう、ただ、うっとり見とれていたりして。おとといは兎を見たわ、きのうは鹿、今日はあなた」

「しかし、どうしてきのうがあるんだろう？　いつもおなじ時間点に来るのなら、今日しかないはずなのに」

「ああ、そのことね。理由は、タイムマシンも、ほかのあらゆる物質とおなじように時の流れに影響されるから。だから、はじめの座標を維持したいと思ったら、そのたびに目盛りを二十四時間まえにもどさなければいけないわけ。わたしはそれをしないの。いつも違う日のほうがいいから」

「お父さんはいっしょに来ないの？」

雁の群れが、空にVの字を描いてのんびりと飛んでゆく。彼女はしばらく鳥の行くえを目で追い、やっと答えた。「父はいま病気なんです。体が自由なら、いっしょに行くんだがといつも言っているわ。だけどいまは、わたしが見たことを話してあげるだけ」そこで急いでつけ加え、「でも、それならいっしょに来たのとほとんど同じことでしょう。そう思いませんか？」

ひたむきに見つめるまなざしには、心をうつ何かがあった。「そうだね」とマークは答えた。そして「タイムマシンがあるなんて、きっとすばらしいでしょうな」

女はまじめな顔でうなずいた。「すがすがしい空き地に立ちたいと思っている人たちは、喉から手が出るほどここに来たいんじゃないかしら。二十三世紀には、すがすがしい空き地なんてもうないんですもの」

マークはほほえんだ。「いや、二十世紀にももうそんなに残っていない。そういえば、ここなんかは大した貴重品といえるかもしれませんな。ぼくももっとたびたび来なければ」

「近くにお住まいなんですか?」

「三マイルほど向こうの山小屋に泊まっています。休暇で来ているんだけど、はりあいがなくてね。家内に裁判の陪審員の役がまわってきてしまって、ここには来られないし、こっちも休暇を延期するわけにはいかないので、まあ、いやいやソロー*みたいな暮らしをしていますよ。ぼくはマーク・ランドルフといいます」

「わたしはジュリー。ジュリー・ダンヴァース」

彼女に似つかわしい名前だった。ちょうど白いドレスが彼女に似合いのように——青空と丘と九月の風が似合いのように。たぶん彼女は、森のなかのあの小さな村に住んでいるのだろう。だが、それはどうでもよいことだ。未来から来たといいはりたいのなら、それはそれでかまわない。何よりも重要なのは、はじめて見たときの印象と、彼女のやさしい顔立ちを見つめるたびに内にわきあがるほのぼのとした思いだった。「いまはどんな仕事をしているんだね、ジュリー? それとも、まだ学生かな」

「秘書になるために、いま勉強中なんです」そういうとジュリーは半歩踏みだして、き

＊ヘンリー・デイヴィッド・ソロー（一八一七－六二）。アメリカの作家、思想家、博物学者。湖畔での自給自足の生活を綴った『ウォールデン　森の生活』など、その著作は古くからわが国の読書界に大きな影響を与えた。

れいな爪先旋回をし、両手をまえで結んだ。「わたし、秘書になりたいんです。大きな会社に勤めて、えらい人たちのいうことを書きとめていくなんてすてきでしょうね。わたしを秘書に雇っていただけません、ランドルフさん？」

「それは大歓迎だよ。家内はむかし、ぼくの秘書だったんだ――戦前の話だがね。出会ったのもそういう関係なんだ」なぜこんな話を持ちだしたのか彼はいぶかった。

「奥さんはいい秘書でした？」

「ああ、最高の秘書だったね。彼女を手放さねばならないときは辛かった。といっても、別の意味では手に入れたんだから、手放したとはいえないか」

「そうでしょうね、そんなことをいったら罰が当たるわ。さてと、わたし、そろそろ失礼します、ランドルフさん。父がわたしの話を聞きたくて待っているし、夕食の支度もしなければいけませんから」

「あしたも来ますか？」

「たぶんね。毎日来てますから。それじゃ、さようなら、ランドルフさん」

「さようなら、ジュリー」

ジュリーはかろやかに丘を駆けおり、いまから二百四十年後には二千四十丁目になるというサトウカエデの林のなかに消えた。彼は微笑した。おもしろい子だ、と思った。あれほど奔放な空想力と人生への熱意を持っていられたら、世の中は楽しくてたまらないだろう。青年時代にそうした心の余裕を持つことを否定されてしまっただけに、彼にはそれがたいへん貴重なものに思えるのだった。二十の年には、彼はすでに法科の学生で、選んだ道をわき目もふらずに進んでいた。二十四の年には、小さいながらも法律事務所を開き、仕事に没頭していた——いや、そういいきるのは正確ではない。アンと結婚した当初には、口を糊することがさほど切羽詰まった問題ではなくなる短いブランクがあった。それから戦争がはじまり、またひとつ——もっともっと長い——ブランクが訪れた。その時期には、仕事は遠くなり、ときには恥ずべき行為にすら見えたものだった。やがて民間人にもどると、仕事はそれまでの復讐を果たすかのように、心に重くのしかかってきた。妻に加えてもうひとり、養わねばならない息子を抱えたからである。以来彼は最近になってやっとこしらえた年四週間の休暇を除いては、ずっと働きとおしてきた。休暇の前半の二週間は、息子と妻が選んだ避暑地で親子三人ですごし、息子がカレッジにもどったあとの後半二週間は、アンと水入らずで湖畔の山小屋で暮らすのを習慣にしていた。だが今年は、ひとりだけの二週間だった。いや、ひとりだけといってよいものか。

　パイプの火が消えているのに、彼ははじめて気づいた。ふたたび火をつけると、風で消えないように深く吸いこみ、それから森の向こうの山小屋めざして丘を下りはじめた。秋分は過ぎて、日の短くなったのがはっきりと感じられた。今日の陽もすでに暮れかけ、夜の湿り気がかすんだ大気のなかに満ちはじめている。

　歩みはおそく、湖に着くころには陽は沈んでいた。大きくはないが深い湖で、樹木が岸すれすれまで繁(しげ)っている。山小屋は岸からすこし奥まった松林のなかにあり、曲がりくねった小道が桟橋から通じていた。小屋の裏手には砂利(じゃり)を敷いた車回しがあり、そこから未舗装の道路をつっきればハイウェイだった。ステーション・ワゴンは裏のドアのわきに駐(と)めてあるので、思いたてばすぐにでも文明世界に復帰できる。

キッチンでかんたんな夕食をすませると、本でも読もうかとリビングルームにはいった。間(ま)をおいて物置小屋から発電機のブーンというなりが聞こえてくるが、その音を除けば、現代人の耳に容赦(ようしゃ)なくはいってくる物音はいっさいない。書物をたっぷりそろえた本棚が暖炉のわきにあり、そこからアメリカ詩集を抜きだすと、腰を下ろし、「昼下がりの丘にて」が載っているページを繰(く)った。その名詩を三回読みかえしたが、読むたびに、日ざしのなかに立つ女のうしろ姿と風におどる髪、そして長い脚のまわりで淡雪のようにひるがえる白いドレスが目にうかぶのだった。喉(のど)もとにかたいものがこみあげ、彼は呑(の)みくだすことができなかった。

詩集を本棚にもどし、おもての粗木(あらき)造りのポーチに出てパイプにタバコを詰め、火をつけた。妻のアンのことを考えようと努めるうち、アンの顔が心にかたちをとった。しっかりした、それでいて優しいあごの線、温かな思いやりに満ちた目——そこには、彼にもいまだに分析できないかすかな不安の色がある。衰(おとろ)えを見せぬふっくらした頬。優雅な笑み。そうした属性のひとつひとつが、輝くような亜麻色の髪や長身の伸びやかな肢体の思い出とあいまって、いっそう鮮やかによみがえるのだった。アンのことを思うときはいつもそうだが、いまもまた彼は、妻の年月を知らぬ若さに驚いていた。遠いむかしの朝、彼が人の気配に気づいて顔を上げ、デスクの前におずおずと立っているアンを見たあのとき以来、彼女はどういうふうに若さを保ちつづけてきたのか。それからわずか二十年後、自分の娘ほども年のちがう想像力過多の女との逢う瀬を、彼、マーク・ランドルフが心待ちにしているなど考えられないことだった。いや、そこまで真剣ではないだろう。一時的に心が揺れ動いた――それだけだ。すこしのあいだ感情の平衡が崩れ、よろめいただけのことなのだ。足もとはいまではしっかりしている。世界は理性的かつ良識的な軌道にふたたびもどったのだ。

彼はパイプにつまった燃えかすを捨てると、家のなかにはいった。ベッドルームで服を脱ぎ捨て、シーツのあいだにすべりこむと、明かりを消した。いつもならすぐ眠りに落ちるのに、今夜はようすがちがっていた。眠りはやがて訪れたが、それもとぎれとぎれで、その隙間をいらだたしい夢が埋めていた。

「おとといは兎を見たわ」と夢のなかのジュリーはいった。「きのうは鹿、今日はあなた」

あくる日の午後、ジュリーはブルーのドレスを着て待っていた。たんぽぽ色の髪は、ドレスとマッチしたブルーのリボンで束ねられている。丘を登りきると、マークはしばらく立ちどまって喉もとの緊張が和らぐのを待ち、それから彼女のところに行き、並んで風のなかに立った。だが、ジュリーの喉からあごにかけてのなめらかな曲線を見つめるうち、また緊張がよみがえり、彼女がふりかえって「今日は来ないかと思っていたわ」といったときも、答えるのにしばらく時間がかかった。

「だけど来たよ」と、ようやくいった。「きみもね」

「ええ、よかった」

近くにすわり心地のよさそうな花崗岩の露頭があり、二人は岩をベンチ代わりにして景色をながめた。マークはパイプに火をつけ、煙を風のなかに吹き流した。「父もパイプ党なのよ」とジュリーがいった。「火をつけるときは、ちょうどあなたがするのと同じように両手で火皿をかばうの。風がないときでも。二人ともいろいろ似たところがあるわね」

「お父さんの話を聞きたいものだね。それから、きみのことも」

ジュリーは話しだした。歳は二十一であること、父は政府機関に勤め、いまは引退した物理学者で、二千四十丁目の小さなアパートに二人で住んでいること、四年前に母を亡くして以来、家事のきりもりはすべて彼女がやっていること、等々。ジュリーの話がすむと、マークは自分と家族の話をした――いつかは息子のジェフと共同で事務所をやっていきたいと思っていること、アンの写真嫌いと、彼女が結婚式のときもカメラの前に立とうとしなかったばかりか、以来一枚も写真をとらせようとしないこと、そして去年の夏、一家三人でキャンプ旅行に出かけたときの楽しい思い出。

　話が終わると、ジュリーがいった。「あなたのご家庭ってすばらしいのね。一九六一年は、住むにはいちばんよい時代じゃないかしら！」

「タイムマシンが自由に使えるなら、いつでも引っ越してこられるじゃないか」

「そんなにうまくはいかないのよ。父を置いてけぼりにしようとは思わないけど、そうでなくったって時間警察というものがあるわ。タイムトラベルは政府が出資した歴史研究にだけ許されていて、ふつうの人たちには手のとどかないものなの」

「きみはちゃんと来ているじゃないか」

「それはね、父が自分のマシンを発明して、時間警察がまだ気づいていないから」

「でも、法律は破っているということか」

　ジュリーはうなずいた。「だけど、それはあの人たちから見た場合よ。あの人たちの頭にある時間のコンセプトからいえば、そういうことになるだけ。父の考え方はちがっているの」

　声を聞いているだけで充分だった。何が話されようと、それは問題ではなかった。どんなに突拍子（とっぴょうし）もない方向にそれようと、ただ彼女の話す声を聞きたいだけだった。「その時間のコンセプトのところをもっと聞きたいね」とマークはいった。

「はじめに、いま公認されているコンセプトのほうから話すわ。この説を支持する人たちによると、未来の人間は、過去のできごとには物理的にいっさい関係してはならないというの。なぜなら、未来人の存在そのものが歴史的な矛盾（むじゅん）を引き起こし、その矛盾を吸収する過程で未来が改変されるおそれがあるから。そういうわけで時間旅行局では、許可された人たち以外にはタイムマシンを使わせないの。でも、もっとシンプルな暮しに憧れる人たちは、歴史学者になりすまして過去の世界へ永住する気で行こうとするから、そういう人たちを逮捕するために時間警察が活動しているわけ。

だけど、父のコンセプトによると、時の書物はすでに書かれているんですって。巨視的に見れば、将来起こるできごとは、もうすでに起こっているのだと父はいうの。もし未来人が過去の事象にかかわりあったら、その人は過去の一部になってしまう——つまり、もともとその人は過去の一部として存在していたから——この場合には、だから、矛盾は起こりえないということになるわね」

マークはパイプの煙を深く吸いこんだ。そうせずにはいられなかった。「いまの話からすると、お父さんは並外れた人らしいね」

「だって、そうなんですもの！」口調に熱がこもるとともに、頰の赤みが増し、瞳はいっそう青くかがやいた。「父がどれくらい本を読むと思います、ランドルフさん？　わたしたちのアパートは本ではちきれそう！　ヘーゲル、カント、ヒューム、アインシュタイン、ニュートン、ヴァイツゼッカー。わたし——わたしだって、すこしぐらいは読んでいるわよ」

「ぼくも同じくらい本を集めたよ。だけど実際、読んだのはすこしだね」

ジュリーはうっとりしたまなざしで彼を見つめた。「すてき、ランドルフさん。わたしたちには共通する趣味がたくさんあると思うわ！」

あとにつづく会話は、彼女のことばを一点の疑いもなく立証した。もっとも男と女が九月の丘の上で論じるには、超越美学とバークリー哲学と相対性理論はあまりふさわしい話題ではなかっただろう――特に男が四十四、女が二十一ときては……。話すうち、そんな疑いが頭をもたげてきたが、さいわい、これには代償もあった。超越美学にかんする二人の熱っぽい対話は、演繹的結論と帰納的結論を導きだしたばかりではない――それは彼女の目に、かすかにまたたく星々さえ浮かびあがらせた。バークリー哲学の徹底分析は、バークリーの理論にひそむ致命的欠陥を露呈させたばかりではない――それは彼女の頬をピンク色に上気させもした。また相対性理論の再検討は、Eが絶対的にmかけるcの二乗に等しいことを証明したばかりではない――それは、知識が女性にとって無用の長物どころか、魅力の欠かせない一部であることを証明した。

この高ぶった気分は思いのほか長く尾を引き、ベッドにはいったあともまだ残っていた。今夜はもうアンのことを考える気はなかった。そうして何の益もないことはわかりきっている。彼は暗闇に身を横たえ、とりとめもなく浮かんでくるさまざまな思いと戯れた――が、そのすべてが、九月の丘とたんぽぽ色の髪の娘へとつながってゆくのだった。

おとといは兎を見たわ、きのうは鹿、今日はあなた。

翌朝、彼は車で村へ行き、自分あての手紙がとどいていないかと郵便局に立ち寄った。

手紙はなかった。べつに驚くようなことではなかった。ジェフは父親似の筆不精だし、アンもいまの時点では私信を出すのはむりだろう。仕事については、緊急の用事以外連絡をよこすなと秘書にいいわたしてあった。

この近くにダンヴァースという名前の一家はいないだろうか。しわだらけの郵便局長にそうたずねようかと思案したが、思いとどまった。そうした行動は、ジュリーが苦労の末こしらえたまことしやかな建造物を打ちこわす結果しか生まない。建造物の実在を信じているわけではないが、それをわざわざこわす理由も彼にはなかった。

その日の午後、ジュリーは髪と同じ色あいの黄色のドレスを着て待っていた。彼女を見た瞬間、喉もとにまたかたいものがこみあげ、マークは絶句した。だが最初の一瞬が過ぎると、ことばは自然にあふれてきた。二人の思いは勢いのよい二つの小川のように合流し、昼下がりの涸れ谷を陽気に流れ下った。別れるときが来て、たずねたのは今度はジュリーのほうだった。「あした、また会えるかしら?」——といっても、それはマークの口から彼女が問いを盗んだにすぎない。そのことばは帰途、森を抜けて山小屋に着くまでずっと耳のなかでこだまし、ポーチでパイプをふかしながら夕暮れを過ごしてベッドについたときも、子守歌のように彼を眠りにさそった。

あくる日の午後、丘に登ると、そこに人の姿はなかった。はじめは失望のあまり痺れたようになっていたが、すぐに思い直した。きっと遅れたのだ。それだけだ。いまにも姿を見せるだろう。花崗岩のベンチに腰を下ろして待つ。だが彼女は来なかった。何分かの遅れは何時間かにのびた。いつのまにか森からはいだした影は、丘の中腹まで登っていた。大気も冷たくなった。彼はようやくあきらめ、落胆して山小屋にもどった。

つぎの日も、さらにつぎの日も、彼女は現われなかった。もはや食事も睡眠も満足にとれなかった。釣りは魅力を失い、本を読んでも気はそぞろだった。その上なお、自己嫌悪にもさいなまれた――これではまるで恋わずらいをした少年、四十の坂をとうに越えて、まだきれいな顔とすんなりした脚にうつつを抜かすそこらの愚かな中年男と同じではないか。ほんの数日前まで、彼は妻以外の女には目をくれたこともなかった。ところが、それから一週間もたたないうちに、目をくれたばかりか、彼女と恋に落ちてしまったのである。

四日めに丘に登ったときには、希望は消え失せていた――が、それは見るまによみがえった。日の当たる丘の上に、ジュリーが立っていたのである。今日のドレスは黒。その色から、彼女が姿を見せなかった理由は、見当がついてよいはずだった。だが、そこまでの機転はきかず、思い当たったのは、近くまで行って彼女の目に浮かぶ涙と、ものいいたげに震える唇を見たときだった。「ジュリー、どうしたんだ?」

ジュリーはしがみついてきた。彼のコートに顔を押しつけ、肩を波打たせた。「父が死にました」泣き声だった。と同時に、なぜかマークには、それが彼女のはじめての涙であるような気がした。通夜にも葬儀にも涙ひとつこぼさずふるまってきた自制が、そこで崩れたのだろう。

ジュリーの背中に両腕をまわす。彼女にキスをしたことは一度もなかったし、いましたのも正確な意味のキスではなかった。唇がひたいに軽くふれ、髪をそっとかすめる──ただそれだけだった。「かわいそうなジュリー、お父さんがきみにどれほどかけがえのない人だったか、よくわかるよ」

「父は知っていたんです、死期が近いことを。研究所でストロンチウム90の実験をしたときから、ずっと知っていたんだわ。だけど、だれにもいわなかった──わたしにさえも……もう生きていたくない。父がいなくなったら、わたし何のために生きていけばいいの──なんにも、なんにも、なんにもなくって!」

彼はジュリーをかたく抱きしめた。「いまに何かを見つけるさ、ジュリー。だれかを。きみは若いんだ。まだほんの子どもじゃないか」

彼女の顔がのけぞった。涙のない目がとつぜん彼を見上げた。「わたし子どもじゃないわ! 子どもだなんて絶対にいわないで!」

彼は驚いてジュリーを離し、しりぞいた。彼女の怒りに出会うのははじめてだった。

「ぼくはただ……」

怒りは爆発したときと同じく、見るまに消えていった。「あなたがどういう気持でおっしゃったかわかります、ランドルフさん。だけど、わたしは子どもじゃありません。もう二度とそんなふうにはいわないでください」

「わかった、約束する」

「わたし、もう行かなければ。することがいっぱいあるんです」

「あした――あした、また来てくれるね？」

彼女は長いあいだ見つめていた。夏の夕立の名残りにも似たほのかな霧が流れすぎ、青い瞳をきらりとかがやかせた。「タイムマシンは消耗が激しいんです。入れ替えたほうがいい部品がいくつもあるんだけど――やり方知らないんです。わたしたちのマシンもあと一回旅行できるくらい。でも、それも怪しいわ」

「しかし、来る努力はしてみてくれるね？」

ジュリーはうなずいた。「ええ、やってみるわ。それから、ランドルフさん？」

「なんだい、ジュリー？」

「もし来られなかったときのために――思い出のために――いっておきます。あなたを愛しています」

そのときには彼女は走りだしていた。丘をかろやかに駆けおり、一瞬ののちにはサトウカエデの林のなかに姿を消した。パイプに火をつける彼の手はふるえ、マッチの火が指を焦がした。それから山小屋に帰り、夕食をつくり、ベッドに入ったそのいっさいは記憶にない。だが、すべてをやってのけたのにはちがいなかった。あくる朝、目をさましたのは自分の部屋であったたし、キッチンにはいると、水切りには昨夜の食器が立てかけてあったたからである。

彼は皿を洗い、コーヒーをわかした。午前中は桟橋で釣りをし、心は空白のままにしておいた。現実に直面するのはもっとあとでいい。いまはただ、ジュリーが愛してくれていたことを納得するだけで充分だ。それに二、三時間もすれば、また会えるではないか。いくら中古のタイムマシンでも、あの村から丘のふもとまで彼女を運んでくるぐらい何の造作もないだろう。

彼ははやばやと丘に着き、花崗岩のベンチにすわると、ジュリーが森のなかから現われ、斜面を登ってくる位置をたしかめた。胸の高鳴りが感じられ、両手がふるえているのもわかった。おとといは兎を見たわ、きのうは鹿、今日はあなた。

彼は待ち、さらに待ったが、ジュリーは来なかった。あくる日も来なかった。影が長くなり、空気が冷えてくると、丘を下り、サトウカエデの林にはいった。やがて小道が見つかり、それをたどってうっそうとした森にはいると、森を抜けて村に出た。小さな郵便局に立ち寄り、自分あての手紙の有無を調べた。しわだらけの郵便局長が、来ていないと答えたのちも、ぐずぐずと居残り、やがてだしぬけにきいた。「このあたりにダンヴァースという家族は住んでいませんか?」

郵便局長は首をふった。「聞いたことがないね」

「最近町に葬式はありませんでしたか?」

「ここ一年はないな」

以後、彼は休暇が終わるまで丘に通いつづけた。だが心のうちでは、彼女はもどってこないと確信していた。まるではじめから存在しなかったように、ジュリーは消えてしまったのだ。夕暮れ時は、いつも村にいた。郵便局長の勘違いという線に一縷の希望を抱いたのだが、ジュリーの痕跡はどこにもなく、通行人に話す彼女の特徴からも、かんばしい返事は得られなかった。

十月の初旬、彼は市内にもどった。アンに対しては、いままでどおり夫婦仲に何の変化もないようにふるまおうと最善を尽くした。だが顔を合わせて間もなく、アンは何かが変わったことに気づいたようだった。一言もたずねようとはしないが、彼女は日に日に寡黙になり、またその目にうかぶ不安の色は、以前から不思議に思っていたものの、ますますあらわになっていった。

日曜日の午後には、いなかにドライブに出て、あの丘を訪ねる習慣がついた。森はいまでは金色に染まり、空もひと月前よりはぐんと青さを増し、澄みわたっている。彼は何時間も花崗岩のベンチに腰かけ、彼女が消えた地点を見つめていた。おとといは兎を見たわ、きのうは鹿、今日はあなた。

そして十一月もなかばにはいったある雨の夜、彼はスーツケースを見つけたのである。それはアンのもので、見つけたのはまったくの偶然だった。彼女は街にビンゴ・ゲームをしに出かけ、家にいるのは彼ひとりだった。くだらないテレビ番組を四つ見て、二時間つぶれたところで、去年の冬しまいこんだジグソーパズルをやろうと思いたった。

ジュリーのことを忘れるためなら何をしようがかまわない。彼はジグソーをさがしに屋根裏部屋に上がった。積みあげた箱のあいだをかきまわしているとき、棚からスーツケースが落ちた。床にぶつかった衝撃で、ふたが開いた。

かがんで手にとろうとした。それは結婚後、二人で小さなアパートに引っ越したとき、アンが下げてきたスーツケースだった。彼女はこれを一度も開けたことはなく、きかれると、妻にだって夫に知られたくない秘密はあると、笑いながらいうのだった。時代がたって錠が錆びついたのだろう、落ちたときこわれたのだ。

ふたを閉じようとして、白いドレスのへりがはみでているのに気づき、手がとまった。生地にはどこか見覚えがあった。そんなに遠くない昔、これとよく似た生地を見た記憶がある――海の泡と綿菓子と雪を混ぜて織りなしたような布。

ふたを開け、ふるえる指でドレスをつまみあげた。肩の高さまで持ちあげ、広げると、ひっそりと降る雪のようにドレスは部屋のなかに吊り下がった。喉もとにかたいものがこみあげるのを感じながら、長いあいだ見つめていた。そして、ていねいにたたみなおしてスーツケースにおさめると、ふたを閉じた。スーツケースは軒材の下、それが元あった棚にもどした。おとといは兎を見たわ、きのうは鹿、今日はあなた。

雨が屋根をたたいていた。喉もとの緊張は耐えがたいばかりで、いまにも叫びだしそうに思われた。彼はゆっくりと屋根裏部屋の階段を下った。大きく曲がった階段を下り、リビングルームにはいる。マントルの置時計は十時十四分を指していた。あと二、三分でビンゴ・バスが街角にとまり、彼女を下ろすだろう、彼女は通りを歩き、玄関に通じる小道にはいる。アンが帰ってくる……ジュリーが。ジュリアンか？

それがフルネームなのだろうか？　おそらく、そうだ。人は偽名を使うとき、かならず本名の一部をどこかに残した名前をつけるという。姓を変えてしまったので、名にはすこし自由をきかせても大丈夫だと考えたのだろう。名前を変える以外にも、時間警察の手を逃れるため、いろいろ細工をしたにちがいない。写真嫌いなのも当然ではないか！　遠い昔のあの日、事務所へおずおずと職を求めてきた彼女――どれほど怯えていたことだろう！　見知らぬ時代にただひとり、父親の時間理論が正しいのか確かめるすべもなく、四十代になって彼女を愛した男が、二十代で同じ気持になるかどうかも定かではないのに……。彼女はもどっていたのだ。いったとおりに約束を守って。

二十年。彼は呆然と考えた。そう、二十年ものあいだ、彼女は、わたしがいつかあの九月の丘に登り、日ざしを浴びて立つ若い美しい自分に会い、ふたたび恋におちることを知っていたのだ。知っていなければならなかったのだ。なぜならその瞬間は、定められたわたしの未来であると同時に、彼女のかけがえない過去の一部でもあったのだから。しかし、なぜ教えてくれなかったのか？　なぜいまも打ち明けてくれないのか？

とつぜん彼はすべてを理解していた。

満足に息もつげなかった。玄関に出るとレインコートをひっかけ、雨のなかにとびだした。彼は雨の小道を歩いた。雨は横なぐりに吹きつけ、大きな雫となって頬を流れ下った。一部は雨の雫だったが、そこには涙もまじっていた。アン。ジュリー。彼女ほど若さを失わない美しい女が、なぜ老いをおそれたのだろう？　彼の目には、妻が決して若さを失わないことぐらいわからなかったのだろうか？　デスクから目を上げ、小さな事務所のなかに立つ彼女を見て、ひと目惚れしたあの日から、彼女は一日も年をとっていない。だからこそ丘で会った女が別人に見えたのだということが、彼女には理解できなかったのだろうか？

彼は通りに出て、四つ角をめざした。すぐ近くまで来たとき、ビンゴ・バスがするすると角に停車した。白いトレンチコートを着た女がバスから降り立った。喉もとの緊張はナイフの刃のように深くくいこみ、いまではまったく息ができなかった。たんぽぽ色の髪はもっと暗い色に変わっている。少女っぽい魅力はもうない。だが、やさしい顔立ちは上品な愛らしさをいっぱい残し、すらりと伸びた脚は、九月の金色の陽光のもとでは考えられなかった均整と優美さを、十一月の街灯の青白い光のなかに見せている。

彼女はまっすぐに歩いてきた。その目には見慣れた不安の色があった——原因を知ったいま、正視するにはあまりにも痛々しい。見まもる目のなかで、彼女の姿がぼやけた。盲いたまま、妻のところへ歩みよる。近づくにつれ、視界がふたたび開けた。彼は手を伸ばすと、はるかな時を超えて、彼女の雨に濡れた頰にふれた。何もかもが終わったと知ったのだろう、彼女の目から不安は永久に去っていった。二人は手をとりあって、雨のなかを家路についた。

荒寥の地より

伊藤典夫 訳

今朝、わたしたち夫婦の家の新築を請け負った業者から電話があった。なんでも家を建てる丘の整地をしていたところ、手の者が箱を見つけて掘りだしたという。真鍮の箱で、ふたはきちんとハンダ付けされている。なにか貴重品がはいっているかもしれないので、開くとき、わたしにも立ち会ってほしいということだ。わかった、いまから車で行くとわたしは答えた。

隠退すると有利なのはこういうときだ。何をするにも、思いたったときにすることができる。これはまた不利な点でもある。たいていは時間がありすぎて、することが何もないのだ。

隠退してから、あまり時間はたっていない。まだほんの六カ月だ。この界隈の人びとは隠退すると、たいてい〝黄金の歳月〟を過ごすためフロリダへ引っ越してゆく。わたしはその口ではない。何年もむかし、妹とわたしが父の遺してくれた土地を売ったとき、わたしはいちばん高い丘を売らずにおいた。美しい丘で、そこに立つと低地や湖が一望のもととなり、斜面にはカエデやオークやニセアカシアを見ることができる。この土地に長年しがみついていて、退職したいま、やっとその頂きに居を構えることになったわけだ。

これまでの人生でわたしはこの丘からあまり離れたことがない。いちばん遠く離れたのは第二次世界大戦中で、陸軍はわたしの兵役を最大限有効に使おうと、全米中わたしを引きずりまわし、最後には海の向こうにまで送った。戦後、わたしはハウダイ産業に職を得、職住近接を果たすため街へ引っ越し、そちらに家を買った。しかし、いまわたしの住むべきところは丘であり、家が完成したらすぐに引っ越すつもりでいる。わたし、それに妻のクレアである。ほかに同居する家族はいない。子どもたちはとうに成人し、結婚して他所(よそ)に住んでいるからだ。夏、そこから見わたす土地は、フランス菊やノラニンジンの花が咲き乱れるだろう。秋にはアキノキリンソウや、カミツレモドキ、アスター。冬は一面の雪だ。この先、わたしの人生は停滞するかもしれない。だが、それは暑い、明るい、殺風景な日々——ひとつの顔しか持たない日々のだらだらした連なりではないはずだ。

わたしは丘へいっしょにドライブしないかとクレアを誘った。いいえ、わたし買い物があるからと彼女は答えた。わたしは高速に乗り、一時間後フェアズバーグ出口で降りると、思い出をなぎはらいながら小さな町を抜けた。丘はわずか一マイル先である。近くに見える公営団地は、むかし父が所有していた土地の一部に建ったものだ。眼前にせまる丘は、地上に降りた緑の雲のように見えた。

　建築業者の重機が斜面に道路らしいものをつくっていたが、わたしは自分のカプリスの車台を傷めたくないので、車をとめ、カエデやオークやニセアカシアのあいだを抜けて高みをめざした。葉むらをすかして七月の太陽が照りつけ、わたしの背中を熱くした。頂きにやっと着くころには、すっかり汗をかいていた。

　一台のブルドーザーが土砂を前後に移動させながら、やっかいな土地のでっぱりを均(なら)し、くぼみを埋めている。請け負い人のビル・シムズが自分のピックアップのかたわらに立ち、たくましい大男と話していた。ほかに二人の男がバケット掘削機のエンジンの具合を調べている。シムズがわたしのところに歩いてきた。「いらっしゃい、ベントリーさん。こっちも箱の中身には興味しんしんでしてね」彼は平らな土地のはずれにあるでこぼこの区域を指さした。「あそこにあります」

　わたしたちは掘り返されて間もない土地を歩いた。たくましい大男がうしろにつづいた。「こちらはチャック・ブレイン、うちの現場監督です」わたしたちはうなずきあった。掘削機のエンジンの具合を見ていた二人も同行している。

　箱は掘削された地面からすでに取り出されていた。真鍮を鋳造(ちゅうぞう)した箱で、たて横四〇×三〇センチ、深さ一五センチほどの大きさである。表面は緑青(ろくしょう)でべったりと染まっていた。シムズのことばどおり、ふたは開かないようにハンダ付けされていた。

箱を見た記憶はなかったが、どこか既視感を呼びさますものがあった。わたしはいった。「開けて、なかのお宝を見ようじゃないか」

ブレインはバールを持参していた。彼はハンダ付けにむらがあるところを見つけ、バールの薄くなった先端をふたの下にさしこんだ。バールを押し下げると、真鍮板は外れ、わたしはかがんで、ふたを持ちあげた。

中身を見たとたん、それはローンの持ち物だとわかった。


ローンはわたしたちが知っているこの男の唯一の名前である。ファースト・ネームがあるにしても、わたしたちに告げることはなかったし、こちらからもたずねることはなかった。はじめて会ったとき、わたしは一も二もなく彼を渡りの労働者だと思いこんだ。風体もまさにそんなふう――背が高く、やせ細り、ぼろ服を着、顔は石炭の煙で煤けている。彼のノックにこたえて裏口で応対に出たわたしの母も、おなじ印象を持ったという。わたしは裏庭にいて、薪を割っていた。

あのころは渡り者がしょっちゅうわたしたちの家のドアをノックした。フェアズバーグにはペンシルヴェニアおよびニューヨーク・セントラルという二つの貨物鉄道が乗り入れていて、どちらもうちの農場のわきを通過していた（いまそれはノーフォーク＆ウエスタンとコンレイルに取って代わっている）。そして貨物列車がどちらかの鉄道の駅に止まって、車両を分離したり連結したりすると、ただ乗りしてきた渡りの労働者は町はずれで車両を降りて、民家の裏手へまわり、物乞いをするのである。彼らは人目に立つのを好まないため、立ち寄るのはおもに郊外の家で、わたしたちの家も町の中心部から遠い線路沿いにあったので、彼らからすればわたしたちはいいカモだった。

渡り者がうちに来るときには、身の回り品をまとめた小さな包みを片手に（マンガでよく見るように、棒きれの先に包みをひっかけた姿は見かけたことがなかった）裏口に立ち、ノックにこたえて母がドアを開けると、帽子を脱いでこういうのが常だった。「なんかちょっと食べるものをいただけませんかね、奥さん？」母は決してそうした人たちを追い払わなかった。浮浪者をかわいそうに思っていたのだ。彼らのなかには施(ほどこ)しのお返しにすこしばかりの力仕事を引き受ける者もいた。だが、たいていは施しを受けると、さっさと立ち去った。

母はローンにサンドウィッチをこしらえ、ミルクを一杯ごちそうした。ローンは礼をいい、裏口のステップにすわった。大口でサンドウィッチをぱくつき、ごくごくとミルクを飲むようすから、彼がこの二、三日食事を満足にとっていないらしいことは察しがついた。身の回り品をつめた包みは持っていず、着ている服はおんぼろで、よごれていたが、さほど遠くない過去には真新しかったことがうかがえた。

九月の暖かい日で、わたしは学校から帰ったばかりだった。薪割りをしていると、暑さが身にこたえ、斧(おの)をふるうより休んでいる時間のほうが長かった。ローンは食べおえると、裏のドアをすこし開けて、からのグラスを家のなかに置いた。つぎにスーツの上衣を脱いでこちらに来ると、わたしの手から斧をとり、みずから薪を割りはじめた。細おもての男で、鼻筋はすこしばかり長く、グレイの目をしていた。斧をふるったのははじめてのようだったが、腕前はたちまち上達した。わたしはわきにどいて、ながめているだけですんだ。

母も裏手のドアからながめていた。彼は一心不乱に薪割りをつづけている。しばらくして母がいった。「もう薪割りはいいわよ。わたしがあげた分よりはるかに稼いでくれたわ」

「なあに、これしきのこと」とローンはいい、またひとつ新しい丸太を置いた。

鶏の餌を買いに街へ出かけていた父が帰ってきた。父はおんぼろの中古トラック（二十五ドルで買ったものだ）を庭に入れ、納屋の戸口までバックさせた。わたしは父を手伝い、二袋の餌を荷台から下ろした。父はひょろりとした長身の人だったが、見かけよりずっと力持ちで、わたしが手伝いをするまでもなかった。だが手伝いがほしいふりはよく見せた。

父はローンのほうを見やった。「あの人が全部やったのか？」

「ぼくがやった分も混ざってるよ」

「母さんは食べ物をやったか？」

「サンドウィッチとミルクをあげてた」

わたしたちは家にはいった。母はジャガイモの皮をむきおえたところで、鍋にかけようとしていた。料理はすべて薪ストーブでおこなっていた。「くそっ」と父がいった。「これじゃ、やつを夕食に招かなきゃいかんな」

「お皿を一枚増やすわ」

「おまえは出ていって、いってきなさい、ティム。あのしょうもない斧をやつから取りあげろ」

わたしはおもてに出て、夕食をいっしょにと伝えると、薪割りがこれ以上できないよう男のまえに立った。彼は薪の山に斧を立てかけた。その目はくすんだ冬の空を思わせた。「名前はローンってんだ」と男はいった。

「ぼくはティム。小学校に通ってる。六年生だよ」

「そうか」

彼の髪は――ハンチングの下からのぞく色を見るかぎり――茶色だった。髪は散髪が必要なくらい伸びていた。「手はどこで洗えるかな」ゆっくりした話しぶりで、一語一語の重みを量っているように聞こえる。

わたしは屋外の蛇口があるところを教えた。ローンは両手と顔を洗い、シャツのポケットにあった櫛(くし)で髪をととのえた。ひげも剃(そ)る必要があったが、これはがまんするしかなかった。

ローンはスーツの上衣をまた着ると、そのポケットにハンチングを突っこんだ。気がつくと、わたしの肩越しになにかを見ている。「あれはきみの妹さんか?」

ぴかぴかのA型フォードが道に止まり、ジュリーが降りて、庭をこちらにやってくるところだった。A型フォードは走り去った。ジュリーの女友達はエイミー・ウィルケンズで、放課後わたしといっしょに帰らないときにはよくエイミーの家に寄り、エイミーの父親の自動車に乗って帰ってくることもあった。エイミーの父親は郵便局に勤めている。わたしたちはウィルケンズ家を金持だと思っていた。わたしたち一家に比べれば、なるほど金持だった。

「妹だとどうしてわかったの?」と、わたしはローンにきいた。

「似てるじゃないか」

ジュリーはローンをちらりと見て通りすぎた。彼の姿を見てもあたふたするようすはない。渡り者は見慣れていたのだ。まだ九つで、見るからにやせっぽちだった。ローンから似ているといわれ、わたしは腹を立てていた。というのは、わたしは妹をブスだと思っていたからだ。わたしは十一歳だった。

ジュリーが家にはいってしまうと、ローンとわたしは場所を移して、裏口のステップにすわった。それからほどなく母から夕食ができたという声がかかった。

ローンはふつうの渡り労働者みたいな食べ方をしなかった。というか、さっきのサンドウィッチとミルクで空腹はおさまったのだろう、がつがつしたところはなかった。夕食はハンバーガーパティで、母が肉汁をお湯で増やしてくれたので、みんなでポテトにかけることができた。ローンはしきりに母のほうを見ていた。わたしには理由がわからなかった。わたしからすれば母は美人だったが、自分の母親だからそう思うのだろうと、ごく自然に思っていた。母はダークブラウンの髪を頭のうしろで小さな玉のようにまとめていた。冬には母の肌はミルクのように白かったが、春先、菜園に種をまくころになると、そこにほんのりと赤みがさし、夏には肌は黄金色（こがねいろ）に染まった。

ローンはすでに両親に名前を伝えていた。「あんた、お郷（くに）はどこかね？」と父がたずねた。

ローンは一瞬ためらい、やがて「オマハの近くです」といった。

「あっちもきびしいんだろう？」

「まあね」

「アメリカ中どこでもそうさ」

「お塩ください」とジュリーがいった。

母が塩入れをわたした。「ポテトもっといかが、ローンさん？」

「いえ、もうけっこうです、奥さん」

ジュリーがテーブルを隔ててローンを見つめた。「線路に乗ってきたの？」

彼はジュリーのことばを解しかねているような表情をした。「ああ、それは貨車の下にもぐりこんで、鉄道警官に見つからないようにして乗ってきたかときいてるんだ」と、わたしは説明した。

「ああ。もちろん、そうさ」

「そんなこと、あなたには関係ないでしょ、ジュリー」と母がいった。

「ただ、きいただけよ」

デザートはココナツ・クリームパイだった。母はパイを大きく切り分けた。ローンもその一切れにありつき、推し測るように母を見た。「ひとつ質問していいですか？」

「どうぞ」

「このパイも薪ストーブで焼いたのですか？」さっききッチンを通り抜けたときストーブに気づいたのだろう。

「まあ、そうでしょうね」と母はいった。「うちにはあのストーブしかないから」

「わたし思うのです」とローン。「人類の問題というのは、彼らがまったく見当違いの場所で奇跡をさがし求めているせいではないんでしょうかね。奇跡が目と鼻の先で起こっているのに、それには気づこうともしないのです」

こんなことばが渡り者の口から出てくるとは誰が想像しえただろう？　わたしたち一家は声もなくその場にすわり、彼をぽかんと見つめるばかりだった。やがて母はにっこりし、こう答えた。「ありがとう、ローンさん。そんなすてきなお褒めのことばをいただくのは初めてですよ」

みんな黙々と食事をおえた。やがてローンが、はじめは母に、つぎには父に目をやった。「みなさんのご親切は生涯忘れません」彼は腰を上げた。「さて、失礼でなければ、そろそろわたし出発しなければなりませんので」

　わたしたちはことばもなかった。誰もいうべきことなど思いつかなかったのだと思う。わたしたちはすわったまま、靴音がキッチンを通り、裏のドアが開いて閉まる音を聞いていた。ややあって母が「放浪癖が血のなかにあるみたいね」といった。

「そんなふうだな」と父。

「まあ、あなたたちにそういう血が流れていなくてよかった」母はジュリーとわたしに目くばせした。「ジュリー、あなた皿洗いの手伝いできるわね。ティムは宿題があるでしょう」

「ちょっぴりあるだけさ」

「さあ、早く取りかかれば、それだけ早くすむわよ」

　わたしはテーブルの前でぐずぐずしていた。ジュリーもそうだった。わたしたちは事の成りゆきを知っておきたかったのだ。貨物列車の音が聞こえてきた。速度が落ちるかと思ったが、その気配はなかった。通過するとき、家はかすかにふるえた。多分つぎの列車はフェアズバーグで貨車を連結したり分離したりするだろうから、ローンはそのとき乗るのだろう。

　父がいった。「エマ、工場では月曜からブドウの取り入れをはじめるから、わたしも仕事にもどるよ」

「またあの長い時間がはじまるのね」

「かまわんさ」

「ヘンドリックスさんがいってたけれど、今年また摘みとりをしていいんですって。来週からはじめるって」

「今年は仕事がはかどりそうだから、ガスレンジを買ってあげられるかな」

「ほかにも買わなければいけないものはたくさんあるわ。子どもたちには着るものも必要だし」


秋はわたしたちにとって、いつも金回りのいい季節だった。父はグレープジュース工場で働き、母にもブドウ摘みの仕事があったからだ。父は瓶詰めシーズンのあいだも工場に勤めていたが、瓶詰めシーズンは不定期で、一年全体にちらばっていたので、長くてもせいぜい三カ月程度にしかならなかった。しかし、わたしたちはなんとかやっていくことができた。なぜなら父はサヤインゲンやトウモロコシやトマトをつくって、収入の足しにしていたからだ。農場は広くはなく、土地の大部分は農作業をしようにも起伏が激しすぎたが、残りの土地から得られる農作物を売った金で、救貧院にはいらずにすむには充分だった。それにわが家には牝牛が一頭と鶏がいた。

わたしはもうすこし長く部屋にいたいと思ってぐずぐずしていた。ジュリーもそうだったが、これは成功しなかった。というのは、母親がこういったからだ。「さあ、宿題をしなさい、ティム。ジュリーはお皿をかたづけて」

父がトラックを買う以前、ジュリーとわたしは徒歩で学校へ通っていた。トラックを買ってからは毎朝、街まで送ってくれるようになったが、それでも天気がわるいとき以外、運動は体にいいということで、帰りは歩くしかなかった。トラックを買うまえ、わが家には古いT型フォードがあったが、これはしょっちゅうエンコするので、父もわたしたちを気軽に学校に送っていくわけにはいかなかった。

明くる朝はジュリーがトラックのウインドウぎわにすわる番だったので、ジュリーが最初にローンの姿を見つけた。農場を出て、街まであと半分というところに来たとき、ジュリーが叫んだ。「見て、パパ――あそこの樹の下で寝てる男の人がいる!」

父は速度をゆるめ、ジュリーの頭越しにながめた。「なんだ、そんなに遠くへは行ってないじゃないか」

父は車を進め、やがてブレーキをかけると、トラックをとめた。「おいおい! あんなとこに寝たままじゃ、大変なことになるぞ」

いったんバックし、みんな車から降りて、樹の下へ行った。草は露に濡れていた。ローンはハンチングを耳のところまで下ろして、横寝していた。上衣のカラーは立てている。眠りながらふるえているのは、地面が冷えているからだ。

父が足先でこづくと、ローンは目をさまし、地面にすわった。体はまだふるえていた。いまごろは貨車にとび乗って、とっくに旅立っていなければならない時刻だ。

父がいった。「あんた、ここらにしばらくいるつもりかね?」

ローンはうなずいた。「そのつもりです」

「働きたいか？」

「その気はあります――もしどこかに仕事があれば」

「あるさ」と父。「三、四週間のあいだだがな。この時期、グレープジュース工場が忙しくなって、人をたくさん雇うんだ。時給三十セントで、たっぷり働ける。街の反対側だ。行って、仕事口があるかどうかきいたらどうだい？」

「行ってみます」とローン。

父はいっとき口をつぐんだ。頰のこけた顔に決断する表情がうかんだ。やがて、「あんた寝場所がないんだろう。寝るとこがほしいんだったら、最初の給料が出るまで、うちの納屋に泊まるのはどうだ？」

「それは――それはありがたいです」

「あんたは農場にもどって、エマにいいなさい。あんたに何か食わせてやってくれと、わたしがいってたと。子どもを学校へ送ったら、あんたを工場まで運んでやるから」

父は心の優しい人だった。たいていの人間は車でそばを通りかかっても、ローンには目もくれなかっただろう。わたしたちの家が貧乏だったのは、その心の優しさが原因ではなかったかと、わたしは思う。何にしても、そうした次第でその秋ローンはわたしたちといっしょに住むことになった。

ローンはなんなく職にありついた。搾汁シーズンには、グレープジュース工場は来る人間をみんな雇ってしまうからだ。週末にはローンはわたしたちと食事をいっしょにとり、夜は納屋に泊まった。そして月曜の朝には、父とローンはトラックにうち乗り、工場へ出かけていった。母は二人の弁当をつくり、どこで見つけたのか、魔法瓶をもうひとつ持ってきて、ローンにもコーヒーをわたした。日曜にはケーキを焼き、二人に大きなかたまりを切って与えた。

その夜、二人の帰宅は九時過ぎになった。顔や腕や両手はグレープジュースに染まり、シャツにも点々と染みがついていた。搾汁シーズンになると、父はいつもこんな姿で帰ってきた。父の仕事は〝チーズ〟をつくることで、所長がローンを助手につけてくれたということだった。この仕事は時給三十セントではなく三十五セントもらえたが、これは作業がきつかったからだ。

グレープジュース作りについては、わたしは何でも知っていた。なぜなら土曜日ごとに（ときには日曜にも）、父のところに弁当をとどけるのは、わたしの役目だったからだ。そういう日はいつも工場でぶらぶらして、人びとの仕事ぶりをながめた。工場に着いたブドウは枠箱からコンベヤーに移され、散水を受けながら釜まで移動する。つぎにブドウは煮立てられ、皮と茎と果肉のまじった汁気たっぷりの混合物に変わる。混合物はやがて太いゴムホースを通じて一階に下ろされ、父や相棒の〝チーズ〟作り職人がホースのバルブを開けたり閉めたりして、助手たちが平らな木製シートにつぎつぎと広げる圧搾ブランケットを満たしてゆく。それぞれのブランケットは折って〝チーズ〟にかぶせなければならず、うずたかく積みあがったところで圧搾機の下に置き、じわじわと液をしぼりだす。支払われる時給が三十セントどころではなく、三十五セントであったのも当然！

ローンと父はキッチンで食事をした。ジュリーとわたしはキッチンの戸口に立ち、二人が食べるのを見まもった。顔や腕に飛びちったジュースはあらかた洗い落としていたが、手についたジュースのあとはまだ消えていなかった。母は干し牛肉の肉汁をつくり、ポテトをたくさんゆでた。また母はケーキをもうひとつ焼きあげていた。

食事がすむと、ローンはおやすみをいい、納屋にはいった。父はその屋根裏部屋にベッドを整えてあった。といっても、干し草の上に毛布を乗せたものをベッドと呼べるとすればの話だが……。父はローンに自分の剃刀を一本分けてやり、背丈も体格もおなじくらいなので、作業ズボン一本と古いシャツを一枚ゆずっていた。

あくる日からは母もブドウ摘みをはじめたので、学校から帰ると、ジュリーとわたしにはたくさんの仕事がふりかかった。これは妹にとっては都合のわるいことだった。というのも、エイミーのところでずるけることができなくなってしまったからだ。ジュリーは鶏に餌をやらねばならず、わたしは牛の乳しぼりだった。これが反対ならよかったと思う。わたしの考えでは乳しぼりは女の子の仕事のような気がしたが、規則をつくったのは母だった。

父とローンへの最初の給料支払いは二週間近く遅れた。金曜の夜、帰ってくると、ローンはキッチンテーブルに十ドル札を二枚置き、「これ二週間分の下宿代です」と母にいった。

「あら、週に十ドルではもらいすぎよ」と母。「五ドルでたくさん」彼女は十ドル札を一枚取りあげた。ブドウ畑にいたので、顔は深い金色に日焼けしていた。彼女はつぎにもう一枚の十ドル札を取った。「これでつぎの二週間分ね——もしうちにいたければだけど」

「しかし週十ドルでも足りないくらいなのに！」ローンが異議をとなえた。「もっと上げてもらってもかまわないんですが、わたしも着るものをすこし買わなきゃいけないので」

「あなたから十ドル取ろうなんて、夢にも思っていませんよ」

ローンは文句をいいかけたが、母は耳を貸さなかった。そのかわり父のほうを見ると、こういった。「ネッド、うちには空き部屋がひとつあるし、ローンさんが納屋に寝ることはないんじゃないの？」

「そうだな」

「ほんとに小さな部屋なのよ」と母はローンにいった。「ベッドのマットレスもちょっと固いし。でも納屋で寝るよりましだわ。夕食がすんだらティムが案内しますから」

ローンはつっ立ったまま、母を見つめていた。テーブルについたのは、母が薪ストーブで温めたミートローフをテーブルに置いてからだった。

食事がすむと、わたしは彼を二階の部屋に案内した。母のいったとおりほんとに小さな部屋で、タンスとベッドがあるほかは、がらんとしていた。彼は歩み寄ると、ベッドにふれ、やがてすわった。「固いだろ?」とわたしはいった。

「とんでもない」と彼は答えた。「毛綿鴨(けわたがも)の羽毛みたいに柔らかだよ」

二週間後、ブドウ摘みの労賃が支払われると、土曜の朝、母はジュリーとわたしを街に連れてゆき、新しい通学服を買ってくれた。オーバーコートとオーバーシューズも買ってくれた。父は秋の耕作で手が離せないので、トラックはローンが運転した。搾汁シーズンは終わっていたが、父もローンもまだ解雇されていなかったので、二人とも週五日はたらき、農家から回収されたブドウ摘み用の枠箱をせっせと倉庫にしまった。

通学服とオーバーコート、オーバーシューズを買ったおかげで、母の給料はずいぶん減ったし、そもそも学校税と抵当に入れた農場の借入金の返済で、父の収入にも大きな穴があいたので、わたしたち一家は以前とほとんどおなじくらい貧乏になってしまった。

月に一度、母は父とわたしを散髪し、あいまにジュリーの髪もととのえた。だがブドウ摘みの仕事が山ほどあったおかげで、スケジュールにくるいが生じ、父とわたしの髪はすこしずつシャツのカラーにかぶさりはじめた。そんなわけで日曜の午後、ジュリーといっしょの皿洗いがすんだあと、母がキッチンに父とわたしを呼び、二ひきの熊(くま)さんの毛を刈らなくてはといったときも、わたしは驚かなかった。

母はキッチンのまん中に椅子(いす)を置き、鋏(はさみ)とバリカンを用意した。「あなたからよ、ネッド」といい、腰かけた父を古いシーツで首までおおい、ずれないようにピンで止めると、散髪にかかった。

はじめのうち母の散髪の手ぎわはみじめなものだったので、わたしはクラスメートたちによくからかわれた。だが腕前はやがて並の床屋とはりあうほどに上がり、ほどなく笑い声はやんだ。散髪がおわると、父は見違えるようなすがたになった。

「つぎはおまえよ、ティム」

わたしの散髪がすむと、母はジュリーの髪をトリムした。わたしは妹をブスだと思っていたけれど、彼女の髪にはいつも驚かされていた。それは母の髪とおなじ色で、母とおなじく絹(きぬ)のように柔らかなのだ。今回は伸び方も大きく、ジュリーの肩から下がった分を母は少なくとも五センチは切らねばならなかった。

そのあいだもローンはずっとキッチンの戸口に立ち、これをながめていた。その目のどんよりした冬空には、かすかな青みがさしていた。ジュリーの髪のトリムが終わると、母はローンに目をむけた。「つぎはあなたですよ、ローンさん」

彼の髪はわたしの倍ほども伸びていた。母はわたしの髪がそんなに長くなると、まるで音楽家みたいといったものだが、ローンに対しては何もいわなかった。彼の髪はウェーブがかかっていて、母は頭のてっぺんのウェーブが残るようにカットした。終わってみると、目のまえにいる男が浮浪者だったとはとても思えなかった。

「すみません。ご面倒をかけました、奥さん」母がシーツをはがすと、そう彼はいい、ややあって「すこしのあいだリビングルームにすわっていてもらえますか？　わたし、ここの掃除をやっちゃいますので」

　母はいわれたとおりにした。夕方、母はファッジをつくり、その夜はみんなでラジオをかこみ、ジャック・ベニーとフレッド・アレンを楽しんだ*。


　十一月も初旬にはいると、風は身を切るように冷たくなった。ジュリーとわたしは新しいオーバーコートをきて通学しはじめた。硬い霜がおり、樹々に残った最後の葉も舞い落ちていた。初雪が待ちどおしかった。

　ジュリーが学校の図書館から『タイムマシン』という本を借りてきた。妹はしょっちゅうおとなびた本を読んでいるので、彼女がある晩『タイムマシン』をローンに見せ、これを読んだことがあったら、説明してほしいと頼んだときも、わたしは驚かなかった。その本は読んだことあるよという返事で、これを聞いたときも、なぜかわたしに驚きはなかった。

　わたしたちはリビングルームにすわっていた。母は靴下のつくろいをし、父はうたた

＊二人とも三、四〇年代のラジオで絶大な人気を博したコメディアン。

寝していた。ジュリーはローンがすわっている椅子のアームに乗った。

ローンは本をひらき、ぱらぱらとページをめくった。「ウエルズがしたことというのはだね、ジュリー、彼の時代の資本家と労働者を発想の出発点に使うことだったんだ。エロイとモーロックはそういうところから生まれてきた。こういったらどうかな、つまり、階級格差に正面から取り組んで、その二つの隔たりを思いきり広げて、金持はもっと金持に、貧乏人はもっと貧乏に設定したんだ。あの時代の工場のありさまは、この国のいまの工場よりはるかにひどかった。もちろん工場がぜんぶ地下にあるわけじゃない。だけど地下にある工場も多くて、それがヒントになって工場をぜんぶ地下にすることを思いついたんだね」

「だけど労働者を食人種にしちゃったわ！」

ローンはほほえんだ。「これはちょっと行き過ぎだったね。だけどウエルズは本気で未来を予言しようとしたわけじゃないんだよ、ジュリー。この本を書いた大きな理由は、あのころの世界で何が起こっていたか、そのことにみんなの関心をふりむけることにあったんだからね」

「あなたは未来がほんとうのところどうなるとお考えになりますの、ローンさん？」と母がきいた。

ローンはすこしのあいだ沈黙していた。やがて「そうですね、奥さん、われわれが多少とも正確に未来を予見しようとするのだったら、まず外挿法（エクストラポレーション）という用語を捨てなくちゃいけませんな。戦争は想定できる。そうです、戦争はしょっちゅう起こっている。しかし、そういうい ま知られている事実だけから予見しようとしても、未来においては、想定してもいなかった因子が方程式のなかにどんどんはいってくるのです」

「たとえば、どんな因子がはいってくると思いますの？」

ローンはふたたび沈黙した。四人家族です。やがて「この部屋には、あなたとご主人、それにティムとジュリーがいますね。そこに他所者のわたしが加わって、しばらく家族の一員になっている。こんにちの物事の成りゆきからすれば、家族というのはほとんど分割できないものです。もしわれわれがその点を心のどこかにとめたまま、未来を予言しようとすると、結局は家族がきちんとした形のまま残っている世界を想像することになる。しかし、もしかしていまの人びとが予想もしていないいろんな力が顕在化して、家族をひとつにまとめている父系的・母系的調和を弱めるとしたら、どう思いますか？　弱めるも何も、その力によって家族がばらばらになってしまうとしたら？　ウエルズは『タイムマシン』のなかで、そうなったのはもろもろの危険がなくなったからだとしています。ウエルズによれば、危険こそが家族の結束に不可欠だったというんですな。しかし、いろんな新しい危険の出現が、家族の結束をゆさぶる原因になりうるのです。たとえばですよ、かりにこんにちの人びとが従っている道徳規範が廃れてしまうとしたらどうでしょうか？　社会意識がまったく変わってしまうとか。いまの人びとがみんな聖者だとはいいません——とんでもない。もっとも、離婚はたしかに多くはないが……。

離婚をしたくても暮らしに余裕がないというのも理由のひとつです。しかし、これはほとんど答えになっていません。結婚生活が長くつづいているのは、みんながそうしたいと思っているからです。しかし、この時代精神（ツァイトガイスト）が何かのはずみで変わってしまうとしたらどうでしょう？　人びとがなんらかの新しいかたちで解放されたと感じはじめたら、どうですかね？　たとえばその結果、離婚がありふれたものになり、片親に育てられる子どもたちがどんどん増えて、親が再婚した場合には、二つの家庭に分かれて住むことになる。これが子どもの家庭生活にどう影響するか、考えてごらんになるといいでしょう」

「でも信じられないわ。そういう予言をするにも、根拠になるものが何もないじゃありませんの！」

「それをいいたいのですよ、奥さん。方程式に予想外の因子がはいってくるのです。もっといいましょうか。家庭がこわれれば、両親にも子どもにもシニシズムが広く浸透するでしょう。結婚という形式は消え、いっしょに家族もなくなってしまうかもしれません。それを肩代わりするのは国家でしょうが、子どもは両親ではなく施設で育てられるようになり、子どもの思考や行動は、優しさも愛情もない指導員が形作るようになるかもしれない。いまここにある家庭の風景は、あなたやご主人やティムやジュリーにはあたりまえでしょうが、新しい社会ではいっさいが過去のものとして葬（ほうむ）られ、まったく忘れられてしまう可能性がある。でなければ、いまの卵の値段とおなじように、歴史のなかで取るに足りない位置を与えられてしまうでしょう」

　母は身をふるわせた。「気味のわるい想像をなさるのね、ローンさん」

「そう、ずいぶん気味のわるい話です。しかし、これは一朝一夕(いっちょういっせき)で起こるようなことではないし、こうした動きが見えるようになってからでも、新しい社会が生まれるまでには、もっと長い長い時間がかかりますよ」

　ローンは『タイムマシン』をジュリーに返した。「この本でね、もうひとつわからないことがあるの、ローン」とジュリーがいった。「時間旅行家(タイムトラベラー)はどうやって時間を飛んだの?」

　ローンはほほえんだ。「ウエルズは教えてくれてないかい? まあ、無理もないだろうね。知らずに書いているんだから。というわけでウエルズがしたのは、時間すなわち四次元という御託(ごたく)をいろいろ並べて、読者を煙(けむ)に巻いただけさ。まあ、ある意味ではたしかにそうだし、別の意味では、そうじゃないともいえる。タイムトラベラーは未来へ飛んで、出発した場所とおなじ地点に着いた。だけど彼が時間を飛んでいるあいだ、地球は彼の足もとで回転しているかもしれない——たいした距離じゃない。ものすごいスピードで飛ぶからね。ほんのちょっとだ。そう、たとえば、彼がここから出発すれば、未来に着く場所はここから西に五百マイルほどずれたところになるかもしれない。その場合、帰りは時間をさかのぼって、はじめに出発した場所とおなじ地点にもどるためには、まず東に五百マイル移動し、そこから、おなじ方向にさらに五百マイル移動して、もどるとき失う距離を埋め合わせなければならない。

だけど面倒はそれだけじゃない。ものすごいスピードで時間を飛べば、時間の流れのなかに乱流をつくってしまうおそれが大きい。その場合タイムトラベラーは、もどる前に、現在で過ごしたのとまったくおなじ時間が未来なり過去なりで過ぎるまで待たなくちゃならない。だけど、そういうことをぜんぶ取り外してもね、ジュリー、時間旅行は人間ひとりでなしとげるにはあまりにも複雑微妙な事業なんだ。タイムトラベラーが乗ったような単純なタイムマシンでは、そんな小細工はとてもむりだ。もし時間が光と結びついているなら、本物のタイムトラベラーに必要なのは光子(フォトン)の場で、これは外部からでなければ操作できない。この場を使って、ほかの人たちがタイムトラベラーを未来なり過去なりに飛ばし、そのさい失われた時間や空間を挽回してから、その場を使って彼を連れもどすんだ」

話の大半はわたしの耳を素通りした。その点では妹もおなじだったと思うが、ジュリーの表情は満足そうだった。

ローンが腰を上げた。「失礼じゃなかったら、わたし、そろそろ部屋に引き取りたいのですが」

ジュリーは椅子の座部の上に立ちあがり、彼におやすみのキスをした。「おやすみなさい、ローンさん」と母がいい、わたしもおやすみをいった。父は椅子にかけたまま眠りこけている。

十一月のなかばになって初雪が降った。ジュリーとわたしは新しいオーバーシューズをはいて学校に通いだした。ローンは母のカメラを借り、フイルムを買って写真を撮りだした。ローンも父もまだ解雇されてはいなかったが、まもなくその日が来るのは確実で、そうなればローンと別れなければならず、ジュリーがそのことでくよくよしているのは、わたしも気づいていた。

学校で感謝祭のカードをつくる授業があり、生徒はそれぞれ自分がいちばん感謝している人なり物について書くことになった。ジュリーがカードを持ち帰ったので、母が家で披露した。カードにはこうあった——

お母さん
お父さん
ティモシー兄さん
そして
ローンさん
たくさん、たくさん感謝しています

表紙にジュリーが描いたのは七面鳥だったが、絵は鳥というよりどう見てもセイウチで、あざやかな赤で彩色されていた。母はカードをキッチンの壁にかけた。

感謝祭の当日には、父方母方の祖父母も招かれていっしょに夕食をした。どちらも相手を嫌っていたものの、感謝祭とあれば、おたがい口喧嘩（くちげんか）はしないだろうと母は確信していた。なるほど、喧嘩は起きなかったが、わたしが思うに、これは感謝祭のせいではなく、彼らが共通の敵をまえに団結していたからだと思う。四人ともわたしたち一家が流れ者といっしょに住んでいることには反対で、食事中もそのあともローンにさげすみの目を向けていた。

その週の土曜日の朝、ハイビー氏の金物店のトラックが庭にはいってきて、裏のドアにバックで寄せた。何事かと母がドアにすがたを見せた。ゆうべは朝まで雪が降っていた。柔らかい湿った雪で、ジュリーとわたしは裏庭で雪だるまをこしらえていた。父はパン焼き用の小麦粉を買いに街へ出かけていた。

納屋でトラクターの整備をしていたローンが、家のほうに出てきた。ハイビー氏がトラックから降り立った。でっぷりした小柄な人物だ。「ああ、おはよう、ローンさん。運びこむのを手伝ってくれんかね」

「そのまえに古いやつを運びだしましょう。ティム、ドアを手で持って開けておいてくれ」

わたしはいわれたとおりにした。二人が薪ストーブを雪のなかに置くと、雪の白さのなかでストーブは屋内にあったときよりもまっ黒く見えた。母は裏のステップに立ち、見まもっている。ジュリーもとなりにいた。

ハイビー氏がトラックの後部ドアを開けた。すると、それが見えた。「ドアを押さえて、ティム」とローン。

二人は品物を運びこみ、古いストーブがあったフロアに据えた。日ざしがキッチンの窓からさしこんで陽だまりをつくり、その白さを千の光の粒にして広げた。わたしにつづいて、母とジュリーが家にはいった。みんな一言ももらさなかった。

ハイビー氏がおもてに出て、ガスの元栓を締めた。そしてスパナや、ガス管、開閉バルブ、管ねじ切りをキッチンに運び入れ、ローンといっしょにストーブの据え付けを終えた。やがておもてに取って返すと、ふたたびガスの元栓を開けた。彼はわたしたちにさよならし、ローンが工具をトラックまで運んだ。トラックの去る音が聞こえ、気配でローンが帰ってきたことがわかった。

母はキッチン・テーブルのかたわらに立っていた。据え付けのあいだ母はまったく動いていなかった。「これはあなたの料理の腕を当てこすっているわけじゃないんですよ、奥さん」とローンはいった。

「わかっています」と母。

「あの右手前の火口はもうすこし絞ったほうがいい。納屋へ行って、六インチスパナを取ってきますよ」

彼が裏のドアから出ていってしまうと、わたしは母のほうを向いた。すごいや、もう薪割りしなくていいんだ！　そういおうとしたのだが、ことばは出てこなかった。母は泣いていたのだ。

つぎの週の金曜日、父とローンは解雇された。あくる朝、ジュリーとわたしは沈んだ顔で朝食のテーブルについた。母はオートミールを用意してくれていた。ボウルによそうあいだ、わたしたちの顔を見ることもなかった。父は裏のドアのまえに立ち、上部にある小さな窓から外をのぞいていた。

「ローンは？」とジュリーがきいた。行ってしまったのではないかと不安になったのだ。わたしもおなじ心境だった。

「ローンはトラックで街へ出たよ。真鍮鋳造所でなにか作ってもらったらしくて、そいつを取りに行ったんだ」

「何を作ってもらったのかな？」とわたしはきいた。

「さあな。何もいってなかった」

何を作らせたのかは結局わからなかった。帰ってきたローンから、その話が出ることはなかった。何を作らせたにせよ、品物は納屋に隠してしまったのだろう。

ウィークエンドは過ぎ、新しい週になった。ここを発つという話がローンの口から出ないので、このままずっといてくれるのではないかと、みんな楽観しはじめた。ところが木曜の夜のこと、ローンはリビングルームにはいるなり、こう宣言した。「わたし旅をつづけようと思います」

つかのま口をきく者はなかった。やがて父がいった。「出ていく必要はないんだよ。この冬はわたしの家にいたらいい。瓶詰めシーズンがはじまったら、また仕事を世話してあげるから」

「仕事がないからではないです。もうひとつ、別の——別の理由がありまして」

「お別れなの？」母がきいた。

「ええ、奥さん」

「でも外は雪よ」

「いいえ、奥さん。止(や)みました」

「いていただきたかったのに」

「できればよかったんですが」目のなかのひとかけの青は消えていた。だが、その目はもはや以前のような沈んだ灰色ではなかった。

列車が汽笛を鳴らした。その音は家を刺しつらぬくように思われた。「サンドウィッチをつくってあげますから、持っていったら」と母がいった。

「いいえ、奥さん。だいじょうぶです」

彼は元の服装にもどっていた。「あなたの新しい服やなんか」と母。「ああいうのはまとめたの？」

ローンは首をふった。「いや――軽装で旅していますから」

「でも、あなたが買ったジャンパー――あれは持っていかないと。その上衣だけじゃ凍えてしまうわ！」

「平気です、奥さん。そんなに寒くはないですから……ほんとにいろいろお世話になりました。ご親切は忘れません」彼は間をおき、やがてつづけた。「あなたたちみたいな方がいらっしゃるとは、まったく知らなかったものですから。わたしは――」ふたたび間。だが、今度はことばがつづかなかった。

父が腰を上げ、部屋を横切って、ローンと握手を交わした。母が近づいて彼の頬にキスをし、顔をそむけた。

「まだ今週の給料の支払いが残っているじゃないか」と父がいった。「住所を教えてくれれば、そちらに転送してやるよ」

「あなたが受け取るようにもう署名しました」

「そんなのもらえるもんかい！」

ローンの口もとにおずおずとした笑みがうかんだ。「あなたが受け取らないと、金持がもっと金持になってしまう」

そんなやりとりのあいだずっと、ジュリーとわたしは声もなく長椅子にすわり、動くこともできずにいた。ジュリーがいちはやく硬直状態を脱した。ジュリーは部屋を横切ってかけだすと、跳ね上がり、ローンの首に腕を巻きつけた。つぎの瞬間、わたしもかけだしていた。ローンはわたしたち二人にキスし、「元気でな、ジュリー、ティム」といった。

ジュリーは泣いていた。わたしは泣かなかったが、涙を必死でこらえていた。ローンの去りぎわの動きはすばやかった。裏のドアが開く音がし、閉まる音がした。あとにはジュリーのすすり泣きだけが残った。

その夜、わたしはベッドに横たわり、長いあいだ、町にはいる貨物列車が速度をゆるめる音に耳をすませていた。だが貨物列車はすべてガタンゴトンと通り過ぎてゆくばかり。旅客列車は夜は町に停(と)まらない。停まるのは朝になってからだ。わたしは眠りのなかで旅客列車がひとつ、かん高い音をたてて通り過ぎるのを聞いた。

朝が来ると、わたしは日の出まえに起きだし、服を着た。おもては寒いので、新しいオーバーをはおり、新しいオーバーシューズをはいた。わたしは雪の上に残るローンの足あとをたどった。夜明けの光のなかで足あとははっきりと見えた。ローンは線路に向かって歩いたのではなかった。彼が向かっていたのは畑をつっきる道で、その先には町がある。以前眠りをとった樹の下から百ヤードほど行ったところで足あとは途切れていた。

寒気のなかに立ちつくすうち、曙光(しょこう)が大地にさしこんできた。足あとが終わるところでは、足形は平行に並び、ローンが立ちどまったことを示していた。しばらくそこに立っていたのだろう、まわりの雪はいったん融け、ふたたび凍ったような外観を呈している。

はじめは何フィートかジャンプして、また歩きだしたのではないかと思った。だが並んだ足あとの向こうの雪にそれらしい痕跡はなく、わたしは考えを修正した。きっと自分の靴あとをたどり直して、後ろむきに歩いたんだ。だが、そうしたのなら、足あとが途中から右か左に分かれていていいはずだが、そのようなものは見あたらなかった。それに、そんな筋の通らないことをする必要がどこにあるだろう？

どういうことなのか、ローンは夜の闇に消えたのだ。

さらにしばらくのあいだたたずんでいたが、やがて家に引き返した。足あとのことは母には話さなかった。ローンが貨車に飛び乗ったと母が信じているのなら、それはそれでいい。このことは父やジュリーにも話さなかった。足あとのことは心の奥深くに埋めこみ、この歳月ずっとそのままにしておいた。そして箱の中身をのぞいたとき、わたしはふたたびその足あとを掘りおこす気になったのだった。

はじめにアルバムを取りだした。最初のページには目のさめるように美しい女性の写真――わたしの母の写真があった。となりの写真には、かわいらしい少女とトウモロコシ色の髪をした少年が並んで写っていた。

母の写真の下には、ひょろりとした背の高い男が写った一枚。父の写真である。あとのページにも母の写真や、ジュリーとわたしの写真がつづいた。わたしたちの住んでいた家の写真が何枚もあった。納屋の写真も一枚あった。そして雪の積もった畑とこの近辺でいちばん高い丘の写真が一枚ずつ。
アルバムの下からは、セイウチそっくりの七面鳥を描いたカードが出てきた。そういえばキッチンの壁にかかっていたこの絵が、いつのまにかなくなっていたのをおぼえている。わたしはカードを裏返し、文字をふたたび読んだ――

お母さん
お父さん
ティモシー兄さん
そして
ローンさん
たくさん、たくさん感謝しています

箱のなかには、母がローンのためにつくろった靴下があった。父が彼にやった剃刀があった。つぎには一冊の雑記帳。なかのページには何も書かれていなかった。そのかわり、ページのあいだに髪の房が二つ、平たくはさまれていた。ひとつはダークブラウンの髪で、シルクのように柔らかく、もうひとつはトウモロコシ色をしていた。

はじめて着いたとき、ローンは強盗に遭ったのだろう。あらかじめ印刷された特別な金を持たせないかぎり、向こうが彼を送りだすはずがないからだ。一文無しになった彼は、鉄道にタダ乗りするしかなかった。そして時間流のなかに生みだした乱流が解消されるのをひたすら待ったのだ。未来で過ぎ去った時間が、過去で過ぎた時間とぴったり等しくなるまで……。

ひょっとしてわたしたち一家が引き取らなければ、彼は飢え死にしていたのではないだろうか。

物を未来へ持ち帰るなという命令は出ていたにちがいない。過去の世界へ送りだされたのも、なにか理由があってのことだろう。それとも、ただ一九三〇年代がどんな時代か知りたいだけだったのか。ちょうど月がどんなところか見たいがために、アームストロング、オルドリン、コリンズが月に送りだされたように。

わたしはアルバムと感謝祭のカードを見つめた。剃刀とつくろいのすんだ靴下を見つめた。手にある雑記帳を見つめた。

ローンさん、あなたはどういう荒寥とした世界へ帰っていったのか――わたしたちとの暮らしがこんなにも貴重な思い出になるなんて。

わたしは箱の中身をはじめ見たときのままにもどし、ふたを閉じた。一本の貨物列車がコンレイルの線路をガタンゴトンと動きだした。「あんたのトラックにハンダ鏝（ごて）とハンダはあるかね？」とわたしはシムズにきいた。

「元にもどしますか？」

わたしはうなずいた。シムズは理由をきかなかった。「鏝はありませんがね、小型のアセチレンボンベなら」彼は部下の整備士のひとりをふりかえった。「ディック、ハンダとボンベを取りに行ってきてくれ。重くないから大丈夫だ」

ディックがハンダとボンベを持ってくると、あとはチャック・ブレインが取って代わった。封を閉じるのには数分とかからなかった。ややあってシムズはもうひとりの整備士に向いた。「ラリー、ベントリーさんが箱を預かるそうだ。ふもとまで運んでやってくれ」

「いや」とわたしはいい、箱をはじめ見つかった穴にもどした。二度と乱す者がいないことを祈るよ、ローン。わたしは立ちあがり、ブルドーザーを指さした。「これを埋めるように運転手にいってくれ」

主従問題

伊藤典夫 訳

もしあなたが小さな町や村に住んだ経験がおありなら、あなたはきっとフランシス・フルーガーみたいな人物とお会いになっているだろうし、おそらく彼をそそのかしてスカイフックや、左利き用のモンキーレンチ、蒸気バケツなどの追求にあおりたて、彼があなたの言いつけどおりに動きだすと、その後ろ姿をながめて大笑いしたことがおありだろう。過ぎ去ったいくつもの世代にわたって、こうしたフランシス・フルーガーたちがアメリカ全土に楽しみと笑いをふりまいてきたのはたしかなことである。

いまここで問題になっているフランシス・フルーガーは、ヴァレービューという名の小さな町に住み、村の名物変人の異名に加え、村の発明家という名声をも担っていた。この二つの特色はなかよく手を取りあっていることが多く、このなんとも不釣り合いな取り合わせによって楽しみと笑いの規模はいっそう大きなものとなる。なぜなら、流線型の自動缶切りや格好いいポップアップ・トースターが大流行りのこの進歩した時代において、よほどの世間知らずでないかぎり、地下室でループ・ゴールドバーグ風装置の発明にいそしむ出っ歯で寄り目のうすぼけがいると聞いて、無関心でいられる人間が存在するとは考えられないからだ。

目下話題のフランシス・フルーガーは、地下室よりもキッチンをもっぱら発明の場としていた。とはいえ彼の作るマシンは立派にループ・ゴールドバーグの伝統に則っていた。いま彼が組み立てている装置を例にとってみよう。装置はキッチン・テーブルの上にあり、そのさまざまな付属品は一見何の脈絡もなくあっちこっちへ飛び出している。まん中には透明な球体があり、それは逆さまになった金魚鉢を思わせる。その鉢の中心にびっくりするほど金魚そっくりの物体が見えるが、もちろんそれは金魚などではない。何であるにしろ、フランシスが新しい付属品をつけ加えるたびに、物体はどんどん輝きを増してゆき、いまやその白光はコバルトブルーのゴーグルをつけないかぎり直視できないほどだった。ときは一九六二年四月一日――エイプリル・フールの日の出来事である。

実をいうと、このマシン自体の発想はフランシスの脳に発したものではなく、取り付ける部品もキッチンの仕事場で生まれたものではなかった。その朝、彼がミルクを取り

＊つづく二つを含め、すべて実在しない道具。前世紀の初頭、職場の新米をからかうためよく引き合いに出された。一つめは何もない宙にぶらさがったフック。近ごろよく耳にする宇宙エレベーターは、その発想を宇宙空間に応用した実用例。三つめは蒸気をためるバケツ。
＊＊ピューリツァー賞受賞の新聞マンガ家（一八八三－一九七〇）。単純な作業をばかげた複雑きわまる手続きで実現するマシンを発案し、一世を風靡した。ゴールドバーグ・マシンの動画は、YouTube 参照のこと。

におもてへ出ると、玄関の階段の上に箱がひとつあるのを見つけた。その箱のなかに彼は金魚鉢とその付属品、さらには「多重メビウス結び式発電機組立説明書」と題された指示書きを発見したわけである。結び目をつくるマシンなんて最高じゃないか。フランシスはそう思い、箱をキッチンに運ぶと、ただちに組み立てにかかった。

いまやつけ加える付属品はあとひとつとなり、彼はそのまま部品を所定の位置にねじこんだ。そして努力の成果をほれぼれながめようと、後ろにさがった。その瞬間、彼の作品は活動をはじめた。部品はいたるところでふるえだし、火花を飛び散らせた。球体はかがやき、中心にある金魚そっくりの物体は右に飛び左に飛び、蠅(はえ)を追うような動きを見せた。マシンの上にブルーの光輪が現われ、回転をはじめた。回転速度はどこまでも上がり、ついにガス状の成分は分離すると、あらゆる方向に飛び散った。三つの出来事があいついで起こった。フランシスの家の裏戸が青みがかった色を帯び、説明書が消失し、マシンが溶けはじめた。

一瞬ののち、なにやら生き物の悲しげに鳴く声が裏戸の敷居のあたりで聞こえた。と同時に、ヴァレービューの住民全員が、彼らの自宅裏口の敷居のあたりに動物の悲しげに鳴く声を聞いた。

当然のことながら、だれもが鳴き声の主をさがしに出かけた。

掲示は新しかった。どう見ても六カ月以上さかのぼるものではない。**「ここからはヴァレービューの村です」**と掲示にはあった。**「運転にはご注意を――みんな犬好きですので」**

＊

フィリップ・マイルズは注意深く車を進めた。彼もまた犬は大好きである。

夕闇(ゆうやみ)はしばらく前から抜き足差し足で十月の田園風景に忍びこんでいたが、ヴァレービューの村は街灯ひとつつけていなかった――それどころか、ほかの明かりも見あたらない。すべては闇に沈み、人っ子ひとり見えない。フィリップはゴーストタウンに迷いこんでしまったかと疑いはじめ、ヘッドライトが暗い交差点をなぎはらい、公園の伸びすぎた草と手入れのあとのない植込みを照らしだしたところで、やはりゴーストタウンだと結論を出した。そのとたん、犬の散歩をしている若い女の姿が目にとまった。

彼は交差点をはすかいにつっきり、彼女のそばに車を横付けした。ブロンドの背の高い女で、グレイの秋用のコートをシックに着こなしている。顔だちは魅力的だが――冷たい古風な感じの美人といっていいかもしれない――歳(とし)は二十五をとっくに過ぎているようだ。だが、そう思うフィリップだって、とっくに三十を過ぎている。女が足をとめると、犬も足をとめたが、犬はべつに鎖(くさり)につながれているわけではなかった。どちらかといえば小型犬で、色は黄褐色。金色っぽい茶色の目。すらりとした端白(つまじろ)の尾。コッカースパニエル風に両側に長く垂(た)れた毛むくじゃらの耳。といっても、コッカースパニエルではなかった。ひとつには耳が長すぎたし、またひとつには尻尾(しっぽ)が華奢(きゃしゃ)すぎた。フィリップがいままで見たこともない種類か、なんらかの雑種だろう。

　彼はシートから身をのりだして、右手のウインドウを下ろした。「ローカスト通り二十三番地というと、どのあたりになりますか？」と声をかけた。「この村で弁護士をやっているジュディス・ダロウって方の家があるんですがね。ご存じですか？」

　女は驚いた顔をした。「わたしが呼んだ不動産屋さんって、あなた？」

　フィリップも驚いた顔になったが、気を取り直していった。「すると、あなたがジュディス・ダロウか。ごめん……遅れてしまって」

　女の目がきらりと光った。ヘッドライトのまぶしい余光のなかで見ると、その目は緑がかったグレイだった。「手紙で指定しておいた待ち合わせ時間は今朝(けさ)の九時よ！　もしかしたら暗闇で土地の見積もりをする方法を教えようというわけ？」

「すみません」とフィリップ。「来る途中で車がエンコして、修理を待つのに時間を食われちゃいまして。電話をかけたんですが、交換手がいうには、そっちの電話は契約切れになっていると。ホテルに案内してくれれば、一泊して朝には土地の見積もりをはじめますよ。ホテルはありますよね？」

「あるわ——でも、いまは休業中なの。ツァラトゥストラ——おすわり！」犬は後ろ足で立ち、ドアに前足をかけてウインドウのなかをのぞこうとしていたが、そこまで背が届いていない。女のことばに、犬はおとなしくうずくまった。「ツァラトゥストラとわたしを除けば、村はもう空っぽ」と彼女はつづけた。「ほかの人たちはみんな引っ越しちゃって。わたしもいなくなっていたところなのよ、商店や家屋を売り払う仕事を委託されてなかったらね。おかげでこういうぎこちない状況になったというわけ」

彼女は前屈みになっており、ダッシュボードの光が彼女の顔に青白くあたり、表情のきびしさを和らげていた。「なんだかよくわからないな」とフィリップ。「手紙から察すると、売りに出したい土地が二、三カ所あるという話に見えたけど、これじゃ町を丸ごとじゃないですか。ここにだって少なくとも一〇〇〇人ぐらいの人間がいたでしょう。その一〇〇〇人がいっせいに荷物をたたんで、引っ越してしまうなんて無茶だ」彼女からの説明がないので、フィリップはつけ加えた。「どこへ引っ越したんですって？」

「フルーガーズヴィルよ。聞いたことのない町だと思うから、意見をいうのは控えたほうがいいわね」ついで、「身分証明書はある？」ときいた。

彼は運転免許証と名刺とジュディスからの手紙をさしだした。彼女はちらりと目を通し、返してよこした。なにかためらっているようすだ。「とりあえずホテルに案内してくださいよ」と彼は提案した。「ぼくが財産評価しなければいけない場所なら、キーはお持ちでしょう」

彼女はうなずいた。「キーはあるわ。でも、あそこの家具は取り払われちゃって、いまでは空っぽよ。先週、村でオークションが開かれて、引っ越しのとき持っていけないものはみんな処分しちゃったから」彼女はため息をついた。「仕方ないわね。いちばん近いホテルまで三十マイルはあるから、わたしの家に泊まるしかないわ。家具はいくつか残してあるの――たいていは結婚祝いの品だけど、処分する段になって感傷的になってしまって」彼女は車に乗った。「ほら、おいで、ツァラトゥストラ」

ツァラトゥストラはよじのぼると、彼女の膝を飛びわたり、二人のあいだにすわった。車は歩道ぎわからするすると離れた。

「犬にしては変な名前ですねえ」とフィリップ。

「そうね。この名前をつけたのは、見ていると、わたしの心にときどき小さな老人のイメージがうかんでくるからよ」

「だけど、元のツァラトゥストラは長寿で有名なわけじゃない」

「じゃ、ちがう連想も働いているのかしら。つぎの角を右に曲がって」

ローカスト通り二十三番地の家には、道に面して窓が三つあったが、寂しげな明かりがひとつだけついていた。しかしながら光源は白熱電球ではなく、ガソリンランプのマントルだった。「村への電力供給が昨日で切れたものだから」とジュディス・ダロウは説明すると、ランプをポンピングして明るさを元にもどした。彼女は横目でフィリップを見た。「あなた、夕食はとったの？」

「ほんとのところをいえば――まだです。だけど、どうぞお構い――」

「お構いなく、ですって？　そうしたくても、それは無理。貯蔵した食料はもうなくなりかけているの。すわって待っていて。サンドウィッチぐらいならできるから。コーヒーだって淹れられるわ――ガスはまだ切れていないし」

リビングルームは名前のとおり、三つの家具を備えていた。肘掛け椅子が二脚とコーヒーテーブルがある。ジュディスの姿が消えると、フィリップはブリーフケースを床に置き、椅子のひとつにかけた。フルーガーズヴィルには彼女はどうやって行くのか、と漠然と思った。玄関先に車はなく、家に車を隠せるガレージはない。その上、この村にいまでもバスが通っているとは思えなかった。ヴァレービューは、新しく建設された超高速ハイウェイからはずいぶん昔に外れている。彼は肩をすくめた。フルーガーズヴィルへどう行き着くかは彼女の問題だ。自分にかかわりはない。

彼はリビングルームに注意をもどした。部屋は大きかった。家そのものも大きかった――大きく、ビクトリア朝風に建てられていた。ジュディスは裏のドアを開けたらしい。そよ風が吹きこみ、階下の部屋部屋を流れていた。花の香りと伸びゆく草の露に湿ったそよ風だ。彼は怪訝な表情になった。いまは十月だ。六月ではない。それにしても、いったいいつから十月に花が咲き、草が伸びるようになったのだろう？　この香りは人工のものだろうと、彼は結論づけた。

ツァラトゥストラはリビングルームのフロアのまん中から大きな金色の目で彼をなが

めている。この生き物を見ていると、小さな老人の連想がわいてくるのはたしかだが、歳はまだ二つか三つぐらいにしかなっていないはずである。「おまえは付き合いがいのないやつだな」とフィリップはいった。

「ワフ」とツァラトゥストラはいい、向きを変え、アーチをくぐって大きな部屋にはいり(壁に沿って空っぽの棚が並んでいるところからすると、書斎であったらしい)、またひとつアーチをくぐって別の部屋――疑いもなくダイニングルームだ――に進み、そこで見えなくなった。

フィリップは肘掛け椅子にぐったりともたれた。疲れきっていた。十時間労働が週に六日、これを五十二倍すれば、答えは三百十二になる。年に三百十二日、クライアントを漁り、話し、歩き、車をとばし、説得し、二十代前半に手をつけるべき人生の礎づくりを三十代になってようやくはじめようとしている。それは家族という名の礎であり、あるときふと家族がほしいと気づいて以来、ずっとそんな暮らしを夢見てきた。ときおり彼は考えるのである。チャンスはいつまで待っても来ないのではなく、実はとっくに自分のところを通り過ぎてしまったのではないか。むかしの自分のまま突き進んでいってもよかったのではないか。つまるところ安ホテル暮らしだろうが、もっと安価な下宿屋暮らしだろうが、なにも悪いことではない。無気力な訪問セールスマンのまま、すり減った靴をはいていても、なにも悪いことではないのだ。

問題はなにもない。ただ、ときおり疼くように高まる人恋しさと、夕暮れの長い空虚な時間を別にすれば……

ツァラトゥストラがふたたび部屋にもどり、ふたたびフロアのまん中にすわった。彼は手ぶらで——というより正しくは、口ぶらで——帰ってきたのではなかった。くわえているのは、ふつう犬がおみやげにしないようなものである。それは薔薇——グリーンの薔薇だった。

目を疑いながらフィリップは腰をかがめ、犬の口から薔薇をとった。だが、じっくりながめる余裕もなく、隣りの部屋に足音がひびき、わけもなくあわてて花を服のポケットにつっこんでいた。一瞬のち、ジュディス・ダロウが大きなトレイを持ってアーチの下に現われた。コーヒーテーブルにトレイを置くと、小さな銀のポットから二つのカップにコーヒーを注ぎ、サンドウィッチを盛った皿を指さした。「ご自由に取って」

彼女はもうひとつの椅子にかけ、自分のコーヒーをすすった。彼はサンドウィッチをひとつ口にしたが、それ以上は腹が受けつけないとわかった。どうしたものか相手の近さと沈黙が、彼を落ち着かなくさせた。「ご主人はもうフルーガーズヴィルに発ったのですか？」と気をつかいながらきいた。

緑がかったグレイの目が冷たい光をおびた。「そう、ずいぶん前にね」と彼女。「実際のところ、一年前。でも、どこへ行ったかは知らないの。フルーガーズヴィルじゃないのはたしか。どっちみち、当時はフルーガーズヴィルまでは無理だったから。片腕にブルネット美人をだっこし、もう片方には赤毛美人をまといつかせ、尻のポケットにカテイサークをさしこんでいたわ」

　フィリップは途惑った。「い、いや、詮索するつもりはなかったんです。ごめん」

「なぜあなたがあやまるの？　世の中には腰を落ち着けて子どもを育てる男もいるし、酒を飲んで遊びにふける男もいるのよ。そういう単純なことだわ」

「そうかな？」ふと心にふれるものがあり、フィリップはきいた。「ぼくはどっちのカテゴリーですかね？」

「あなたはひとり一分野ね」彼女の目にかすかな光がうかんだが、驚いたことにそれが意地悪な光であることに彼は気づいた。「あなたには結婚の経験はないでしょう。でも広く浅く女性とつきあっていても、あなたは全面的にシニカルにはなれなかった。まだ自分の献身を注ぐだけの値打ちのある女性がこの世にいると信じてるところがあるわ。それはその通りよ——そういう女性はいっぱいいるもの」

　平手打ちをされたように、彼の顔はひりひりと痛んだが、ある意味ではまさに彼女は平手打ちをしたのだった。彼は怒りをこらえるのに苦労した。「独身生活がそんなにはっきり見えるとは思わなかったな」と彼はいった。

「そうじゃなくって、もうしわけないけど私立探偵を雇って、あなたのことを調べさせてもらったの。ある面ではあまり芳しくなかったけど、ほかに調べた不動産仲買人たちと違って、あなたの場合、嘘らしいものが全然なかったのよ。今回はことの性質上、わたしには最大限の正直さをもって契約を取り持ってくれる人間が必要だったの。遠くまで手を広げて、やっとあなたが見つかったわけ」

「ずるいな」とフィリップ。不本意にも気分は和らいでいた。「たいていの不動産屋はまっとうな商売をしてますよ。じっさい同僚のひとりなんかは、家族の宝石*の管理をまかせてもいいくらいだ——わが家に宝石があればの話ですがね」

「いいわね」とジュディス・ダロウ。「そういう友人がいる人にわたしは賭けたのよ」

彼女がくわしい説明をしてくれるのを待ったが、それ以上の説明がないとわかると、彼はコーヒーを飲みおえ、立ちあがった。「もし用事がないようなら、そろそろ床につきたいんですがね。今日はいろいろ忙しかったし」

「部屋へ案内するわ」

彼女はローソクを二本出すと、火をともして金めっきの燭台にさし、燭台のひとつを彼にわたした。部屋は三階の屋根裏にあった——おそらく彼女の部屋からは、建物の大きさが許すかぎりの距離で、いちばん遠いところにあるのだろう。フィリップは気にしなかった。彼は屋根裏の部屋で寝るのが好きだった。屋根をたたく雨音には、天からもっと遠い寝所で眠る人間にはうかがい知ることのできない魅惑がある。ジュディスが去ると、彼はその部屋の唯一の窓を開けはなち、服を脱いでベッドにもぐりこんだ。ふと薔薇のことが気になりだし、上着のポケットから抜くと、ローソクの明かりをたよりに

＊この語は、ひた隠しにしたい家族の恥の意味もある。

しげしげと見入った。たしかに色はグリーン――思っていたよりはるかに鮮やかなグリーンだった。その匂いは階下の部屋部屋を吹き抜けていた夏のそよ風を思い起こさせたが、それはいま彼の部屋に吹くひんやりした十月の風にはまったくそぐわなかった。彼は薔薇をベッドぎわのテーブルに置くと、ローソクの火を消した。ようし、明日は薔薇の茂みを探しに行くとしよう。

フィリップは早起きなので、夜が明け切らないうちに、着替えをすっかり終え、上着のポケットに薔薇をいれ、部屋を出て静かに階段を下った。リビングルームでは、ツァラトゥストラが肘掛け椅子のひとつに丸くなっているのを見つけたが、つかのま彼は無気味な印象におそわれた。その動物が毛むくじゃらな片方の耳を伸ばし、それで背中をかいているような印象を受けたのである。フィリップが面食(めんく)らっているうちに、耳は元の長さにもどり、持主(もちぬし)の黄褐色の頰(ほお)におさまっていた。彼は目をこすって眠気をさまし、犬を呼んだ。「おいで、ツァラトゥストラ。ちょっと散歩しよう」

ツァラトゥストラを従えて裏のドアへ向かう。ダイニングルームの先へ行くには、錠の下りた両開きのドアが行く手をはばんでいた。彼は眉(まゆ)をひそめながらリビングルームにもどった。「そうか、わかったよ」と彼はツァラトゥストラにいった。「それなら正面からまわるだけだ」

彼は家の側面へとまわった。ツァラトゥストラはかたわらをとことこと歩いている。

横手の庭はがっかりだった。薔薇はそこには見あたらなかった――グリーンの薔薇はおろか、どんな種類の花も咲いていなかった。庭にあるもので多少とも目立つのは、犬小屋だけ――だがたいへん古びており、ツァラトゥストラが寝るには大き過ぎたし、おそらくはジュディスがもっと大きな犬を飼っていたころに作ったものだろう。庭は惨状を呈していた。雑草は夏中刈られたことがなかったらしく、植込みは荒れ放題、地面には枯れ葉が敷きつめられていた。隣りの家でも状態は似たようなもので、周辺の土地を見わたすと、おなじような荒廃は近隣一帯に広がっていることがわかった。明らかにヴァレービューの善良な住民は、この近辺から立ち退くずっと前に、自分たちの不動産に興味を失っていたようだ。

探索をつづけるうち、裏口にたどり着いた。どこかにグリーンの薔薇があるのならこぢんまりした裏のポーチを飾る格子が、咲くのにいちばんふさわしい場所である。だが、あるのは薄汚れて干からびた蔦とたくさんの枯れ葉だけだった。

開けようとして、ロックされているとわかると、家の周囲のまだ歩いていないところへ回って一周を終えた。ジュディスが玄関のポーチで待っていた。「ツァラトゥストラを散歩に連れていってくれてありがとう」と彼女は冷ややかにいった。「庭がきちんと手入れされていたらよかったけど」

彼女が着ている黄色いドレスは、声の冷たさにそぐわなかった。フリルのついたブルーのエプロンも、凍えるようなまなざしとは裏腹だったが、悪意はまちがいなく存在していた。「失礼、きみのところの裏庭が手入れされていないとは知らなかったんだ」そして、「算定してもらいたい土地のリストをわたしてもらえれば、すぐ仕事にかかりますよ」

「ああ、それはわたしが案内するわ――そのまえに朝食よ」

　彼女がキッチンに立っているあいだ、彼はまたもリビングルームで足止めの憂き目にあい、食事はまたもトレイで運ばれてきた。どうやら彼をキッチンに入れたくはないらしく、それどころか周辺に近づけたくもないらしい。謎かけにはあまり興味はないものの、こんどの謎は時を追うごとに彼の興味をかきたててくる。

　朝食がすむと、彼女は食器洗いがあるので、玄関のポーチで待っていてくれといい、ツァラトゥストラにお相手をつとめるように命じた。彼女は二種類の声を使い分けていた。ツァラトゥストラを呼ぶ声は夏の倍音を含んでいたが、フィリップに物をいうときの声には秋の倍音が感じられた。「そのうちいつか」とフィリップは小さな犬にいった。「あのつんけんした態度もおさまるときが来るんだろうが、そのときにはもう手遅れなんだ――おれが一生かけて逃げていた相手が、狼の衣装を着た自分自身だったと気づいたときみたいにね」

「ワフ」とツァラトゥストラはいい、やさしい金色の目で彼を見つめた。「ワフ、ワフ！」

ほどなくジュディスがエプロンなしの姿でふたたび現われ、二人と一ぴきは十月の黄金の日ざしのなかへ歩みでた。村を丸ごと資産評価するのはフィリップにははじめての経験だったが、物件の価値を見積もるコツは心得ているので、昼ごろには仕事は半分がた片づいていた。「村のみなさんがもし、いまの半分でも家の見栄えを気にしてくれていたら」彼は冷肉のサンドウィッチとコーヒーをはさんでリビングルームにすわり、ジュディスにいった。「どこも三割増しの値がつけられるんですがね。ここからいなくなるというだけで、何もかも放りだすなんて、どういうことですか？」

ジュディスは肩をすくめた。「いまの時代、人に家事労働を強制するのはむずかしいのよ——庭仕事も含めてね。それに使用人の問題も含めて、もうひとつ悩みがあるの——人間の本性の問題ね。長いあいだ掘ったて小屋に住んでいて、とつぜん豪邸が安く手にはいるとわかったら、掘ったて小屋の見栄えなんか気にしてはいられないでしょう」

「掘ったて小屋！」フィリップは憤然といった。「とんでもない、この家はすばらしいですよ！　いや、見せていただいた家はどれもみんな住み心地よさそうです。たしかに古びてはいる——しかし古さというのは、家の住み心地のよさの必要不可欠な要素じゃないですか。もしフルーガーズヴィルが、いままでぼくが見てきた住宅団地のレベルだったら、あなたやこの村の人びとは、そのうちひどく後悔することになりますね！」

「でもフルーガーズヴィルは、あなたが見てきたような住宅団地とはちがうの。というより、そもそも住宅団地じゃないのよ。でも、その話はもうやめましょう。目下の関心はヴァレービューのほうよ。フルーガーズヴィルじゃないわ」

「そうしましょう」とフィリップ。「査定は午後には終わらせます」


その晩、コーヒーのない夕食がすむと――ガスと水道はその日の午後をもって止まっていた――フィリップは数字を合計した。答えはまずまずの額となった。彼はデスクとして徴用したコーヒーテーブル越しにジュディスを見やった。彼女はツァラトゥストラの頼りない助けを借りながら、リビングルームのフロアのまん中でマニラ封筒の山を選り分けている。「売りつくすまで全力でいく覚悟ですがね」と彼はいった。「しかし何家族かここに住んでくれないことには、売れるまでに手間がかかるかな。人間というのはがらんとした町にはなかなか引っ越してきてくれないし、ビジネスマンは顧客のいない場所では商売をしたがらない。まあ、追いおい片づくでしょう。あまり遠くないところにショッピング・センターはあるし、地元の商店が開業するまではそこで買い物ができますからね。それにヴァレービューは統合学校地区にも含まれている」彼はいままで計算に使っていた紙をブリーフケースに落とすと、ケースを閉じて立ちあがった。「また連絡を入れますよ」

ジュディスは首をふった。「ああ、そうする必要はないの。あなたがここを出たら、わたしもフルーガーズヴィルへ引っ越しますから。ここでのわたしの仕事はこれで終了」

「じゃ、そちらへ電話しますよ。あなたはただ住所と電話番号を教えてくれればいいんです」

彼女はふたたび首をふった。「どちらも教えてあげられるけれど、使えないわよ。でも、それはこのさい関係ないわね。ヴァレービューはいまはもうあなたの責任——わたしの責任じゃないから」

フィリップは椅子にすわりなおした。「説明ならいつでもうかがいますよ」

「単純な話なのよ。ヴァレービューの不動産の持主たちは、すべての住宅ならびに事業所をわたしに譲渡するサインをして、去っていったの。そして今度は、わたしのほうがそれをそっくりあなたに受けわたすサインをしたわけ——もちろん、物件が売れてしまったら、あなたは通常のコミッション代金だけを受け取って引き下がるという条件付きでね」彼女はマニラ封筒のひとつから一枚の紙を抜き出した。「そのあとは、この契約書にある四つの慈善団体に、利益を均等に割って寄付してください」彼女はフィリップに紙をよこした。「これでわかったでしょう——わたしが信用のおけるエージェントを見つけるのにどれほど苦労したか」

フィリップは紙を見つめたまま、驚きのあまり文面を読めずにいた。「たとえばですよ」やがて彼はいった。「諸事情によって、ぼくがこの契約の目的を達成することができなくなったとしたら？」

「病気になった場合には、つぎのステップに進むから大丈夫よ。あなたのいってた、権利はあなたとおなじくらい正直な別のエージェントに委託されるし、死亡の場合は、おなじエージェントに遺言でゆずられるの。どちらにしても、そのエージェントはいまあなたの手にある契約書の条件に合意することになっているから、問題はないわけ。なぜ読まないの？」

驚きが多少冷めてきたいま、フィリップは文面が頭にはいることに気づいた。「しかし、いまでも意味がわからないんですがねえ」と、ややあって。「あなたやほかの皆さんはどうやらもう新しい家を購入されている。ぶしつけかもしれないけど、元いた家をただ同然で手放して、どうやって新しい家を購入できたんですか？」

「やっぱりぶしつけね、マイルズさん」彼女は封筒からもう一枚の紙を出し、彼にわたした。「これが控え。両方にサインをしていただければ、取り引きは終了よ。見ればわかるけど、もうわたしのサインは済んでるわ」

「しかし、もし音信不通になってしまうとしたら」とフィリップ。こらえようとするが、しだいに腹が立ってきた。「あなた用の控えはどうなるんですか？」

ジュディスの表情が氷河の冷たさを帯びた。声もそれに合わせて変わった。「わたしのほうの書類は、信頼のおける弁護士のもとに行きます。五年後まで開封厳禁の指示がしてあります。もし開封された時点であなたが契約の条文を侵していた場合には、すぐに法的手続きが取られます。ヴァレービューの郵便局は閉まったけれど、さいわいウィークデイは毎夕八時に郵便トラックが通るから……。あなたを信用していないわけじゃないのよ、ミスター・マイルズ――だけど、男ですものね」

フィリップはその場で二通の書類を引き裂き、宙にばらまきたくなった。だが行動には移さなかった。そうしようにも金銭的余裕がないという立派な理由があったからである。その代わり、思いきりペンをふりおろすと、ふだんの倍も大きい怒りくるった文字でサインした。その一通をジュディスにわたし、もう一通を胸ポケットにおさめて立ちあがった。「これで公式のビジネスは終わりです。ついでに、ひとつ非公式のアドバイスをつけ加えましょうか。あなたはご亭主が安っぽい女や酒と引き換えにあなたを売りとばしたことに対して、世間に法外な慰謝料をつきつけているような気がする。こっちはもっと安値で何度も売りとばされてきたけれど、負った傷に対して正当な慰謝料を要求しても、世間は知らんぷりだということを遠い昔に学びました。ぼくならこうしますね。帳簿に貸し倒れとつけて、忘れてしまうのです。そうすれば、あなたはまた人間にもどれるかもしれない」

彼女は腰を上げ、フィリップの前にこわばった姿勢で立っていた。さながら精巧にできたデリケートな彫像のようで、手を上げてふれれば、こなごなの破片に砕け散ってしまうのではないかと思われた。彼女はしばらくのあいだ動こうとせず、フィリップも動かなかった。やがて彼女はかがむと、三通のマニラ封筒を取り、背筋をぴんと伸ばして彼にわたした。「このうちの二通には、あなたが行なうべきことや地図その他の記録がはいっています」と生気のない声で。「もう一通は家屋や商店にはいるキーね。それぞれのキーには正しい住所を記した札がついています。それでは、さようなら、マイルズさん」

「さようなら」とフィリップはいった。

ツァラトゥストラにもお別れをいおうと部屋を見まわしたが、ツァラトゥストラの姿はどこにもなかった。あきらめて彼は廊下に出ると、玄関のドアを開け、夜のなかに歩みでた。東の空に満月がのぼっていた。彼は月影の明るい小道を歩き、車に乗ると、ブリーフケースとマニラ封筒をバックシートに投げこんだ。ほどなくヴァレービューは遠くうしろに去っていた。

だが、あるべきほど離れたわけではなかった。グリーンの薔薇のことが頭から去らなかった。ジュディス・ダロウのこともふりきることができなかった。それどころか、常識の隙間からは絶えず夏のそよ風が吹きこみ、締め出すことは不可能だった。

グリーンの薔薇、夫に捨てられた女、草いきれのまじるそよ風。より良き楽園を求めて旅立った丸ごとひとつの町の住民……

上衣のポケットに手を入れ、薔薇にふれた。薔薇はいまでは茎としおれかけた花弁のかたまりに成り下がっていたが、存在感は否定しようもなかった。だが薔薇は秋には咲かないし、グリーンの薔薇が咲くことなど——

「ワフ！」

しばらく前から車は新しいハイウェイに折れ、時速六十五マイルで快適にとばしていた。信じがたい思いで速度を落とすと、車を路肩に寄せた。バックシートに密航者がいたのだ——黄褐色の毛の密航者、金色の目と大きすぎる耳とよく動く端白の尻尾をしたやつが。「ツァラトゥストラ！」と驚きの声をあげた。「どうしてそんなところに？」

「ワフ」とツァラトゥストラ。

フィリップはうめいた。また車をまわしてヴァレービューまで遠い道をもどらなければならない。ジュディス・ダロウと顔を合わせなければならない。またぞろ——心臓がだしぬけに速く打ち出したのに気づき、あわてて思考を打ち切った。「なんだ、くそっ！」というと、よけいな前口上なしでツァラトゥストラをフロントシートに移し、Uターンすると、とばしはじめた。

ガソリンランプはリビングルームの窓ぎわからどかされていたが、奥はまだほのかに明るかった。彼はふち石に車を寄せ、イグニションを切った。ツァラトゥストラの幅広の耳を面白半分に軽く引っぱり、耳たぶの下端を走る小さな瘤の連なりを上の空で撫でた。「おいで、ツァラトゥストラ。せっかくもどったんだから、直接ひきわたしてやる」

車をロックし、ツァラトゥストラを従えて小道を歩きだした。玄関のドアをノックする。ややあってふたたびノックした。ドアがきしり、じりじりと開いた。彼は眉根を寄せた。錠をかけ忘れたのか？　と思った。それとも、ツァラトゥストラが出入りできるようにわざと開けっぱなしにしてあるのか？　ツァラトゥストラ自身が後者の可能性に裏づけを与え、後ろ足で身を起こすと、前足でドアを押して開ききり、廊下をとことことかけだし、姿を消した。

フィリップは羽目板をたたいた。「ミス・ダロウ！」と大声を上げげた。「ジュディス！」応答はない。もう一度呼びかけた。相変わらず返事はない。

夏のそよ風が家のなかから流れだし、彼を薔薇の香りにつつみこんだ。なんの薔薇だろう？　と思った。グリーンの薔薇か？

玄関に足を踏みいれると、ドアを後ろ手で閉めた。リビングルームにはいる。二脚の椅子は片づけられ、コーヒーテーブルも消えていた。リビングルームをつっきると、書斎にはいり、書斎からダイニングルームに踏みこんだ。ダイニングルーム・テーブルの上ではガソリンランプがまばゆく輝き、がらんとしたフロアやむきだしの壁は、その強烈な白色光に浸されていた。

そよ風はここではすこし強くなっており、薔薇の香りはむせかえるようだった。そのとき彼は気づいた。今朝、彼の前に立ちふさがっていた両開きのドアが開いているのだ。彼は部屋をつっきり、ドアに直行した。思ったとおり、ドアの先はキッチンだった。敷居のところで足を止め、内部をのぞいた。ごくふつうのキッチンだ。持ち去られた用具は多いが、ガス台と冷蔵庫はまだそこにあった。裏口は奇妙な青みがかった色を帯び、枠組みはちらちらと光にゆらめいていた。ドア自体は開いていて、野原や樹々の上にほのかに星影が見えた。

ふしぎに思いながら、キッチンを横切り、おもてへ踏みだした。活線にふれたように かすかにパチパチと音がし、つかのま眼前の風景がゆらいだように思われた。つぎの瞬間、不意にあたりは静まりかえった。

彼自身もまたなりをひそめた——見知らぬ平和そのものの夏の夜のなかで動きを止めた。彼がいるのは草深い平原で、両側はこぢんまりした林になっている。正面では土地はなだらかな上り坂で、そこは一面、星々のようにまたたく多彩な花におおわれていた。遠くには村の明かりが見える。彼の右手にはグリーンの薔薇が奔放に咲き乱れ、その下にツァラトゥストラがすわり、尻尾をふっていた。

フィリップは二歩踏みだしたところで立ちどまり、空を見上げた。だが、なにか変だった。たとえばカシオペヤは姿勢を変え、オリオンはねじれていた。またひとつ変なことに、空に雲はなく、月が隠れる場所はないはずなのに、月はなかった。

ツァラトゥストラはフィリップの立っている場所にとことことやってくると、金色の目で彼を見上げ、やがて明かりのある方角に歩きだした。フィリップは大きく息をつき、あとにつづいた。ツァラトゥストラがいようといまいと、どのみち行かなければならない村だ。あれがフルーガーズヴィルなのか？　そう、まちがいない。とつぜん彼は確信した。

さほど行かないうちに、街道が見えてきた。村の方角にとつぜん二つのヘッドライトが現われ、見る間にバンのかたちをとった。あわてたのは車が本道をはずれ、彼のいる方角に向かってきたことで、ツァラトゥストラを従えて低木の茂みにしりぞくと、車体が跳ねながら通りすぎるのを見送った。バンには二人の男の姿が見え、《フルーガーズヴィル運輸》の文字がある。

バンは彼がやってきた方角へひた走り、やがて行先が読めてきた。ジュディスはきっと置いてゆくに忍びない家具を運びだす最中だったのだ。ただ問題は彼女の家が消えてしまったことである。同時にヴァレービューの村も消失していた。

家並みがあるはずのあたりに目をこらしたが、星影のもとに平原がつづいているほかには何も見えなかった。そのときほのかに光る縦長の長方形が地上すれすれのところに浮かんでいるのが見分けられるようになり、ほどなくジュディスの家の裏口だと気づいた。そこからキッチン内部をのぞくことができ、目をこらすとレンジや冷蔵庫まで見えた。

そのうち地上のすこし上に、ほかにもいくつか縦長の長方形が見分けられるようになった。ジュディスの裏口とおなじ高さのものもある。だが、ほかの家ではすべて、ジュディスのところとおなじく長方形のふちは青みがかっているものの、内部に明かりはない。

ぽかんと見つめるうち、バンは回れ右し、いちばん明るいドアめざしてバックすると、のしかかるようにドアを視界から隠した。運転台から二人の男が降り、車のうしろへまわった。「レンジを先に乗せようか」ひとりの男の声が聞こえた。ついで、「どうしてこんなガラクタにいつまでもこだわるんだ？」

相手の声はもっと小さかったが、ことばは聞き違えようもなかった。「ひとり身の女は、ときどきバカなことを考えるのさ」

ジュディス・ダロウはヴァレービューから引っ越したわけではなかった。引っ越したとひとり決めしているだけなのだ。

フィリップは歩きつづけた。そよ風が心地よかった。風は髪をそよがせ、頬に口づけし、ひたいを抱擁した。星が青白い光を投げている。土地の一部は耕されており、生長する緑の作物が星明かりに見え、そよ風に乗ってその緑の吐息が鼻孔に運ばれてきた。街道につきあたると、道沿いに歩きだした。車に出会うこともなく歩くうち、窓から明るい光がこぼれている大きな煉瓦の建物にぶつかった。まえには十台あまりの車が駐まっているが、型は馴染みのないものばかりだ。

機械のうなりとハンマーの音が聞こえるので歩み寄り、ひとつの窓をのぞきこんだ。建物は家具工場とわかった。作業はあらかた機械にまかされていたが、ほかにも仕事はたくさんあり、駐まっている車のオーナーたちが忙しく働いていた。おもな手仕事は椅子の張り替えで、機械は切り、縫い、木材を削り、かんなをかけ、接ぎあわせ、組み立てている。だが、いずれのひとつを取っても、鋲打ちの職人芸に及ぶものはなかった。

フィリップは街道にもどり、歩きつづけた。ほかの建物があるので、なかをのぞいた。一棟はこぢんまりした自動車組立て工場、また一棟は牛乳加工場、三番めは細長い温室だった。最初の二棟では、作業の大半は機械がやっていたが、三つめの温室では機械類ははっきりと欠如していた。どうやら超人的な労働力をもつ機械をつくることと園芸の才をもつ機械をつくることとはまったく別物らしい。

牧草地のそばへ来ると、星明かりに照らされて、乳牛に似た動物たちが眠っていた。若芽を吹いたトウモロコシの畑を通りすぎた。発電所のそばに来ると、発電機のうなりが聞こえた。とうとう彼はフルーガーズヴィルのはずれに着いたのである。道のわきに照明のついた大看板が立っている。自然に足がとまり、浮きでた文字を読んだ——

フルーガーズヴィル、シリウス第21番惑星

一九六二年四月一日発見、同年九月十一日併合

フィリップはひたいの汗をぬぐった。

ツァラトゥストラはとことこと先を走っていたが、いまは足を止め、ふりかえってこちらを見ている。（おいで）といっているようだ。（ここまで見たからには、残りも見て

しまったほうがいい）

　こうしてフィリップはフルーガーズヴィルにはいり……ほれこんでしまった——すばらしい家々と夏の花が咲きほこる美しい樹々に、スターフラワーのさんざめく花壇とみずみずしい芝生(しばふ)に、ポーチの格子にまといつくグリーンの薔薇に、角地のいたるところに咲くアジサイのような花に、そしてフルーガーズヴィルそのものにほれてしまったのだ。

　どうやら夜ももう遅い時刻らしい。彼を除いて、通りに人影はない。といっても、まだ何軒かの家には明かりが見え、ツァラトゥストラとおなじ種類でおなじような大きさの犬がときどき通りかかる。腕時計を見ると、時刻はまだ十時五十一分。もしかしたらフルーガーズヴィルでは時間の流れ方がちがうのか。ここでは、いまは深夜なのかもしれない。

　村のなかを行くうち、魅惑はさらに大きくなった。家々には完全に打ちのめされた。ここの家屋といままで見慣れてきた住宅とでは、違いは微妙なものである。だが差は歴然としていた。それは趣味のよさがうかがえる家とあまり趣味がよいとはいえない家との差だった。ここには規格化されたパティオはなく、こぢんまりした大理石のエプロンがあるだけで、それは峡谷が森の切っても切り離せない一部であるように、全体の構想のなかにしっくり収まっていた。紋切り型の見晴らし窓はなく、ただ壁が気づかないほどさりげなく透き通った模様に溶けこんでいるだけ。また真四角な裏庭の代わりにあるれていた。

学校のそばを通ったが、その建物は地面からそのまま生えてきたかに見えた。図書館は巨大な樹の幹を囲むかたちに建てられており、枝はからみあって葉むらを重ね、生命ある屋根となっていた。一ブロックほども長さのあるスーパーマーケットのそばを通り過ぎたが、その全体は色ガラスからできているように見えた。最後に彼は公園に出た。

そこであっと息を呑んだ。優美な樹木と点々と散った小さな青い湖、妖精の国にあるような泉と小石の敷かれた曲がりくねる小道を見て、びっくりしてしまったのだ。スターフラワーはさざめいて、多彩な輝きをいたるところに投げ、空からは星明かりがふんだんに降りそそいでいる。小道を一本でたらめに選び、上下から照らす光のなかを歩くうち、路標に出くわした。

路標は彫像だった——出っ歯で寄り目の若者が天空を一心不乱に見つめている姿を彫ったものだ。彫像は片手に十字ドライバーを持ち、もう一方の手に六インチの開放型レンチを持っていた。数ヤード離れたところで、彫像の顔を一心に見上げているのは若者本人である。身じろぎひとつしないので、彫像が台座に立っていなければ、フィリップは両者の見分けがつかないところだった。

台座には銘文が刻まれている。彼は歩み寄り、手近のスターフラワーの花壇が投げる光で銘文を読んだ――

フルーガーズヴィルの発見者――

フランシス・ファーンズワース・フルーガー

生年一九四一年五月五日、没年――

専業発明家フランシス・ファーンズワース・フルーガーは、西暦一九六二年四月一日、メビウス同時存在場を発生させるとともに、恒星シリウス第二十一番惑星との多重接点を確立し、これによってヴァレービュー住民に、裏口を通じて新世界との通行を可能にした。この新世界において、われわれは住む人もない居住の跡を見いだした。これは、かつてこの美しい惑星に栄えた高貴な種族が大マゼラン星雲への移住にあたってあとに残した住まいである。居住跡は牧歌的な村として、われわれが理想とする条件をすべて満たしていた。かくしてわれわれはここに来たり、この地で子らを育て、新しい、よりよい暮らしの創造のため、この惑星に永久に住まう決意をかためた。フランシス・ファーンズワース・フルーガーの功により、われわれは幸福と繁栄と、そして恐怖から逃れるすべを見いだすだろう。

フランシス・ファーンズワース・フルーガーよ、われわれシリウス21の新住民はあなたに最敬礼を捧げる！

フィリップはふたたびひたいの汗をぬぐった。

ほどなく彼は生身のフランシス・フルーガーがこちらを見ているのに気づいた。「これ、おれ」と生身のフランシス・フルーガーはいい、彫像を誇らしげに指さした。「おれね」

「みたいだね」とフィリップは乾いた口調でいい、ついで、「ツァラトゥストラ――もどりなさい！」

小さな犬は彫像に至る小道のひとつをかけだした。フィリップの命令に足を止めたが、ふりかえろうとはしなかった。そのかわり、おなじ場所から動かず、誰かが小道から現われるのを待つそぶりを見せた。すこししてその誰かが現われた――ジュディス・ダロウだ。

いま彼女が着ているのはシンプルな白いドレスで、それはデザインも装飾も古代ギリシアのチュニックを思わせた。幅広の金メッキのベルトが、白さをさらに引き立てている。華奢なサンダルも決してそれを損ねるようなことはしていなかった。スターフラワーの光輝に照らされて、彼女の目はグリーンというよりグレイに近い。目の下にある隈にフィリップは気づいた。目のふちはかすかに赤くなっている。

彼女は数フィート離れたところで足をとめ、一言も発することなく彼を見た。「い……犬をお返ししますよ」とフィリップは気弱にいった。「車のバックシートにもぐりこんでいたので」

「ありがとう。フルーガーズヴィル全体をさがしまわっていたの。ヴァレービューのドアを開けっ放しにしておいたのは、彼が自分の意思で帰ってくるんじゃないかと思ったから。でも彼には別の考えがあったようね。こうしてわたしたちの秘密を知られてしまったからには、ミスター・マイルズ、このすばらしい新世界のご感想は？」

「すてきだと思いますよ」とフィリップ。「しかし、あなたが思っているようなところだとは思えませんね」

「そうかしら。じゃ、今夜ヴァレービューの空にあった満月を見せてほしいわね。というより、あなたにほかに見せたほうがいいものがある」彼女は夜空の一角を指さした。彫像の上を向いた鼻の左側のところだ。「ここからは見えないけど、あの小さな黄色い星の周囲を九つの惑星がめぐっているの。そのひとつが地球――」

「そんなばかな！」と彼は異をとなえた。「ここからあそこまで――」

「距離のこと？　わたしたちがいうメビウス宇宙――適当な用語が見つからないものだから、そう呼ぶようにしていますけどね、その宇宙では、ミスター・マイルズ、距離は因数にははいらないの。非メビウス宇宙でどんなに離れているように見えても、与えられた任意の二点は合接しているんです。ただ、これはメビウス同時存在場が確立されたときにだけ現われるの。あなたはもう察していると思うけど、そういう場をフランシス・フルーガーが創りだしたわけ」

名前が聞こえたのと同時に、フランシス・フルーガーが二人の立っているところに急いでやってきた。「E」と彼は宣言した。「イコールmc二乗」

「ありがとう、フランシス」とジュディスはいった。それからフィリップに、「歩きましょうか？」

二人は交差する小道の一本を歩きだし、ツァラトゥストラがしんがりを受け持った。うしろではフランシスが自身の石像の自己陶酔的な研究を再開していた。「ヴァレービューに住んでいたときは、彼とは隣り同士だったのよ」とジュディス。「だけど彼が自分のことをこんなにいっぱい考えているなんて夢にも思っていなかった。先週あの彫像を設置して以来、夜も昼もあれを見上げてる。ときどきはランチ持参で来るくらい」

「アインシュタインには詳しいようだね」

「そういうことじゃないのよ。自分が新しく得た地位を正当化するために、質量エネルギー式を覚えただけで、意味はわかっていないようだわ。フルーガーズヴィルがああいう人によって発見されたというのも皮肉なものね」

「彼にはきみのいってるような場は創れないよ」

「意識して創ったわけじゃないのよ――結び目を造る機械を組み立てようとして、偶然に場を呼びだしてしまったみたい。というか、少なくとも彼の言い分を聞くかぎりはそのようだわ。だけど、そんな機械が存在したかどうかは、わたしたちは知らないの。キッチンにくしゃくしゃに融けた部品の山が見つかっただけだから。でも、それが場を開いた原因だということは疑いないわね。ただフランシスは自分がどうやって各部品を造ったのか、それらをどうやって組み立てたのか思いだせないの。要するに、何が起こったのか、彼にはまだわかっていないの――もっとも彼は自分がしゃべった以上のことを知っているとは思いますけどね」

「何があったのですか？」とフィリップはきいた。

つかのまジュディスは沈黙した。やがて、「よそ者に秘密を打ち明けるのは、村人全員に認められてからでないとだめと厳粛に誓ったの。だけど、わたしがうっかりしたおかげで、あなたはほとんど知ってしまったようだから、あなたには残りの事情を知る資格があると思うわ」彼女はため息をついた。「いいでしょう――説明します……」

フランシス・フルーガーの場が存在をはじめたとき、ヴァレービューの家々の裏口に何かが起こり、ドアはとある惑星上に開いた。地元の天体観測家たちはまもなくこの惑星をシリウス第21番惑星と断定した。ヴァレービューの住民は、こんな事態が起こりうることも、どうしてこんな事態に立ち至ったのかも理解できなかった。しかし、ここにユートピアを建設しようという計画が動きだし、科学者たちにひそかに参加を呼びかけるうち、仲間に加わった科学者のひとりが、何もかもを説明する理論を思いついた。

彼の理論によれば、いかなる二つの惑星や恒星間の往復旅行の距離も、メビウスの輪――すなわち、一枚の細長い紙を半分ひねって、両端を貼（は）り合わせたもの――のようにねじまがっているという。この場合、細長い紙は地球からシリウス21への往復距離を表わしている。地球はその紙の上のひとつの点で、シリウス21は別の点で表わされるが、当然のことながら二点間の往路と復路は等距離にある——というか、およそ八・八光年離れている。このため両者は紙の上では相対していることになる——ひとつは紙の片面にあり、もうひとつは裏面にあるが、メビウスの輪はひとつの面しか持たないので、二点はおなじ瞬間、おなじ空間に存在している。すなわち〝メビウス宇宙〟においては、地球とシリウス21は〝同時存在〟していることになる。

フィリップは肩越しにふりかえり、夜空でまたたくちっぽけな黄色い太陽を見つめた。

「常識は違うことを教えていますがね」

「常識は第一級の嘘つきよ」とジュディス。「常識はわたしたちの祖先が樹から下りたときから、人間をミスリードしてきたわ。プトレマイオスの宇宙論の発端になったのも常識よ。ジョルダーノ・ブルーノの火刑の発端になったのも常識。

地球とシリウス21が八・八光年離れていると、常識宇宙の現実が教えていても、それが常識の外にある別の現実宇宙——つまり、メビウス宇宙ではということね——八・八光年離れていることにはならないの。それをフランシス・フルーガーの場が実証したわけ。ただし、その場を確立した裏口の結節点は、その現実の限定された表出ね——別のことばでいえば、場はいままでずっと存在してきた空間の様式にごく限定されたかたちでアクセスを与えているにすぎないの」

ジュディスは最後にこう締めくくった。「といっても、場の影響を受けたのが裏口だけで、表玄関がなぜ影響を受けなかったのかは説明がつかないわね――フランシスがキッチンで機械を組み立てていたという事実があるだけ。なんにしても、そこに結節点ができたとき、裏口がシリウス21に出現して、近くにいた犬たちはご主人様が帰ってきたと勘違いして、なかに入れてくれとくんくん鳴き声をあげはじめたのよ」

「ご主人様？」

「この村をつくった種族よ。工場を建て、まわりの農場を開発した種族。彼らがあとに残した記録を読むと、一年前に大マゼラン星雲に引っ越してしまったようね」

フィリップは怒りをおぼえた。「どうして犬を連れていかなかったんだ？」

「不可能だったのよ。車も家具も残したし、残していった金属の種類も豊富で、備蓄量はわたしたちが使うぐらいでは何万年と持つくらい。宇宙旅行の兵站学は、ハンカチ一枚を持っていくのにも危険が伴うようね。なんにしても、先住民の飼犬たちがわたしたちを〝発見〟したときには、彼らの喜びようったらなくて、わたしたちも一目でほれこんでしまったの。ところが地球の犬たちは彼らと性が合わなくて、一ぴき残らず家出してしまったわ」

「ここだけが村じゃないはずだ」とフィリップ。「ほかにも村があるだろう」

「きっとあるでしょうね。わたしたちが知っているのは、この村をつくった人たちが、最後に旅立った人たちだったということだけよ」

いまや公園はうしろに遠のき、二人は心地よい街路を歩いていた。「じゃ、きみやお隣りさん連中は村を見つけて、とたんに移住者になる決心をつけたわけか?」とフィリップはきいた。

ジュディスはうなずいた。「わたしたちが悪いと思う? ここがどんなにすばらしい場所かあなただって見たでしょう? でも、それだけじゃないの。ヴァレービューでは失業問題も抱えていたのよ。ここにはみんなに行きわたるだけの仕事があるし、必要とされているという気分や連帯感も味わえるわ。たしかに仕事の大半は野良仕事だけど、それがどうかした? わたしたちにはおよそ考えられるかぎりの種類の機械がそろっていて、作業を助けてもらえるのよ。じっさいシリウス人にない機械といえば、何もないところから食料を作りだす装置ぐらいのものね。でも、いちばん重要な利点を考えてちょうだい。夜ベッドにはいるときが来ても、安心して眠ることができるの。眠っているあいだに空から熱核ミサイルが落ちてきて、巨大な白熱した炎でわたしたちを食いつぶしてしまう心配がないから。村の名物兄さんをダシにして文化英雄を作りだしたとしても、べつに問題はないはずだわ。意識的にやったのか、それとも事故だったのかはわからないけれど、とにかく楽園のゲートを開いてしまったんですもの」

「それで、きみらはここの村人と選ばれた少数者しかゲートをくぐらせないと、その場で決めてしまったわけか?」

ジュディスは白いゲートのまえで足を止めた。「そう、それは認めるわ。秘密を守るために、わたしたちは古い家に住んでいるうちに細かい問題をかたづけ、いくつか事業を閉鎖し、新しい貨幣制度を発足させたの。じっさい学校で話でもされたら大変なので、みんなの……子どもたちにも伏せておいたくらい。でも、もし反対にこのユートピアの存在を公表していたら、どうなったと思う？　これを餌にして日和見主義者たちが浴びせる嘲りを我慢できて？　わたしたちが見つけた村は、自分たちとすこしばかりの友人、親戚と協力してくれた専門家たちが住むには充分な広さだった。でも、それ以上の大きさではなかった。そもそも家の裏庭で見つけた場所だったんですものね」彼女は白いゲートに片手をおいた。「ここがわたしの住んでいるところ」

彼は家をながめた。ほれぼれするような家だ。隣りには、もっとずっと小さな家があり、ここも魅力では少々劣るものの、それなりに住み心地はよさそうだ。ジュディスは後者の家を指さすと、ツァラトゥストラをふりかえった。「そろそろ朝よ、ツァラトゥストラ」ときびしい声で。「さあ、もう寝なさい！」彼女は犬を通すためゲートを開け、目を上げてフィリップを見た。「ここでは時間の流れ方が地球とは違うの」と説明し、ついで、「残念だけど、場が消滅するまえにわたしの家の裏口に行き着きたかったら、急いだほうがいいわ」

彼はとつぜん空虚感をおぼえた。「消滅する？」としびれたようにいった。

「そう。どうしてかはわからないんだけど、場は存在をはじめたときから力を弱めているの。メビウス宇宙説をいいだした科学者は、あと二十四時間で消滅するだろうと予言しているわ。あなたが地球に大切な仕事を残していることは、わたしからつけ加えるまでもないわね」

「それはもちろん」空虚感は苦々しさの波のまえに会釈(えしゃく)して退場した。フィリップの片手はゲートの上にあり、二人の距離はいままでになく近づいていた。だが、手は数インチしか離れていないものの、別の意味では何光年も隔たっているのだった。彼は怒りにまかせて、手をどけた。「きみの場合はいつも仕事が優先するんだな」

「そうよ。ビジネスは決して人を失望させませんからね」

「いま何を考えたかわかる?」とフィリップ。「どうも大売り出しを最初にやったのはきみのほうで、旦那(だんな)のほうではない気がするな。ぼくが思うに、きみは法律家の仕事を優先させて、旦那を売りとばしてしまったんだ」

まるで平手打ちされたように彼女の顔は血の気をなくしたが、ある意味ではたしかに彼は平手打ちしたのだった。「さようなら」とジュディスはいったが、今度こそ彼には確信があった。いま手を上げてふれれば、彼女はこなごなの破片に砕け散ってしまうだろう。「惑星地球によろしくと伝えてね」とひんやりした口調でつけ加えた。

「さようなら」とフィリップ。いまでは怒りは消え去り、空虚感がどっと押し寄せていた。「こちらを甘く見ないでくださいよ——そのうち地球は自爆して、皆さんの夜空に大きな花火を咲かせますからね」

彼はくびすを返し、歩き去った。魅惑の村を出ると、街道から花々のさんざめく平原を突っ切り、ジュディスの家の裏口に着いた。明かりはもうついていないので、見分けるのにすこし手間取った。青くゆらめくドア枠は明滅していた。ジュディスのことばは嘘ではなかったことになる。場は消滅しかけているのだ。

裏口をロックすると、暗がりのなかにある無人の家を悲しい気持でつっきり、玄関から外に出た。玄関のドアもロックすると、小道を歩き、自分の車にもどった。車にはロックをかけたつもりでいたが、どうやらかけ忘れていたらしい。彼は町に背を向けるとハイウェイに出、シティの巨大なかがり火をめざした。

住まいのアパートの裏手にあるガレージに車を駐めたときには、夜明けが淡いピンクの指で東の空をまさぐりはじめていた。彼はブリーフケースとマニラ封筒を取るためにバックシートに手を伸ばした。ブリーフケースには毛が生えており、柔らかで温かかった。「ワフ」とブリーフケースが吠(ほ)えた。「ワフ、ワフ！」

そのとき彼はすべてオーケイだと知った。パーティに招待状が来なくとも、自分で自分を招待すればいいのだ。ただし急がなくてはならない――やることはたくさんあり、時間はなくなりつつある。

正午には彼はふたたびハイウェイに出ていた。ビジネスはつつがなく果たし、彼のほうの問題はかたづき、ツァラトゥストラは隣りのシートにすわっている。一時にはヴァレービューにはいり、二時五分には彼は見慣れた通りを進んでいた。車は置いてくるしかないが、それは問題ではなかった。ゴーストタウンで朽ちさせるほうが、車をどこかのディーラーに売って、つかうあてのない金を手に入れるよりどれだけマシなことか。ふち石のそばに停車すると、スーツケースをトランクから出し、二十三番地の玄関に歩み寄った。錠を外し、ドアを開け、ツァラトゥストラがなかにはいると、ドアを閉め、しっかりとロックを下ろした。大またに家をつっきり、キッチンに踏みこむ。ロックを外し、裏口を開けた。いきおいこんで敷居をまたいだが——そこでぴたりと足を止めた。足もとにあるのは敷き板で、草ではなかった。花々のさんざめく平原の代わりに、そこにあるのは、雑草がぼうぼうに伸びた裏庭の延長だった。ペンキのはげた四つ目格子では、アメリカ蔦が十月の風にあおられてかさかさと鳴っている。

ツァラトゥストラが彼のうしろから現われ、ポーチ階段を下ると、家の横に回りこんだ。グリーンの薔薇の茂みをさがしているのか。

「ワフ！」

ツァラトゥストラがもどり、階段の下から彼を見上げた。段のてっぺんにはツァラトゥストラからのプレゼントが置かれている。

グリーンの薔薇だ。

フィリップはかがんで薔薇を取り上げた。折ったばかりの薔薇で、その芳香にはシリウス21のエキスが圧縮されていた。「ツァラトゥストラ」と驚きの声をあげた。「どこにこれがあった？」

「ワフ！」とツァラトゥストラはいい、家の側面にまわった。

フィリップが追いかけ、角を曲がると、ちょうど尻尾の白い先端が古びた犬小屋のなかに消えてゆくところだった。しびれるような失望がおそった。すると、薔薇はあそこにあったのか――無価値な古い骨みたいに保管されていたのか？

だが、この薔薇は新鮮だ。彼はあらためて自分にいい聞かせた。

犬小屋にも裏口があるのだろうか？

ひざまずき、奥をのぞくと、この犬小屋にはたしかに裏口がついていた。ゆらめくブルーに縁どられた見事な裏玄関だ。枠のなかには見慣れた景観が囲い込まれており、前景にはあの懐かしいグリーンの薔薇の茂みがあった。茂みの下にはツァラトゥストラがすわり、尻尾をふっている。

出口はおそろしく狭かったが、フィリップはなんとか通り抜けた。スーツケースも見事に引っぱりだした。それも間一髪のすべりこみで、通り抜けたと思ったとたん、ドア枠がまたたきだした。どうやら消滅しかけているらしく、見まもるうち羽目板が透けてみえるようになり、枠は消え失せた。

薔薇の茂みの下をくぐり、立ちあがった。日ざしは明るく、暖かで、太陽の位置から見て、いまは早朝か遅い午後の可能性があった。いや、太陽はひとつではない――二つだ。ひとつはまばゆい白青色の円盤であり、もうひとつはまたたく光点だ。

ツァラトゥストラの先導で、彼は平原を歩きだした。スピーチの用意はできており、ジュディスがゲートに現われ、大きく見開いた目で途惑ったように見つめたときも、前口上なしにスピーチをはじめることができた。「ジュディス」と彼はいった。「ぼくは定められた運命などというものは信じないで生きてきたし、自由意志の存在をいままでかたく信じてきた。だけど、きみの犬がぼくの車のバックシートに二度つづけてもぐりこみ、きみと会わずにはいられなくなったとき、人間にはどうすることもできない何かがあることに気づいたよ。それがなんであれ、ぼくは身をゆだねることにして、きみの不動産はぼくより正直なエージェントに委託してきたんだ。きみがぼくのことをまだよく知らないのはわかってる。きみのグループに認められた存在でないことも承知だ。だけど芝生を刈ったり、窓拭きをしたり、トウモロコシの除草をする仕事を誰かがくれるなら、ぼくが決して非社交的な人間でないことがわかると思う。それに、きみだって追いおいぼくのことがわかってくると思う。古代ギリシアの女神みたいなブロンドの女性に弱いところはあるけれど、べつに赤毛やブルネットやカティサークにまで手を広げるわけじゃない。なんにしても、ぼくは自分の通ってきた橋を焼き払ったし、今後フルーガーズヴィルの住人になるかどうかは未確定にしても、もうシリウス21の住人にはちがいないんだ」

ジュディス・ダロウはしばらく無言だった。やがて、「今朝あなたの参加をお願いしたかったのよ。でも二つの理由からいえなかった。ひとつは家を売ってほしいとあなたに頼んだことがあったし、もうひとつはわたしが男性に対して夢も希望も持たなくなっていたから。最初の問題はあなた自身が解消したし、二番めの問題は急に空しいものに見えてきたわ」彼女は目を上げた。「フィリップ、どうか仲間にはいって、お願いします」

ツァラトゥストラ、本名シデノン・フェンフォンダーリルは、抱きあったままの二人をあとに通りをとことこ駆け、町のそとに出た。三百二十五歳の高齢とは思えぬ軽快な足どりでたちまち距離を消化すると、ほどなく集会場に着いた。他の地域の村長たちは早朝から彼の到着を待っていて、落ち着かなげにおすわりの姿勢を取っていた。彼が演壇に駆けあがると、聴衆は聴覚付属器と出し入れ自在の指を伸ばし、ひとしきり喝采を送った。彼も自分の〝手〟を伸ばし、さしあげて静粛を命じ、ふたたび引っ込めると、講演用の小机のまえに着席し、報告にはいった。以下はそのかみくだいた翻訳である——

「諸君、まず遅れての到着をお詫びしたい。その原因となった事情については、追ってふれる。

まずきみたちのなかで最重要の位置を占める問題を解決しておくと、さよう、実験は成功裏に終わっており、わたしが選挙民の協力のもとに自分たちの村を改造したように、もし諸君が持ち前の思念変成能力を使ってみずから村を改造し、さらに〝ご主人様〟のために充分な数の工場を建て、彼らの幸福と安寧に必須の経済的自立感をもたらすべく努力してくれるなら、そして例の多重メビウス結び式発電機組立部品一式を、場が偶発的事故で生じたかのように〝配置〟するなら、われわれのときとおなじく必要な人員を集めるのに苦労はないはずだ。ただし〝ご主人様〟の住まいがきみたちの住まいより高級なものになるように配慮してほしい。また〝ご主人様〟のまえでは、犬のふるまいに徹するように。神話的な〝旅立った主人〟種族について、きみたちのほうで記録を作成する場合、こちらがすでに作成した記録と矛盾が出ないようにお願いする。このシリウス＝地球複合社会が現行のものより欺瞞性を減らすほうがよいのは当然のことだ。しかしながら、われわれが活かそうとしている人間的性向のまさにその一点が、これを阻害する元凶となっている。もしわれわれが見かけ上のたんなる犬ではなく、思念によって天然物質を変成し、ちっぽけな鍵からコンサートホールまでおよそ何もかもを造りだす能力をもつことを明かすとき、人間たちの怒りがどれほど巨大なものか想像するにつけ怖気をもよおす。ましてや、無生物界におけるこうした赫々たる能力にもかかわらず、生物界においては草の葉一枚実体化できず、われわれが惑星地球との同時存在を実現し、この魅惑の小ユートピアを来たらしめた理由がじつは友好を求めてではなく、園丁の必要性から発しているなどという事実がおもてに出たときの人間たちの憤りなど考えたくもない。しかしながら、このすべてはやがて人間の子らを通じて解決されることと思う。こうした子らとは、きみたちは日常接することになるわけだが、彼らは親たちとおなじくわれわれに対する変わらぬ愛情を持っており、それでいて親たちにあるような優越感たっぷりの態度はまったくない。幼な子にとって、犬はペットではなく仲間であるからだ。目下ではなく同輩なのだ――そして今日の幼な子が明日の大人たちであることはいうまでもない。

さて、到着が遅れた理由に移ろう。じつは……ここで、白状しなければならないことがある。場が確立されたとき、眼前に出現した屋敷にわたしは〝入場〟を求め、そこの〝女主人〟に引き取られることになった……といっても、もちろん、その家にもともといた犬を説得し、まわりに広がる新世界に出ていこうじゃないかと諭してからのことだが……実をいうと、わたしはその〝女主人〟に大いなる親近感を抱いてしまったのだ。だから、彼女の孤独を解消する絶好のチャンスが訪れたとき、わたしはそれに乗じる気持を抑えることができなかった。彼女にぴったりの男性と、その男性にとってもぴったりの彼女がまさに玄関先で鉢合わせしたのだ。ところが彼女は意固地さとプライドからその男性を勇気づける代わりに立腹させ、男性がそれまで感じていた彼女への自然な好意を斥ける感情を呼び醒ましてしまった。しかし幸い、いくつかの秘策を使った結果——最後の一手は、われわれの元の通用口を使うものだったが——この件にも決着がつき、かつての孤独な男女はいま新たなる絆を結ぼうとしている。それは彼らの民間伝承においても、つぎのような典雅なことばでしばしば語られるものだ——〝二人はそれから幸せに暮らしました〟……と。

さて諸君、きみたちや選挙民のところにも、うちとおなじように優秀な召使いが集まるよう幸運を祈り、これをもって今回の集まりを閉会とする」

第一次火星ミッション

伊藤典夫 訳

宇宙船はラリーの家の裏庭で建造された。

ラリーのところの裏庭はチャンやアルのところより広い。というのは、彼が両親といっしょに住んでいる家は町のはずれにあり、そのあたりは家々のあいだの距離が大きく、街区(ブロック)といった仕切りはなく、場合によっては裏のドアを開けると、その先はずっと田園地帯みたいなところだからだ。

そのころラリーは、自分がやがて本物の宇宙飛行士になろうとは夢にも思っていなかった。火星にはずっと興味があり、行ってみたい気持はアルやチャンに負けなかったけれど、心の底ではほんとうのところ消防士になりたいと思っていた。

着陸装置には、アルが家のガレージのロフトで見つけた古い木挽(こび)き台を二つ並べた。建築中の新校舎の裏手からくすねてきた端切(はぎ)れ板があるので、板を組み合わせて台に乗せ、釘(くぎ)で打ちつけた――これでデッキが完成した。宇宙船の頭部には、通気口のある大きな円錐(えんすい)形のブリキの煙突を使いまわす予定で、屑物(くずもの)商であるチャンの父親から、いつでも貸してやるという約束を取り付けてあった。老朽化したラリモア穀類(こくるい)加工機械製作所が取り壊されたとき、父親が〝回収〟してきたものである。そして七月のあるうだるような昼下がり、塀をめぐらした廃品集積場の奥でその取り外しに成功すると、町の端から端までころがしてラリーの家へ運んだ。荒い息をつき、汗をかきかき、少年たちは煙突をデッキに乗せ、釘を斜め打ちした三枚のツー・バイ・フォーで固定した。

煙突のよごれをスクレイパーで掻き落とし、ペンキを塗るのに二日かかった。お金は一セントもかからなかった。というのも、ラリーの家の地下室にはあらゆる色のペンキの缶がそろっていて、中身もたっぷりしたものから少量のものまでさまざまな分量で残っていたからである。色はぜんぶ違っていたけれど、いちばん明るい色を選んで混ぜあわせると、最後はきれいなグリーンぽいブルーになった。

三日め、ペンキが充分に乾くと、少年たちはイオン駆動を設置した。ブリッグズ&ストラットン社の三馬力のモーターで、古くなった動力芝刈り機を処分するにあたって、アルの父親が取っておいたものだ。デッキの2×2フィートの区画はとっくに切り取り、落とし戸とおなじ原理ではたらくエアロックをこしらえてあった。最後にコントロールパネルを取り付けた――チャンの父親が寄付してくれた一九五七年型フォードのダッシュボードである。

覚悟して待ってろ、火星よ――いま行くぜ！

この出来事がすべて起こったのは、マリナー4号がジョヴァンニ・スキャパレリのカナリ、パーシヴァル・ローエルの運河、エドガー・ライス・バローズの水路にとどめを刺し、火星が地質学的にも生物学的にも死の世界であることをはやばやと〝立証〟してしまう以前のことである。

奇々怪々。着陸地点の選定はそのような空気のただ中でおこなわれた。まさに奇っ怪至極の一語につきた。

彼らが使った火星地図は、海や、湖、沼、その他なんやかやを表わす謎めいた濃淡部に満ちていたが、結局そこそこに広いこうした領域のひとつと一部接するとある地帯が選ばれた。おなじような候補地はほかにも数カ所あり、そのうちのどれでもよかったけれど、それらは選ばれなかった。

着陸地点の選定がすむと、話は宇宙船の命名に移り、《火星の女王》とすることで意見は一致した。ついで、離昇は翌日夜の二二〇〇時と決まった。その時間なら火星は空に見え、進路を決めるのに都合がいいからである。往復には少なくとも二時間かかるだろうし、探検の時間はたっぷり取りたいので、三人とも今夜は泊まるという許可を両親から取り付けなければならなかった。チャンとアルはこの点何の問題もなかったが、ラリーの母親はそう告げるとヒステリーの発作を起こしてしまい、父親のとりなしでようやくこの歴史的火星飛行に参加できることになった。

あくる日は装備と糧食を積みこみ、船首に《火星の女王》と黒ペンキで大書し、向こうで目にする光景をあれこれ想像するうちに過ぎた。装備にはスリーピングバッグ三枚と、ラリーの父親の懐中電灯が用意された。糧食はハムサラダ・サンドウィッチ三人分（チャンの母親提供）、キャンベルのポークビーンズ八オンス缶三個（ラリーが家のキッチンの戸棚からくすねてきた）、そしてチョコレートミルク三カートンである。

糧食は最後に積みこんだ。「なんか武器を持っていこうぜ」とアルが提案した。「あっちの生物が友好的じゃないときだってあるだろ」チャンは家に帰り、手斧（ておの）を持ってきた。アルは野球のバット。ラリーは自分の部屋へ行き、ボーイスカウト・ナイフを持ってきた。父親からもらった四枚刃である。刃のひとつは缶切りになっていて、キャンベルのポークビーンズを開けるとき都合がいい。

九時になった。九時半。空が暗くなり、星が出てきた。「火星が見えるぞ！」とチャンが叫んだ。「あそこ！」

夜空の信号灯さながらオレンジ色にさし招いている。

「行こう」とアル。「もう進路を決められる」

「まだ二二〇〇時になっていないじゃないか」ラリーが疑問を呈した。

「だからどうだってんだよ？」

「大きく違ってくるのさ。宇宙ミッションは精密な時間表にしたがって進めなきゃ」

「イオン推進だからいいんだよ。イオンエンジンがあれば、行くぜ！　というだけで出発なんだ」

ラリーが折れた。「わかったよ。どっちみち、そろそろ時間だし」

少年たちは船に乗りこむと、エアロックを閉じ、闇（やみ）のなかにすわった。ラリーが懐中電灯をつけてコントロールパネルを照らし、進路を確定させた。

アルが秒読みをはじめた。ゼロまで来ると、ラリーがイオンエンジンを〝始動〟し、「さあ行くぞーい！」と声をはりあげた。

ほかにすることもないので、三人はハムサラダ・サンドウィッチをぱくつき、チョコレートミルクで流しこんだ。食事が終わると、ラリーは懐中電灯を消し、電池を節約した。それから何時間だろうか、長いこと黙ってすわっていたが、腕時計を持ってくることを思いついた者はいなかったので、これは数分間のことかもしれなかった。もうひとつ忘れていたのは、観測窓を作ることである。だが煙突の板金を溶接したふちに隙間（すきま）があるので、やがてラリーが立ちあがり、狭い割れ目から外をのぞいた。

「何が見える？」とチャンがきいた。

「星だ」とラリー。

「おいおい、もう着いてたっていい時間だぜ」とアル。「ちょっと見せてみろよ」

ラリーが間に合わせの観測窓をゆずった。一拍おいてアルが叫んだ。「なんだい、見えてるぜ！　真正面だ！」

「了解」とラリー。「おれが軌道に乗せるから、着陸地点が見えてきたら知らせろ」

「よう！　運河だ！　二本見える！　三本！」

「運河にかまうな。目ん玉ひんむいて着陸地点をさがせ」

「見える。真下だ。だだっ広い平原で、まん中に運河が一本流れてる。おいおい！　都市があるぞ！」

「高度がありすぎるから、都市はまだ見えないよ」

「そんなこと知るかい。どっちにしても見えるんだ。降下しろ、ラリー。降下だ！」

「船首を上に向けなきゃ、ちゃんとした着地はむりだ。しっかりつかまれ、みんな！」

姿勢転換が終わると、ラリーはイオンエンジンをふかして軟着陸にそなえた。数分が過ぎてゆく。いや、それとも数秒か。とつぜんズシンと軽い衝撃があった。

衝撃などあろうはずがない。だが、あったのだ。

アルを先頭に、三人の宇宙飛行士はエアロックから身を下ろすと、船底を通ってはいだし、立ちあがった。あわてているので、野球バットも手斧のことも頭からすっぽ抜けていた。ラリーも父親の懐中電灯を持ちだすのを忘れていた。

かなたに都市があった。

都市は三本の運河が合流するところにあり、いちばん手前を流れる運河は、船が着陸した広い平原を二つに断ち切っていた。塔が二つ見える。どちらもエンパイアステート・ビルディングみたいに背が高く、そそり立つ壁面には数知れぬ明かりが灯(とも)っていた。大きな二つの門は街の出入口だ。

空気は澄んで冷たかった。まっ黒な空にかがやく星は、あまりにもまばゆくて目が痛いほどだ。ちっぽけな月が二つ。ひとつは天頂にあり、もうひとつは地平線から急ぎ足で空にのぼってゆく。

立ちつくし、はるかな都市をながめていると、雷(かみなり)のような音がうしろから聞こえてきた。雷はたちまち近づき、たたみかけるようにひびく鈍い蹄(ひづめ)の音となった。ふりむくと、巨大な獣(けもの)がこちらに向かって駆けてくるのが見えた。八本脚(あし)で、長い平たい尾を生やしている。ガッと開いた大きな口、背中には騎手。三人は縮みあがって宇宙船にはりついた。獣は血と肉でできた機関車さながらに通りすぎ、すさまじい疾駆(しっく)の下で大地はふるえた。その一瞬、乗り手の顔が目にはいり、ラリーははっと息をとめた。

乗り手は美しい女性だった。

彼女が三人の宇宙飛行士や《火星の女王》に気づいたにしても――ことに後者は見逃すはずがない――それらしい素振りは見えなかった。巨獣は平原を駆けつづけ、みるまに小さくなってゆく。城壁に着くと、門がゆらりとひらいて巨獣と乗り手を通し、ふたたび閉じた。

アルが大きく息をついた。「おれたち夢を見てるんじゃないか」

「きっと夢だ」とチャン。

ラリーは無言だ。女にはひどく近しい印象があった。だが、すぐそこまで出かかっているのに、いらだたしいほど記憶はよみがえらなかった。あのひととはどこで会ったんだっけ?

それに、あの八本足の巨獣。これについても心にひらめくものがあった。

「そいでさ」とチャン。声がすこしふるえている。「火星に来たからには、これからどうする？」

「もちろん探検さ」とラリー。思っている以上に自信たっぷりの声が出た。

「ま、街をかい？」

「そ、そっちはあとに回そう。まずあの運河を見ようぜ」

「競走だ！」とアルが叫び、駆けだした。

アルの体は最初の一歩でほど近い土手まであと半分のところへ跳んだ。彼は軽々と背中で着地し、跳ねかえって立った。「おーい、これ面白いぜ！」

ラリーとチャンはもうすこし慎重にあとにつづき、小さな歩幅で跳んでは、足から着地するように心がけた。じょうずに足が着くこともあったが、失敗もあった。追いついたときには、アルはとっくに土手に立ち、水中をのぞきこんでいた。水は透(す)きとおって、水底は星々で舗装されているようだ。対岸まで半マイルはあるだろう。岸づたいに間隔をおいて変てこな形の建物が並び、窓には黄色い明かり。

岸辺のこちら側には平たい石が無数に散らばっているので、三人は石を横投げし、水切りの腕を競いあった。これはアルが勝った。力いっぱい投げたので、石はいくたびも水を切り、対岸すれすれまで飛んだ。

「なにか来る！」とチャンが小声でいった。

ラリーも音を聞いた。ズンズンズンズンという肉趾のある蹄の音だ。街の方角からひびいてくる。

はじめは何も見えなかった。やがて月と星影の下に三つの形がうかびあがった。途方もない大きさの獣が三頭見え、それぞれに騎手がいる。

三人の宇宙飛行士は固唾をのんで見まもった。

聞こえるのはそれだけではなかった。カタカタという銃器のような音、革の馬具がこすれるようなキューキューという音。

獣たちは、さっき通り過ぎた一頭とよく似ていた。今度のは歩いているだけで、疾駆しているのではないが、だからといって威圧感はすこしも薄まるわけではなかった。

距離がせばまるにつれ、三人の乗り手の姿はいっそうはっきりしてきた。左側の男は年齢不詳、黒っぽい髪のハンサムな白人で、革で仕立てたような衣装を着、腰には長い剣を帯びている。まん中にいる美女は、三人の宇宙飛行士が火星に着いて間もなく、近くをすごい勢いで駆けぬけていった当人にちがいない。いま彼女が御している獣も、さっきとおなじかもしれないが、断定はできなかった。女はセットした黒髪を金色のネットでくるんでいた。宝石をちりばめた金色の胸当てで乳房をおおい、数知れぬ金色の紐から成るスカートの下からは素足が見え隠れしている。女の浅黒い肌は長年の日焼けのようにも見えたが、あるいは地の色がもともと赤みを帯びているせいかもしれなかった。

右端の乗り手はまた別の種族の男性だろう。ほかの二人よりはるかに背が高く、剣のほかに長さ十フィートのライフルで武装していた。着ているものは黒っぽい髪のハンサムな白人男性とおなじだが、似たところはそこまでだった。男はきらめく白い牙を生やし、目は顔の両わきについていた。目のほぼ上からはアンテナみたいな耳が突き立ち、顔の中央には二本の裂け目が鼻に代わって縦に走っている。巨体と顔だちは宇宙飛行士たちの士気をくじくに充分だったが、驚きはそこで終わらなかった。男の腕は一対ではなく二対あったのだ。そのうえ、月明かりと星影だけでは照明はあまり頼りにならないものの、男の肌は緑色である印象が強かった。

岩石ばかりだ。どこもかしこも石、石、石。

火星といえば、岩石が連想される時代になっていた。バイキング1号2号の着陸船が撮影した比較的小さい岩。そして空に浮かぶ巨大な岩——二つの月。

奇妙に明るい空のもと、弱い日ざしのなかに立ち、ラリーは同僚飛行士のことをふと思った。あいつもこの興ざめな風景にがっくりきているのだろうか？　宇宙飛行士ハーデスティは着陸モジュールのそばにとどまり、テレビカメラをこちらに向けている（モジュール搭載のカメラは最終的な機器テストに合格しなかったのだ）。

NASAによる着陸地点の選定は愛他的精神に貫かれていたが、惑星それ自体は不当に軽んじていた。〝マリナー9号火星〟（やがてそう呼ばれることになる）は、十九世紀末から二十世紀初頭の天文学者たちが仮定したロマンチックな火星像にはほど遠かったものの、それなりの魅力は保っていた。いまラリーがいる場所の東、地平線をずっと下ったところには、ヘカテス・トロス、アルボル・トロス、そしてエリシウム山が、火星地殻の広大なふくらみであるエリシウム平原の上に乗っかっている。反対側の半球に目をうつせば、赤道のすぐ南に身のすくむような長大な亀裂、マリネリス峡谷がある。その北東にはタルシス台地がどっしりした地形を見せ、アルシア山、パヴォニス山、アスクレウス山という三つのドーム型火山が並んでいる。三つともそれなりに巨大な山だ。さらに北西へ向かえば、最高峰オリンポス山が火星の空に向かって十五マイル近くそびえている。

だがNASAが着陸地点として最終的にみとめたのはイシディス地域だった。散文的ながら、この地がいちばんリスクが小さく、いちばん安全だと見込まれたからである。もし人間が火星の地表を歩くなら、最初に歩くべき場所はここだ。NASAは船が飛びたつ一年半まえからそう決定していた。

ただ第三の宇宙飛行士オーエンズだけは、惑星をありうべき姿でながめていた。オーエンズは指令モジュールで軌道をめぐっているので、惑星の二つの相――その新しい顔と古い顔を代わりばんこに見物できる立場にいるのである。ある意味でラリーは彼がねたましかった。

地球管制室「すべて順調か、リード中佐？」

ラリー「すべて順調だ。いま位置をたしかめてる」

地球管制室「きみはテレビのいちばん新しいスターだ、ラリー。最高にかがやいてるぞ。世界中の目がきみに集まってる」

彼の妻の目。父と母の目。十二歳の娘と十歳の息子の目。

誰もかれもの目。

五感をとぎすませたが、何も感じなかった。視線の感覚はなかった。日の当たる瞬間にいるのに、感覚は閉ざされていた。

疲れているせいだ。肉体の疲労ではない。それも多少はあるが、これは感情の疲れだ。狭苦しい環境のなかで何カ月も過ごし、二人の同僚と始終顔をつきあわせながら、パラノイア患者にもならずに耐えてきた――その必然の結果だ。

彼が〝火星歩行〟の途中で足をとめたのは、たんに位置をたしかめたかったからではない。あの《火星の女王》の飛行に納得できる意義を見いだしたかったのである。彼やアルやチャンが着陸したと思った火星とは何だったのか？　彼は着陸モジュールからさらに離れはじめた。ハーデスティを手伝って金属の旗を立ててから、いままでずっとカメラに映りっぱなしだったのだ。着陸地点はイシディス盆地のすこし北寄りにある。降下する最後の数分間、ラリーは障害の少ない土地に船を降ろすため、操縦を手動でおこなわなければならなかった。いま船はひょろ長い足で立ち、周囲の風景とグロテスクな対照を見せている。遠い昔、巨大な衝突クレーターが生成されたとき吐きだされたものだろう、あたりには大小の岩塊が散乱している。南は風食の進んだクレーターのふちまで、東はテーブル台地が目立つ低地、西はクレーターを散らした平原、北は果て知れぬかなたまで見わたす限りだ。

彼は北へ向かって歩いた。ゆっくりと注意深く歩を進めた。火星では彼の体重は四十キロ足らずしかない。だが地表は大またに歩くにはまったく不向きだった。

彼はアルの大また歩きをほろ苦く思いだし、運河や都市や平原のイメージをあらためて思い起こした。あれはすべて夢だったのか？　夢だったのなら、彼ひとりで見た夢なのか、それともチャンやアルもいっしょに見ていたのか？　時間がたつうちラリーはきくのが恐くなってしまった。茶化されるのが嫌だったのだ。おそらく理由はおなじだろうが、向こうからたずねてくることもなかったし、その話題が会話にのぼることもなかった。

これだけの歳月ののちも、真相は不明のままだった。

三人の宇宙飛行士が運河の土手から食い入るように見つめるなか、三人の乗り手はほんの数ヤード手前で巨大な乗用獣をとめた。

乗り手たちが何者か、ようやくラリーにはのみこめてきた。記憶にあるのも道理。本のなかで出会ったのだ。

アルやチャンも本は読んでいる。だが二人は覚えていないのだろう。

だが、いくら正体がわかっても、ここでは役に立たない。小説のなかで出会うのと、血と肉の存在として出会うのでは、事情はまったく違うからだ。右側の乗り手が下一対の手から上一対の手にライフルを持ち替えたとき、ラリーもチャンやアルとおなじようにふるえあがったし、二人が向きを変えて逃げだすと、彼もまた逃げだした。

みんな大またの二歩で《火星の女王》のところにたどりついた。船内にもぐりこむと、エアロックを閉じ、闇のなかでかたまりあった。誰もイオンエンジンを〝始動〟させることを思いつかなかったが、エンジンはどうやらひとりでに〝始動〟したらしい。いずれにしても、空が白むころには船は無事地球に帰り着いていた。

生気のない日ざしのもとで、岩石は赤みがかった色を帯びている。とりわけ大きいひとつを迂回しようとしたとき、その底の近くでかすかな輝きが目にとまった。かがむと、小さな細長い物体が見え、彼は拾いあげた。

身を起こすと、グローブをはめた手に乗せ、ヘルメットの色付きバイザーの奥で目を疑った。その瞬間、彼は知ったのだ。なじんだ世界は消え失せ、それがもとの姿をとりもどすことは永遠にないだろうと。

宇宙船の解体は明日の朝もどってからやる。アルとチャンがそう約束し（火星飛行がこれで打ち切りとなることは暗黙のうちに了解されていたので）スリーピングバッグをかかえて帰ってしまうと、ラリーは懐中電灯を父親の車のグローブボックスにしまい、まだ開けていないキャンベルのポークビーンズの缶をキッチンの戸棚にもどした。そしてシリアルにミルクをかけて食べ、二階のベッドにもぐりこんだ。

ボーイスカウト・ナイフがないことに気づいたのは、その日の午後遅くになってからだった。船内をひっかきまわし、裏庭をあさり歩き、高いところ低いところ、遠く手広くさがしたが、ナイフはどこにも見つからなかった。

地球管制室「リード中佐、いましがたかがんで、なにか拾いあげていたが、ひょっとして科学的に興味を引きそうなものでもあったか？」

ラリーはためらった。真実をいったとしても、誰が信じてくれるだろう？

NASAは信じてくれるかもしれない。彼らはある程度信じるほかないのだ。指令モジュールにはいるにあたって、彼とハーデスティとオーエンズはすべてを徹底的に精査され、ピンひとつ隠して持ちこむ余裕はなかった。

しかしNASAが信じようと信じまいと、信じてくれる人間はいるはずだ。

多くはないだろうが、何人かは。

父と母は信じてくれるだろう。妻もだ。

十二になる娘と十歳の息子も。

家族は無条件に信じてくれるだろう。

自分は信じてほしいと思っているのか？

同僚飛行士とおなじく、テクノロジーを母乳にして育った子どもたちだ。その子らに三人の少年がブリキの煙突に乗って火星へ旅したことを信じてくれというのか？　それも、三人のおとなの宇宙飛行士が、テクノロジーの最先端をゆく宇宙船で旅をした時間のわずか六〇〇〇分の一で……

宇宙的尺度でいえば、マリナー9号火星は、パーシヴァル・ローエルが仮定し、エドガー・ライス・バローズが空想した火星とおなじ程度の価値しかないことを信じろというのか？

現実はひとつの巨大なジョークで、そのジョークが人類に仕掛けられたものであることを子どもたちに信じてもらえというのか？

もはや自分は疑うしかないが、子どもたちにも疑ってほしいというのか？　太陽の下にあるいっさいの客観的実在を、それをいうなら太陽そのものの客観的実在を。

地球管制室「リード中佐、なにか科学的に興味深いものが見つかったか？　どうぞ、ラリー」

マリネリス峡谷はくだらない運河千本を合わせた以上の価値がある。オリンポス山はロマンチストたちが語る突拍子もないほら話を矮小化(わいしょうか)してしまう。

どちらも妄想の産物だといってしまって、なにか問題があるだろうか？

ラリー「いまのところ、見つかったのは岩石ばかりだ」

地球管制室「それならいい……あと数分できみとハーデスティ中佐はモジュールにもどり、今後の実験のためにしっかり休息をとる。しかしその前に、この歴史的瞬間を記念する短いスピーチをしてくれないか？」

ラリー「了解。きょう、ハーデスティ中佐、オーエンズ大佐、わたしの三人は、人類が星々にいたる長い危険な旅路において、ひとつの峠を越えました。これをなしえたのは、テクノロジーがその途中に設けた多くのベースキャンプのおかげであるところが大きく、われわれ自身が果たした役割はそのなかで無限に小さいものでしかありません」

地球管制室「すばらしいぞ、ラリー。これ以上のスピーチはちょっと思いつかないな。ハーデスティ中佐、きみとリード中佐がモジュールにもどる前に、旗の映像をもう一度だけ世界の人たちに見せてやってくれないか？」

ラリーは自分の姿がカメラの視野のそとに出るまで待つと、ナイフを地面に落とし、砂礫を蹴ってかぶせた。モジュールへときびすを返したとき、遠く、視野の片隅に、二つの塔のある都市がさし招くように揺れているのが見え、たちまち消え失せた。

失われし時のかたみ

深町眞理子 訳

もしも、過去へもどれるということがハヴァーズを驚かせたとするなら、過去そのものは、さらにその驚きを深めたと言えるだろう。それは、これまで予想してきたものとはまるで異なっていた。これまではいつも過去というものを、一種の古い映画のようなものとして思い描いていた。その郷愁を誘うシーンのなかを、恐れを知らないタイムトラベラーが渉猟(しょうりょう)して、おのれの再訪してみたいひとつを探しあてるというような。過去が、その本来の性質からして、必然的に死んだものであるはずだなどということは、一度も念頭には浮かばなかったし、まだほかにも、いままで考慮してみたことのない事実があった。すなわち、累積した過去の歴史的事実や、それに付随する人物や場所の積み重ねが、対象となった人間の生涯のどの程度までを保存しうるか、それにはきびしい制限が課されるのみならず、その保存の方法までもが規定される可能性があるということだ。結果として彼は、ふいに目の前に出現したその見慣れぬドアをあけ、なかに踏みこんで、そこが、どちらかというと特徴のない、窓のない部屋であるのを発見したとき、そこはかとない当惑を味わったのだった。

われにかえって、問題を考えなおしてみると、しかし、ハヴァーズにもその種の簡便さの必要性がのみこめてきた。部屋は、奥行き約二十フィート、幅約十五フィート、高さはほぼ九フィート。天井は凹形で、その全面に大きさ十二インチ四方の天井用ブロックが張られ、発光性の物質でできたそのブロックが、室内のすべてを、淡い、だが深くしみとおるような光で照らしていた。床は、四インチ四方のリノリウム・タイル、色は赤と黒で、チェッカーボードのような市松模様に張ってある。壁面をおおっているのは、九インチ四方のウォールナットの化粧板。天井まで届く高い棚が、左手の壁から始まっていて、それはぐるりと部屋をとりかこみ、一カ所だけとぎれているきりだった。その箇所というのは、ハヴァーズのはいってきたドアの真向かいにあるドアで、ドアの上には、ちょうどむかしの映画館で見られたような、赤い〈出口〉の標識が輝いていた。右手の壁ぎわには、グレイのと薔薇色のと、ふたつのキャビネットが据えられ、左手の壁の中央寄りには、焼き石膏でできた小型の脚つきの台が置いてあった。

いっぽう、部屋の中央に鎮座ましましているのは、円形の陳列カウンターだった。天板と、その下の何段かの陳列棚はガラス製、それぞれ、ハヴァーズの現在の位置からでは正体のわからぬ、雑多な品々でうずまっている。とはいえ、たとえなんであろうと、こうして目につきやすいように陳列してあるからには、それらが彼の過去において、重要な役割を果たしていたにちがいないことは明らかだった。

彼はカウンターに歩み寄り、その前に立った。まず目を引いたのは、むかし書きかけて、ついに完成するにはいたらなかった小説だった。それは、カウンターの天板の中心の位置を占めていて、見るからに心をそそる赤いモロッコ革で装釘(そうてい)されていた。題名と著者名とは、金箔(きんぱく)で型押しされている——

『現金とクレジット』ジョージ・ウェーヴァリー・ハヴァーズ著

ハヴァーズはその本を手にとると、ページをくってみた。いたって当然だが、本は四ページのみを除き、すべて空白だった。四ページのうちの一ページは扉だが、あとの三ページは、書きかけて、中断したままの本文で埋まっている。最初のページをくった彼は、そこに印刷された文章を読みはじめた。「ここで、イライジャ・ソーンの脳のなかをのぞきこみ、そこに見いだされるはずのからくり、策謀をひとつひとつ調べてゆく前に、まず、われらが主人公の体格と顔の造り——前者は外胚葉性体型、後者は長頭型の——について、しばし考察してみるのが適切であろう。われわれは——」急いでハヴァーズは本をとじると、それをカウンターの上にもどした。

その本の左、黒いプラスティックのラックに、いとも芸術的に並べられているのは、彼が第二次大戦後の数年間に収集して、その後、五〇年代から六〇年代のあいだに、いつのまにか紛失してしまったパイプのコレクションだった。そこには、ブライヤーをはじめ、海泡石やコーンコブのパイプ、イエロボールやケイウーディーなど、さまざまなパイプがそろっていた。彼は軽い驚きをもってそれらをながめた。いったい全体、紙巻き党の喫煙家である彼が、どういうわけでパイプのコレクションなんかに時間と金を浪費したりしたのだろう？

　そのパイプのコレクションから、つぎに視線が移ったのは、一見しただけではなんなのか正体が不明だった品だった。色は黄がかった茶色、形はちょうど特大型の、途方もなく厚いホットケーキのようで、まんなかが深くくぼんでいる。まさかあれは？　そう、そうだ、まちがいない——キャッチャーズ・ミット。九歳の誕生日に、父からもらったものだ。なんとまあ、あれにお目にかからなくなって久しいことよ！　皮肉なことに、それが呼び起こしたのはノスタルジアではなく、嫌悪の情だった。じつのところ、彼はけっして本心から野球を愛したことはなかった。あのころは、それでも勤勉にプレーもしたし、高校ではチームにもはいっていたものだが。

　ミットのつぎには、彼の高校の卒業証書、さらにその隣りにあって、それをたわいない、子供っぽいものに見せているのは、長さ一ヤードもある仰々しい模造皮紙の巻き物で、サクセスフル実業大学を卒業したときに授与されたものだった。ゆっくりと彼はカウンターのまわりをまわって、その上にある品だけでなく、下の棚に並べられているものもながめていった。それらのなかには（数えきれないほどの他の品目にまじって）、錆びたジッポーのライターや、アジア太平洋演劇奉仕団のメダルと青銅星章二個のほか、善行勲章、フィリピン解放リボン章、ジレットの替刃一箱、モービルガスのクレジットカード、フレキシブル・フライヤーの橇、〝G〟の字の欠けているロイヤルのスタンダード型タイプライター、四枚刃のボーイスカウト用ナイフ、車のブースターケーブル一組、ゲイシャ姿の日本人形、変色したバスケットのボール、赤いコースター・ワゴン、栓抜き、一九六二年度版のカリアー・アンド・アイヴズ石版印刷会社のカレンダー、大工の使う曲尺、黴の生えたポラロイド・ランドのインスタントカメラ、カロリー計算表、『トム・スイフトとモーターサイクル』一冊、新年に吹き鳴らす角笛、などがあった。

　こうした品々の多くは、彼にとってなんの意味も持たなかった。なかには覚えてすらいないものもいくつかある。そもそもなんらかの価値を持っていたとしても、すべてはとうにその価値を失ってしまっている。これらの品々を選んだのがたとえだれであるにせよ、さながらその人物が故意に彼の生涯を卑小なものに見せようとして、これらを選んだかのようだ。実際には、人間として望みうるかぎりにおいて、豊かで充実した生涯だったというのに。

とはいうものの、それらは、この部屋に集められた品々の、ほんの一部を占めているにすぎなかった。まだほかにも、探検せねばならぬいくつもの陳列棚や、キャビネットがふたつ残っている。見たところ、棚がどこよりも期待が持てそうだったので、とりあえずその棚の端へむかって彼は歩いていった。歩いてゆくうちに、なにものっていない脚つきの台の上の壁面に、一枚の額縁入りの刺繍が飾ってあるのに目がとまった。たぶんそこに縫いとってあるのは、おなじみの格言かなにかだろう。たとえば、『ゆうべ夢見ぬ、人生は美と。目ざめて知る、人生は義と』とか、『早寝早起きはひとを健康に、豊かに、賢明にする』といったような。ところが、かわりに見いだしたのは、ある童謡の一節だった——

ヒッコリー、ディッコリー、ドック、
チュー公時計に駆けあがった、
時計が一時をぼんと打った、
チュー公あわてて駆けおりた。
ヒッコリー、ディッコリー、ドック。

彼はその刺繡から視線をそらし、いくつかに仕切られた棚の、いちばん端の区画に目を向けた。

プルーストは、プティット・マドレーヌを味わったあと、やおら失われていた時をとりもどす作業にとりかかった。だがハヴァーズには、自分の過去に関して、いまさらそれをとりもどしたいという欲求など、さらになかった。見慣れぬドアが目の前にあらわれたとき、それが過ぎ去った日々に通じる扉であることはすぐにわかったが、その扉をあけて、なかに踏みこんだときには、たんに好奇心にうながされてそうしているにすぎなかった。彼の生涯は、豊かで充実してはいたけれども、かといってそれを、理論的にも実際的にも、いくぶんかでもよみがえらせたいと願う気持ちなど、毫（ごう）もなかった。彼はつねに、すべてを自己のペースで、冷静にのりこえられる能力を誇りにしてきた。ならば、過去もまた自分のペースで冷静にのりこえるまでのことだ。

　にもかかわらず、いまその陳列棚の前に立ち止まったとき、彼は当惑にとらえられていた。棚にはずらりと人形が並んでいたのだ。

　なぜ人形が？　人形を集めたことなど、生涯、一度もないのに。

　それから、あらためてそれらを入念に見なおしてみたとき、はじめてそれらが普通の人形ではなく、それぞれ高さ七インチから八インチぐらいの、自分の人生に重要なかかわりを持っていたひとびとをかたどった、フィギュアたちだとわかった。いってみれば、彼の身内や友人、知人たちをあらわしたコレクションなのだ。

　アトランダムに棚の上からそのうちのひとつを手にとって、彼はじっくりとそれをながめた。ディック・エヴァンズだった。数年前まで、つまり、飲酒癖が高じて、ついにペイン・ウェストブルックから解雇を申しわたされるまで、ウェストブルック社でハヴァーズに次ぐ地位を占めていた男だ。ハヴァーズはディックを棚にもどすと、かわりにべつのをとりおろした。それはペイン・ウェストブルックそのひとだった。長身で冷静、謹厳そのもので、あいかわらず太陽灯でこんがり焼いた顔をしている。このフィギュアがどんな材料でできているのかに興味をいだいたハヴァーズは、ペイン・ウェストブルックの右腕をねじあげ、もぎとった。細かな黄色の粉がぱらぱらと床にこぼれた。案の定、鋸くずだ。

　ウェストブルックを棚にもどした彼は、前かがみになって、並んだちっぽけな知人たちをひとりひとり仔細に点検していった。なかには、思いだすのにちょっと苦労したものもあったが、大半は、一目見て、すぐにだれだかわかった。小学四年のときの担任、トラウト先生。体育の教師だったウィンストン・バーンズ。サクセスフル実業大学時代のルームメート、ジョン・ラクロス。ペイン・ウェストブルックの個人秘書、ヴァージー・ハリントン。ハヴァーズ自身の父。母。そして息子のウェズリー。ペギー・フェルプス——高校の最上級生のとき、ハヴァーズが遠くからあこがれていた女生徒で、のちにボイラー室でラルフ・コリンズと抱きあっている現場を発見され、放校になった子だ。そしてそのラルフ・コリンズ。

　つぎのフィギュアの正体を見きわめるのには、ちょっと時間がかかった。背の高い、赤褐色の髪をした青年で、茶色の目に、やや大きめの耳。しばらくして、ようやく真実に思いあたった。彼は自分自身を見ているのだった——むろん現在の自分ではない。遠いむかし、ジェニファーと結婚したころの自分。ほんとうにあのころは、こんなに痩せていたのだろうか？

　つぎのフィギュアは見ないでもわかるような気がしたが、それでもそれを彼女と見分けるには、やや骨が折れた。ジェニファーは結婚したてのころ、実際にこれほど目のさめるような美人だったのだろうか？　もっとよく見ようと、そのフィギュアを棚からおろしてみた。澄んだブルーの目、すんなりした脚、金鳳花（きんぽうげ）色の髪……何度見なおしても、愛らしいバービー人形にしか思えない。ふいに、あざむかれたという心地がした。人生に、ではなく、時にあざむかれた、と。いま手のなかにいる少女は、どう想像をたくましゅうしてみても、現在、自分とひとつ家に住む、あの背の高い、がりがりに痩せた女性――よそよそしく、冷ややかで、更年期のさなかにあるあの中年女性――とは、ほとんど、あるいはまったくつながりなどないとしか思えない。

彼はそのバービー人形を棚にもどし、陳列棚のつぎの区画に移動した。そこは、彼とジェニファーとが二十三年間の結婚生活ちゅうに使用してきた、さまざまな電気製品やラジオ、テレビの類、それに、彼らがウェズリーに買い与えたポータブルテレビやラジオ等のミニチュアにあてられていた。それらがそうして棚に並べられているところは、まるでおもちゃのようだった――クリスマスに女の子が親から買い与えられるおもちゃ、クリスマス当日の朝、それで遊ぶままごとの道具だ。棚のつぎの区画は、これまで彼が所有してきた一連の自動車のミニチュアにあてられていた。その数の多さには驚かされた。どうして自分のような中所得層の男に、これだけ厖大（ぼうだい）なクロムとスチールの山を買いこむ余裕などあったのだろう？　それらもまた、こうして見ると、おもちゃめいた感じをただよわせ、幼い少年が歩道で遊ぶ玩具の自動車を連想させた。足らないのは、おもちゃの消防自動車ぐらいのものだ。

いつのまにか、上に〈出口〉の標識が輝いているドアの前まできていて、しばらくその物言わぬパネルをながめてから、彼はつぎに足を運んだ。その区画が思いださせたのは、人形の家だった。というのもその棚は、各種の家具調度のミニチュアで埋まっていたからだ。寝室の調度、居間の調度、ガスレンジ、キッチン・キャビネット、ダイニング・セット、食器棚、脚つきの高たんす、電気スタンド、絨毯（じゅうたん）、足台、膝（ひざ）用クッション、マガジンラック、エンドテーブル、洗面台、浴槽、薬品戸棚。おもちゃのおまるすらあった。それも、ふたつも。さらにそれにつづく区画は、棚はふたつだけで、そこに彼が結婚以来購入した、二軒の家のミニチュアが展示してあった。上の棚にあるのは、ずっと毛嫌いしていた靴箱のように真四角な家。下の棚にあるのは、現在ジェニファーと住んでいるだだっぴろい牧場スタイルの建物で、これは前の家よりももっと好きになれない。

最後の区画に陳列してあるのは、ミニチュアの衣類だった——自分の、ジェニファーの、そしてウェズリーの。自分の分は、誕生以来の衣類がぜんぶそろっていたし、ウェズリーのもそうだった。だが、ジェニファーが彼と知りあう以前になにを着ていたか、それは彼の生涯に直接の関係は持たなかったから、そこには展示されていなかった。彼は目の前のちっぽけなコートやドレスのすべて、ちっぽけな靴のすべてをながめた。それらは——先に見た家具や、車や、家庭電化製品とおなじく——いまに遺された彼の過去のすべてだった。そういう意味でのみ、それらは過ぎにし日々のかたみとして存在するのである。

やがてついに、彼は最後に残ったふたつのキャビネットのところへきていた。

ひとつは、一見して普通のファイリング・キャビネットとおぼしく、室内の展示物の説明や一覧表のファイルがおさめてあるものと思われた。なかを一瞥したただけで、その予想があたっていたことは確認できた。

けれども、第二のキャビネットは、それにくらべるとはるかに興味をそそった。色は薔薇色だったが、いま見ると、それは塗料の色ではなく、半透明のパネルそのものの内部から輝きだす、薔薇色がかった光のせいだと判明した。好奇心をそそられた彼は、歩み寄って、その前に立った。高さ約四フィート、上部が約四十五度の角度で向こう側へ傾斜していて、大きな長方形の窓がついている。窓の下に、栗色のキーが並んだ鍵盤のような出っ張りがあり、キーの一部には数字が、一部には文字がしるしてある。鍵盤の右手には、〝取り消し〟とラベルのついた小さな赤いボタン。しばらくながめているうちに、ようやくハヴァーズにも、これがジュークボックスだということがわかってきた。

彼は凝然と目をみはって立ちつくした。いったい全体、ジュークボックスなんかが、自分の過去になんの関係があるというのだろう?

窓ごしに明かりのついた機械の内部をのぞきこむと、十五枚のレコードをおさめた水平のラックと、そこからレコードをひきだすための小さな自動式のアーム、それに、フエルトを張った円盤と、その上で宙に浮いている、さらに小さなアームが見えた。窓の下の部分に横二列に配置してあるのは、タイトルをタイプした小さな白いカードだった。思わずハヴァーズはそのほうへ身をのりだした。こちらには少年時代に愛唱した歌の数々。あちらには若かりしころに流行したロマンティックなメロディー。ややあって、ふと彼は眉(まゆ)をひそめた。カードのタイトルは歌ばかりに限定されているわけではなかったからだ。それらは彼の過去のエピソードに関連したもの――あるいはすくなくとも、そのように見えた。『トラウト先生が遠足のときに児童に与えた注意』（A－1）。『ペギー・フェルプスにささげる詩――ジョージ・W・ハヴァーズ作』（A－2）。『ジョージ・ワシントンはなにゆえ建国の父と呼ばれるにあたいするのか――卒業生総代G・W・ハヴァーズの告別演説』（A－3）。『娼婦たちを描いた帯状装飾(フリーズ)に見る戦争の情景』（B－1）。『パンパン・ガールの嘆き節』（B－2）。『サクセスフル実業大学のビジネスマン』（B－3）。『ウェストブルック株式会社、いままたひとりの新人を迎える』（C－1）。『＊＊＊＊ジェニファー＊＊＊＊』（C－2）。『男児出生』（C－3）。『ハヴァーズ、出世の階梯(かいてい)をのぼる。五〇年代と六〇年代のハイライト』（D－1）。『食卓のハヴァーズ夫妻――チャーミングな夫婦水入らずの会話』（D－2）。『ロードサイド・バー＆グリルにおけるディック・エヴァンズ――ジョイスふうのラプソディー』（D－3）。『父より息子への訓話――息子の〈高等教育学院〉への出発前夜に』（E－1）。『ペイン・ウェストブルック、非情の一撃をくりだす。二十五年勤続者表彰夕食会におけるアフターディナー・スピーチからの抜粋』（E－2）。『シャーマンの家にて』（E－3）。

ハヴァーズは憤然とした。これではまるで、だれがこの自分の過去をこうして寄せ集めたにせよ、その人物は、それを卑小に見せるだけでは満足せず、愚弄もする必要を感じたかのようではないか。

だがそう思いながらも彼は、われしらず興味をそそられていた。遠足のときにトラウト先生からどんな注意を受けたか、などということは、いまさら思いだせもせず、思いだしたくもなかったが、ペギー・フェルプス関連のコレクションには心をひかれた。ほんとうにこの自分は、遠いむかし、あの愚かな色情狂まがいの娘のために、詩を書いたりしたのだろうか？

コイン投入口を探してみたが、それらしきものは見あたらなかった。してみると、どうやらこのジュークボックスは無料らしい。彼はAのキーと2のキーを押した。まもなくスピーカーから流れてきた声は、まぎれもなくむかしの自分自身のものだった。そして彼はいまとつぜん、ある冬の夜にその詩を書き、そのあと、自室の窓の庇の下に立って、それを朗誦したことを思いだしたのだった——

ペギー・フェルプスにささぐ

「ペギーよ、おんみの美はわれに
いにしえのニケアの小舟を思わせる、

見よ、静かにもかぐわしき海の上を、
旅に疲れしさすらいびとは
ふるさとの岸辺をさして進む。
絶望の海の上をはてもなくさまよい――」

ハヴァーズはそそくさと〝取り消し〟ボタンを押した。かつての自分は、すくなくとも独創的な詩を書いたとは言えるだろう。
『ジョージ・ワシントンはなにゆえ建国の父と呼ばれるにあたいするのか』、そして『戦争の情景』――このふたつはとばして、つぎにB－2をかけた。

パンパン・ガールの嘆き節

「一ペソ、二ペソ、三ペソ――兵隊さん、これだけじゃ不足だよ。あんたはわざわざあたいを選んで、あたいの部屋にきた。なのにあれをやろうとしない。ふん、へんなアメリカーノだよ、あんたって。へんなアメリカーノにはね、たといあれをやんなくとも、あたいは五ペソもらうことにしてんのさ。さあ、五ペソおくれよ、さもないとほかの兵隊たちに、あんたは男じゃないって言いふらしてやるよ。あたいはいちんち働きづめに働いてるんだ。食べものや着るものを買うのに、たくさんお金がいるんだよ。ねえってば、あたいの用意はできてるんだよ、どうしてこないのさ！　まったくへんなアメリカ―ノだよ。さあ、おいでったら――五ペソでたっぷり楽しませてあげるからさ。一ペソ、二ペソ、三ペソ、ねえ兵隊さん、これじゃ……」

嘆き節がくどくどとつづくなか、心の目でハヴァーズはまざまざとその見すぼらしい小部屋を見ていた。窓のない、竹の壁にかこまれた小部屋、ベンチ然とした竹製のベッドと、その上に、キャラコのドレスを腰までまくりあげて横たわっているフィリピン人の娼婦……そして自分自身。大きな軍靴を履き、カーキ色のＧＩ服に、あのばかげた、ちっぽけな軍帽をちょこんと頭にのせて――どこからどこまで十九歳の少年兵だ。そしてさらに、そのあとにつづく自分の姿も――五枚の小さく丸めた紙幣をベッドに投げつけ、カーキ色のズボンを脱ぎ捨てて、にたにた笑っている女に折り重なってゆく。と同時にレコードがやみ、彼の過去のかたみをおさめた部屋のうちに、ふたたび沈黙がひろがった。

『サクセスフル実業大学のビジネスマン』をとばした彼は（自分がそこでいかに刻苦勉励したか、そんなことはいまさら思いだしたくもない）、そのつぎの『ウェストブルック株式会社、いままたひとりの新人を迎える』もスキップし（自分が週給五十ドルの事務職員から出発したということ、これもまたいまさら思いだしたくもない事実のひとつだ)、さらに、『＊＊＊＊ジェニファー＊＊＊＊』も敬遠し(またあのバービー人形に出くわすのなんて、いやなこった!)、ついでに、『男児出生』(その事実、それだけでじゅうぶんだ)、『ハヴァーズ、出世の階梯をのぼる。五〇年代と六〇年代のハイライト』(五〇年代と六〇年代なら、すでに食傷するほど味わってきた)のふたつもとばして、最後にかけたのが、『食卓のハヴァーズ夫妻――チャーミングな夫婦水入らずの会話』だった。べつに話の内容に興味があったからではなく、なぜこのようなありふれた出来事がこのコレクションに含まれているのか、それが不思議に思えたからである。

食卓のハヴァーズ夫妻

「ウェスはどうした?」

「遅くなりますって」

「またか。実際、わたしに言わせれば、せめて日に一度ぐらい、親父(おやじ)やおふくろと食事をともにしても、罰(ばち)は当たらんと思うんだがね。ほう、このミートローフはうまそうだな、ジェン」

「今夜、車を借りたいそうよ。ヴィッキを映画に連れてくんですって」

「ゆうべもあの娘と出かけたんじゃなかったのか?」

「あれはサンディーよ」

「ふん……そのポテトのおかわりをもらおうか、ジェン。それから、ミートローフをもう一切れ……きょう決心したよ。カラーテレビを買うことにした」

「すてきね」

「部屋の隅に、白黒のおんぼろが鎮座ましましてるのを客に見られたりしたら、みっともないからな。それにどっちみち、いまわが家で新しいテレビを買っちゃならんいわれはどこにもないはずだ」

「すてきだわ、ジョージ」

「いま新しいテレビを買っちゃならんいわれはない、と言ったんだよ、わたしは」

「だったらどうなの、ジョージ？」

「〝いま〟の意味がおまえにはわかっていないらしい。ならばここでいいニュースを聞かせてやろう。じつはけさ、ペイン・ウエストブルックに社長室へ呼ばれてね、わたしを次期総支配人にすると言うんだ。カール・ジェイコブズが、来月、退職するんだが、そうなると、いちばんその椅子に近いのはわたしってことになる。まあどっちにしろ、ほぼそれに近いのはね。実際はディック・エヴァンズのほうが、わたしよりも在職年数は長いんだが、彼はもう信頼できない。近ごろじゃ、デスクの引き出しにまで酒瓶を隠してるんだ——洗面所でこっそりひっかけるだけじゃ足りずにね。ペインがもらしたところによると——内々で話してくれたことだから、だれにも言っちゃいけないよ、ジェン——もしディックが早急に立ちなおらないようなら、総支配人の地位を渡さないだけじゃなく、それ以上の処置をとる——つまり解雇も考えてるってことさ」

「まあたいへん」

「そうなんだ。いったいあの男はどうなっちまったんだろうな。いつも飲んだくれてはいたが、以前はすくなくともそれをおさえるすべは心得ていた。ところがいまはそれさえできない——でなきゃ、おさえようとする気もない。とにかくだ、ジェン、わたしはついに出世の階梯をのぼりつめたんだよ」

「すてきね」

「長く苦しい道のりだったが、とうとうやってのけたんだ」

「すばらしいわ」

「ウェスのやつを、全国一、いい大学にやってやろう」

「すてきだわ」

「そのグリーンピースをもうすこしもらおうかな」


このたびはハヴァーズもつぎのレコードをスキップしなかった——

ロードサイド・バー&グリルにおける
ディック・エヴァンズ

「なるほどじゃあそれがあんたの忠告ってわけかよしならおれも友達甲斐に言ってやろうまあ聞けよ相棒あの古狸めを信用するんじゃねえぞ信用したら最後あんたもおれみたいに踏みつけにされちまうそれがあいつのやりくちなんだいいかジョージこっちが先にやっつけるんださもないとこてんこてんにやられっちまうぞおいファーディーおかわりだ二杯だぞなあおいジョージわからねえかこの世のなかは嘘っぱちだらけだおれたちゃ自分自身の一生を生きちゃいねえのさおれがおれのしたいことをするときって言やあな酒を飲んだときだけさ近ごろじゃそれがしょっちゅうになっちまったみたいだがそれ以外のときにゃなにかをする前にまず考えるねこれからおれのしようとしてることが他人の目にどう映るか他人はそれをよしとするかどうかってああそうさくだらねえってこたあわかってるさおれのやることが他人の気に入ろうと入るまいとおれの知ったことかおおいおかわりはどうしたファーディーじっさいばかげてると思うぜ人間はたった一度ささやかな一生しか生きられねえのに他人が自分の生きかたをよしとするかどうかってなことばかり考えてそいつを浪費しちまってるんだからたとえば向こうからいかす女が歩いてくるのを見るとするそしてあんな女をものにしたいと思うだがそうかといってその女のあとを追いかけてくかってえととんでもねえまず考えるのさ女房に見つかったらどうしよう近所の連中はどう思うだろうってそして女がちらちらこっちを見てて声をかけさえすればものになるとわかってるのに黙って指をくわえて見送るだけさまたこんなふうにぼやくこともあるぜ近ごろの若いもんが傍若無人にやりたいことをやってるのが

気に食わねえおれの若いときはこんなじゃなかったなんてねいかにもそうだろうさむかしはだれもが他人の思惑ばかり気にして暮らしてたんだもんなときどきわずかなあいだ羽目をはずすことはあってもそれ以外はみんなそんなふうだったんだ若いもんがおれたちとそっくりの人間に育つのも当然だよジョージおれたちみたいな自分の生活を持たない人間他人に支配されてる人間たがいに支配しあってときどきちょっとだけ息抜きしてはほんとにやりたいことをやる人間それ以外のときはいつも見せかけに生きてる人間だけどその見せかけが終わったときおれたちになにが残るいったいだれがおれたちがなにをやったかやらなかったかどんないいことをしたかしなかったかなんてことを思いだしてくれるええおいくそったれいったいおかわりはどうなっちまったんだファーディーこのいまいましい店のサービスはどうなってるんだよ**おかわりはどうしたと言ってるのが聞こえねえのか**なあおいジョージおれたちはな一生を世間というでかくて薄汚いくずかごに投げ捨てちまったのさおれたちをトイレットペーパーのワンロールほどにも考えちゃいない世間様にな」

ハヴァーズは、小さな機械のアームがそのレコードを持ちあげ、水平の棚にもどすのを見まもった。かわいそうなディック。なんという無情のあらしが、それまで彼をどうにか安全につなぎとめていたドックからひきはなし、逆巻く荒海へと吹き飛ばしてしまったのだろう。

あるいは、彼をつなぎとめていたもやい綱そのものに欠陥があったのかもしれない。ディックは結局のところ、終生、真の意味では落ち着くことのなかった男だった——つまり、ハヴァーズの落ち着いたような意味では。ハヴァーズのひとりにたいして、ディックは三人の女とつぎつぎに結婚したが、その結婚生活はどれもうまくいかなかった。ことによると彼は、はじめから荒海へ吹き飛ばされるように運命づけられていたのかもしれない。

ロードサイド・バー&グリルで飲んだその夜以来、ハヴァーズも二度とディックには会ったことがない。

つぎにハヴァーズが選んだのは、E－1のレコードだった。

父より息子への訓話
——息子の〈高等教育学院〉への出発前夜に

「いまさら言うまでもないと思うが、ウェス、おまえのおかあさんもわたしも、おまえにはおおいに期待をかけてるんだ」
「ぼくだって自分にはおおいに期待してますよ」
「われわれは幸運だった。おまえの学校友達の多くは、いろいろ親に心配をかけたり、恥をかかせたりしてきたようだが、わが家では、さいわいそういうことは一度もなかったからね。これは、近ごろの若者の陥りやすい陥穽を避けてきた、おまえの思慮深さにたいする賛辞だよ」

「ぼくはいいものが好きです。トリップしたり、やたら自分を憐れんでみたり、マイナーバンドでトランペットを吹いたりしてるだけじゃ、そういうものは手にはいりませんからね」

「いいものを望むのは結構なことだよ、ウェス。しかし、豊かで充実した人生を送ることには、たんに財をたくわえること以上の意味があるんだ」

「心配はいりませんよ——ルールは守りますから。ですがそれは、おとうさんのように、それを破るのを恐れてるからじゃない。ぼくだって、いつかは結婚するかしれないし、子供をつくることさえあるかもしれない。ですがぼくのもっとも望んでるのは、いいものなんです」

「あの——近ごろおまえがデートしてる娘——ローラとかいったと思うが、なかなかよさそうな娘さんじゃないか。あの娘なら、おまえの妻にふさわしいかもしれん——むろんおまえが学位を取って、どこかの大会社にでも就職したあとでの話だがね」

「ローラですって？　あんなの、だれとでも簡単に寝る女ですよ。ここらの娘は、みんなおなじです。ぼくが結婚するときには、夜半にめざめて、いったいおれ以前に何人の男がおれの女房と寝ただろう、なんて頭を悩まさなくてもすむ女にしたいですね。そんな男はひとりもいなかったと、そう確信できる女を選びますよ。真剣勝負なら、こっちもそれなりのやりかたで臨まなきゃなりませんから」

「おまえは――おまえは、望むものをはっきり心得ているようだな」

「ええ。そしてぼくの望むものとは、学校でいっしょだったあのいかれた連中のほしがっているものと、ぜんぜん変わりません。ただ連中は、それとはべつのものを望んでいるようなふりをしてるにすぎない。そして連中がそんなふりをするのは、恐れているからです――競争社会でやってゆけないことを、ひとと太刀打ちできないことを。だから連中は、ときおりこっそりケーキから糖衣をこそげとっては、指についたそれをなめることで自分を慰めてる。ですが、そうしながらも、ケーキがそこにあることはちゃんと知っていて、しかもそれが自分たちの手にははいらないことも心得てる。だからこそ、それを憎悪するんです。ですがね、ぼくはまちがいなく自分の分け前を手に入れてみせますよ。まあ見てらっしゃい」

この夜ハヴァーズは、はじめてわが子のほんとうの姿を見、そしてそのあと、いったいどういうひょんな行きがかりから、このまったくの他人がわが家にいすわることになったのかと、しばし首をひねった。その夜は落ち着かぬ気持ちのままベッドにはいり、眠れぬ一夜を過ごしたが、朝になると、ウェスを空港まで送ってゆき、そこで彼とジェニファーとは、その長身の、決然とした青年——ジェニファーの口と、ハヴァーズ自身の目と、だれか知らぬ他人の心を持った青年——に別れを告げたのだった。

ペイン・ウェストブルック
非情の一撃をくりだす

「紳士諸君、この社会には、ひとつの組織に一生とどまる人間を非難する、無責任なアウトサイダーどもがおります。その種の人種がひとつの組織にしがみつくのは、想像力に欠けているためであり、安定感を得たいがためであり、父親のイメージをもとめているためだ、そう主張するのです。しかし諸君、今夜ここにお集まりの諸君は、このような非難がいわれのないものであることを、身をもって証明しておられます。諸君を言いあらわすのにもっともよい言葉は、〝臆して（フィアフル）いる〟ではなく、〝忠実な（フェイスフル）〟であります。

諸君のような従業員がいなかったなら、われわれの企業ははたしてどうなるでありましょうか？　この国はどうなるでありましょうか？　たちまち崩壊してしまいます。なぜなら、諸君、諸君こそはその結合を保っている中間子（メソン）であるからであります。社会とは、一個の大きな原子にほかなりません。その核は、われわれの現在の生活様式を可能にしているところの企業であり、産業であり、組織であります。この核の結合を保っている諸君のような従業員――すなわち中間子なくしては、社会はばらばらとなり、われわれは混沌に投げ入れられてしまいます。諸君を非難するものたちが、諸君の急所を狙って、たっぷり毒液にひたした刺のある矢を放つとき、彼らが望んでいるのはそれでありましょうか？　断じてそうではありません。彼らがその矢を切って放つ弓には、嫉妬という弓弦が張られているのです。彼らが諸君に批判の矢を浴びせるのは、彼らが諸君を羨望しているからであります。今夜わたしが諸君にお渡しする二十五年勤続表彰バッジを受けるためならば、彼らのだれもがすすんで大きな犠牲を払うでありましょう」

「ここでわたしは、われわれのなかでももっとも強力な中間子にたいし、特別の賛辞を呈したいと思います。いわばわれわれの《主要中間子》であり、へたな語呂合わせをお許しいただけるなら、われわれのフリーメーソン的組織を緊密に保つのに功労のあった人物――さよう、むろんわたしの申すのは、わが社の信頼すべき、堅実にして不動の総支配人、ジョージ・ハヴァーズのことであります。彼は過去四半世紀にわたって、わが社の発展に精根を傾けての努力を惜しまなかったのみならず、同時に、自身の属する共同社会の柱石ともなってきました。美しく、才たけた夫人とともに、彼はひとりのりっぱな子息を育てあげましたが、その青年は、いまこの瞬間にも、父親とおなじく豊かで充実した生涯を生きるべく、〈久遠の真理〉と〈高い理想〉とをもとめて、〈高等教育学院〉の庭を歩んでいるはずであります」

「最後にあたって、近くわが社に導入されるはずの新しい職階制につき、一言申し述べたいと思います。これは、社内交渉部と呼称され、社長室と総支配人室とのあいだに置かれることになります。この部門の長には、わたしの孫のペイン・ウェストブルック二世が就任する予定でありますが、彼は先ごろ経営学の専門課程を終えたばかりで、この地位には最上の適任者であると考えております」

ハヴァーズは最後のコレクションをながめた。『シャーマンの家にて』。あらためて虚脱するほどの疲労感が襲ってきて、彼の心を曇(くも)らせ、その奇妙な題を過去のある特定の瞬間と結びつけること、それをむずかしくしていた。もしもそれができていたなら、彼もそのレコードを聞きはしなかったろう。が、そうではなかったから、そのほんの一部だけでもかけてみることにしたのだった——

シャーマンの家にて

「一瞬そう思いこむところだったよ——おれがあと六カ月しか生きられないと、そうあんたが言おうとしていると」
「きみがあとどれだけ生きられるかは、ジョージ、きみの摂生如何(いかん)にかかっている。もしもきみが、厳密にダイエットを守り、常時、その薬を手もとから離さず、過労と緊張のしすぎとを避けるならば、どの隣人にも負けない長寿を保つことだってできるだろう。いや、ひょっとすると、このわたしよりも長生きするかもしれん」

「しかし、あのダイエットは拷問にも等しいよ。朝食にたった一個の卵を食べることさえ許されないのか?」

「ああ、ぜったいにね。卵はきみの最悪の敵なんだ……なんなら、車の運転はやめて、自転車で通勤するようにしてもいい。きっとすばらしい効果があるぜ」

「自転車だと! このおれが、中年のビジネスマンが、通勤に自転車を使うだと? 考えただけでもぞっとするよ。おれがその自転車を、ペイン・ウェストブルックのキャディラックと、ペイン・ウェストブルック二世のジャガーとのあいだに停めてるところなんて、見られたざまじゃないぜ! おれが、《主要中間子》であるこのおれが!」

「メイン、なんだって?」

「なんでもないよ、ドク。おれの〝肋に突き刺さった荊棘〟ってだけのことさ」

このレコードの再生を途中で中止したあと、ふとハヴァーズは体がふらっと揺れるのを感じた。と同時に、目の前がぼやけた。やがてその雲が晴れたとき、前にあるジュークボックスの窓に、小さな白いカードがセロテープで貼りつけてあるのが目にはいった。

不思議だ——いままでこれに気がつかなかったとは。

顔をすりよせてのぞきこんでみた彼は、カードにつぎのような文言がタイプしてあるのを認めた――

私どもは、あなたのご訪問が楽しいものであったこと、あなたの身の回りの品が、ご満足のゆくように配置してあったことを願っております。二、三の箇所で、私どもが素材に随意の調整を加えたことを、あなたはお許しくださると存じます。私どもの方針として、可能な場合にはいつでも、手持ちの《過去の部屋》にちょっとした風趣をつけくわえ、それらがひとつのメッセージを伝達するように考案させていただいております。

ご退出のさいは、〈出口〉と標示のあるドアをご使用ください。

――管理責任者(ザ・マネージメント)

ハヴァーズはもう一度その文言を読みなおした。二度読んでも、最初に読んだとき以上によく理解できたとは言えなかった。

全体のいんぎんな調子にもかかわらず、なぜかひどく恩着せがましく感じられてならない。いまいましい、だれが〈出口〉のドアなど使ってやるものか。なんと言われようと、おれはいってきたときとおなじドアから出てゆくのだ。

それだけではない、こんなところ、いますぐおさらばしてやる。

彼はドアに歩み寄った。このときはじめて、そのドアにノブがついていないのに気づいた。あるいは、スイングドアなのか。そう思って、力いっぱい押してみたが、ドアは煉瓦(れんが)の壁さながら、びくりともしない。やむなく今度は、ドアと脇柱とのあいだに指をさしこもうともしてみたが、そこには指の爪(つめ)をさしこむほどの隙間(すきま)すらなかった。打ちのめされて、彼は後ろにさがった。

このときまた、自分がよろめくのを感じた。またしても目の前が暗くなった。それが晴れたとき、ドアと、棚の最初の区画との中間にある例の脚つきの台に、先刻まではなかったものが置かれているのが目にはいった。フィギュアだ——棚の上のフィギュアたちよりはやや大ぶりで、ダークグレイのビジネススーツに、ストライプのワイシャツ、ブルーのネクタイを締めて、鰐革(わにがわ)の靴を履いている。タイはだらしなく結ばれていて、先端が小さな上着の外にはみだしている。

ハヴァーズはそのフィギュアを凝視した。大きさの点をべつにすれば、そいつの服装は、いま現在、自分の着ている服、シャツ、タイ、靴をそっくりなぞっている。まさにこの朝、朝食をとりに階下へ降りる前に身につけたものばかりだ。それは、棚の上のハヴァーズ人形の最新版だった。ゆがんだタイを除いて、現在の自分の姿を、そっくりミニチュアでかたどったものだ。

(それにしてもへんだな——朝食を食べたことを思いだせないとは。)

そうしてそのちっぽけな自分を見つめながら立ちつくしているうちに、徐々に彼は静寂を意識しはじめていた。はじめ部屋にはいってきたときには、静かだとはごく漠然としか意識していなかったし、目に見える過去のかたみに心を奪われて、いつしか静寂のことは心の片隅に追いやられてしまっていた。そのあとはまた、音声による過去のかたみが静寂を打ち消してしまったのだ。だがいまそれは室内に充満し、周囲のいたるところにそれを感じることができた。それは、生まれてはじめて知ったほんとうの静寂だった。自分の呼吸する音、それすら彼には聞こえなかった……

そのとき彼はあの痛みを思いだした――朝食のために階下に降りようとしたとき、ふいに襲ってきた激しい、身のよじれるような痛み。それが胸を引き裂き、津波のように左腕を走りおりたとき、とつぜんあの見慣れぬドアが目の前にあらわれ、過去へと彼を導いてくれたのだ。

とくに驚きはなかった。ある意味で、最初から自分が死んでいることは自覚していたのかもしれない。

彼は室内を見まわした。陳列用カウンターに置かれている品々。棚の上の小物たち。ジュークボックス――いまやその七色の声はやみ、それは黙然と壁ぎわに立っている。ふと気がつくと、彼は〈出口〉と標示されたドアを見つめていた。

市役所を相手にまわしては闘えないのと同様、〝管理責任者（ザ・マネージメント）〟が相手では、とうてい勝ち目はない。

妙だな、こんなにも平静に死を受け入れられるとは――ふとそんなことに気づいた。

ことによるとそれは、自分がついに一度もほんとうに生きたことがなかったからなのかもしれない。

ドアのほうへ一歩踏みだしかけて、彼は足を止めた。そして、脚つきの台に歩み寄ると、ハヴァーズ人形のタイを結びなおし、その端をていねいに小さな上着のなかへ押しこんでやった。それから、まっすぐに部屋を横切り、ドアをあけて、出ていった。

最後の地球人、愛を求めて彷徨（ほうこう）す

伊藤典夫 訳

わたしは最後の地球人だ。

わたしはバーへ足を向ける。表向きは酒を飲むためだが、じっさいはわが同胞のふるまいを観察するためだ。同胞といっても、一〇〇パーセント人間である者はひとりもいない。だが、なかにはグラスの底に、澱のように人間性を残した者もいる。わたしのグラスは満たされている。わたしだけが人間だからだ。最後の地球人だからだ。

宵闇がせまる時間、わたしはバーにすわって酒を飲み、自分の思考に耳をすます。わたしがいちばん足繁く立ち寄る店はキャンドルライト・カフェという。壁にそって薔薇色のガラス球が並び、なかにローソクが灯っているので、その名前がある。バーの造りそのものは真四角で、これは観察する者にとっては理想的だ。わたしは土曜の夜になると、そちらへ出向き、観察する。

きょうは土曜日なので、わたしはドアを抜けてなかにはいる。はいりしな、自分の姿が目にはいる。かなりの長身だが、時の流れはわたしをやさしく遇してくれた。背筋を軍隊風にぴしりと伸ばしているので、物腰や見かけはもっとはるかに若い男のものだ。

多人数がいるなかで目立ちはしないが、まぎれてしまうタイプでもない。それでいいのだ。観察者は無個性であってはならない。わたしはダークブルーの上衣を着、もうすこし明るい同系色のスラックスをはいている。おもては寒いので（いまは三月だ）、首には栗色のマフラー。地味すぎもせず、派手でもない。目立たないというのはおのれを消し去りたいと思う連中のためにあるもので、わたしはこれには耐えられない。――敵といっしょにいるときでもだ。

時間が早いので、バーは込みあってはいない。楽団はもう来ているが、演奏ははじまっていない。スツールにはまだ空きがたくさんある。わたしが選んだスツールは、連れだって来たらしい二人の女の子のとなりだ。男の連れが見えず、口説いてやろうという下心がわいたからではない。そこがバーを観察するのに絶好のポジションだからだ。

三人の当番バーテンダーのひとりにウオッカ・オレンジをオーダーすると、タバコに火をつけ、腰をすえて観察にかかる。

わたしは最後の地球人である。

星からの侵略をあいだにはさんだ〈大戦〉後半の数年、わたしは北極圏の孤島でたったひとり無線局を運営する任務にたずさわっていた。エイリアンが地球をめぐる軌道上の宇宙船から降りてきて、地球人類の心にはいりこんだ時期、わたしがほかの人間たちのような情けない運命に陥らずにすんだのは、人と接触のない環境にいたせいである。

不幸を免れたことについては、ほかにもいろんな理由が考えられるが、すべては憶測に過ぎない。

侵略はひっそりと目立たぬかたちで起こった。無線局勤務が明け、基地に帰ってきてからも、侵略があったとは気づかなかったほどである。基地に駐屯(ちゆうとん)する部隊にも、基地のある本土の町の住民にも、目立つ変化はなかった。変化がはっきりするのはもっとあとのことだ。

やがて戦争は終わり――エイリアンたちが終戦を早めたのか遅らせたのか、そのあたりは知らない――わたしは帰郷した。同胞の人類に変化が起きているのに気づいたのはそのときだ。変化はおもに性行動の面で起きていたが、それればかりでなく、人間行動のさまざまな面に及んでいた。だが、わたしはこれをぜんぶ戦争のせいだと思いこんだ。戦争はすべて変化を招来するものだし、変化がよい方向に向かったためしはない。わたしはエイリアンの存在に気づかないままでいたが、彼らのほうも――ありがたいことに――わたしに気づかずにいてくれた。

いちばん近くにいた女の子が、わたしが灰皿もなしにタバコをすっているのに目をとめる。女の子は自分の灰皿を押してよこし、いっしょに使えば、とうながす。わたしは彼女の気づかいに感謝し、わたしたちは目を合わせる。

いまふりかえっても、自分が最後の地球人だとはじめて気づいたのがいつのことだったか、正確な時点は思いだせない。最後——ということは、世界中の人間が、自覚もないまま、目に見えぬ異星の共生生物に取り付かれ、わたしだけがその運命を免れたということだ。わたしが真実にめざめたのは、星から来たこのちっぽけな生き物たちが、宿主に及ぼす影響力の増大におそらく連動しているのだろう。影響が大きくなり、人間の道徳観がエイリアンのそれと入れ替わる——すなわち、人間が事実上エイリアンに変わってゆくさなか、めざめが訪れたのである。

「ヴェルギリウスの羊飼いはやがて愛を識るに至りますが、その愛は粗野な岩山育ちでありました」ジョンソン博士はチェスターフィールド卿への手紙にそう書いている。わたしもまた愛を識るに至ったが、気がつくと岩山はとうに崩れ落ち、愛の墓ができていた。

バーの向かい側で興奮気味のざわめきが起こる。今日はウェイトレスのひとりの誕生日とあって、お祝いにシェフがケーキを焼いたのだ。ケーキには大きなキャンドルが灯り、〝21〟という数字が読める。

楽団が《ハピー・バースデイ》の演奏をはじめ、男性歌手が唄い、終わるといっせいに拍手が起こる。ウェイトレスは紅潮した顔でキャンドルを吹き消し、ケーキをくさびの形に切り分ける。切り分けられたケーキは手から手へわたり、ひとつがやがてわたしのところに来る。となりにいる女の子が手わたそうとするが、わたしが「いらない」と答えたので、ケーキをもどす。ふたたびわたしたちの目が合う。「わたしも二十一になれたらなあ」と彼女がいうので、二十一ぐらいかなと思っていたよとわたしはいう。これは本心だが、いま見れば彼女は二十九にももどれそうもない。おそらく三十もむりだろう。

人間性は完全に抹消できる性質のものでもないらしく、一部のエイリアンはたんなる澱以上のものをグラスに残している。たとえば、わたしの別れた妻のグラスは三分の一満たされていた。結婚したのは戦後帰郷してほどなくだが、彼女にはひと目惚れだった。当然のことながら、結婚生活は長続きしなかったが、それでもそこそこに続いたのは、人間性が彼女のグラスに珍しく多めに残っていたからである。だが、つまるところ量が少なすぎたのだろう、五年もしないうちに彼女は無言でわたしのもとを去り、悲劇的なミスマッチは終わりを告げた。

さいわい共生生物は他の宿主の心をのぞき見できないので、先客がいるかどうかは、じっさい相手の心にはいってみないとわからない。ところが真偽を突きとめたいがために相手の心にはいるのは、彼らにすれば考えられないことなのである。というのは、おのれの傲慢さゆえに、人類の乗っ取りは完了したと彼らは決めこんでいるからだ。たまにおたがい同士で意思を伝えたいときには、宿主の声帯や手を使い、つねに宿主がみずから心を通わせていると思いこむような形をとる。というわけで他者に向かって問いを発する共生生物は、答えが宿主から来ているのか、宿主を乗っ取った仲間から来ているのか明確に知るすべはない。このようにエイリアンの側に直接的な接触がないおかげで、わたしは独立をつづけていられるのである。別れた妻はわたしが人類みんなと違っていることに気づいていた。――じっさい、そのことをよく口に出してもいた。だが彼女のなかの共生生物は、それがなぜなのか疑うことはなかった。ありがたいことに、五年に満たないわたしたちの結婚では、子どもはできなかった。

もうひとつありがたかったのは、わたしがひとりっ子であったことである。両親は仲が悪く、家族を大きく育てるには不向きだった。わたしがハイスクールに通っていたころ二人は離婚し、その後まもなく戦争が起こってわたしは軍に入隊した。兵役をすませたあとも親たちの住まいに近づいたことはなく、将来も訪ねるつもりはない。

となりの女の子（近くから見れば成熟した女だが、引きつづき女の子でとおす）は、人を見るときすばらしい目遣いをする。最初の短い一瞥（いちべつ）に自分のすべてをそそぎこみ、視線をさしのべ、目で相手にふれるのだ。それがみずから訓練した妙技なのか、自然に身についたものなのか判断に苦しんでいる自分に気づくが、結局どうでもいいことだという結論に達する。

そのころにはすべてのスツールがふさがっているので、われわれはスツールを寄せあう。女の話では十四歳の息子がいて自分は三十五。二十一ではないという。夫とは別居中だとつけ加える。わたしは歳をいわない。どうやらわたしを若く見てくれているようで、それなら彼女を幻滅させる必要はないからだ。女はいう。姉は三十六で、これまた夫と別居しているとか。連れの女が、彼女のいうところの姉らしく、いわれれば似ているとわたしは思う。連れの女は黒髪をていねいにセットしており、女神ユーノーを彷彿とさせ、目がさめるほど魅力的だ。わたしのとなりにいる女もユーノー風だが、髪は黒くはなく茶色で、顔だちにはそこはかとない優しさがある。もちろんそれは見せかけの優しさだが、いずれにせよ、このエイリアン女性は同類の大半よりはるかに魅力的だ。心の奥底の冷静で臨床的なコンパートメント、わたしが理性保持のために使っているいまだウオッカ・オレンジに影響されていない小部屋では、赤いライトがしきりに明滅をはじめる。

オン、オフ。オン、オフ。オン、オフ。

真実にめざめる以前の歳月のなかで、わたしが自分の正体を一度も明かさずにすんだのは、二つの理由によるところが大きい。(1)自分が最後の地球人であることを知らずにいたため、真実を漏らそうにも漏らすことができなかった。(2)わたし以外の人間がみんなエイリアンだとは知らないので、人をみだりにエイリアン呼ばわりすることは憚られた。

危険がさしせまったものになったのは、真実にめざめた瞬間からである。いま手にある武器を使えば、たやすく――肉体的にも、比喩的にも――身を滅ぼすことができるのだ。したがって口をすべらさないよう常に気を配り、いちばん感じやすいところにふれそうな議論には決して巻きこまれないよう肝に銘じてきた。

女の子とわたしはいま身を寄せあってすわり、タバコをすい、しゃべり、飲み、笑い、たびたび目を合わせる。そのあいだも心の臨床的な小部屋では、赤い警戒灯が明滅をつづけている。オン、オフ。オン、オフ。カウンターにはりついた客の後ろには第二の列ができ、三人のバーテンダーは増えてゆくオーダーに応じるのに大わらわだ。バンド演奏の音量はますます大きくなり、音楽は人声や笑いや紫煙と混ざりあう。

オン、オフ。オン、オフ。オン、オフ。

ここまでわたしは自分の素性を隠しおおせてきたが、いつかはうっかり正体をさらけだす日が来るのではないかと心配している。これは連中が気を抜いているとき観察したいという抑えがたい欲求がわたしの側にはたらくためだ。関心をこちらに引き寄せずに観察するには、まわりとおなじように振舞うしかない。結果として、わたしが飲む量はしばしば限度を越え、口をすべらせたり、薄氷を踏むような議論に引っぱりこまれたりする確率を必然的に増大させる。同様に気がめいるのは、アルコールが時としてわたしの自制心を奪い、これら道徳的に腐敗した似非人間たちと一体感を味わった気分にさせることだ。

いっそう気がめいるのは、ある程度酔っぱらうと、記憶の脱落する性癖がわたしにあることだ。観察が長引いた翌日など、自分が最後の段階で何をいい、何をしたのか思い出せないことも多く、どうやって家に帰り着いたのかさえ覚えていないこともある。

第二列のうしろには、三列めの飲み助たちが集まっている。あらかたが遅れてきた手合いで、カウンターまでたどり着く気力はなく、ただ立ってぽかんと見ているだけの客だ。この列にはわたしは何の関心もない。注意しなければならないのは第二列だ。というか、わたしのすぐ後ろにくっついているその列の一部だ。とはいえ、立ち聞きする者がそばにいることを、不本意ながらわたしはいつも忘れてしまい、トイレへ行くため立ちあがるときになって、ようやく思いだす始末だ。わたしが立つときには女の子がわたしのスツールを押さえ、女の子が立つときには、わたしが彼女のスツールを押さえておく。これは納得のいく実際的なマナーでもある。

わたしは姉妹と自分に酒をふるまう。オーダーしたあとの一服のあいだ、女たちはしゃべりはじめる。姉のほうはシニカルで、わたしの真意を誤解している。「男は女のケツにしか興味がないのよねえ」と聞こえよがしにいう。こちらに向ける目付きからすると、聞いたわたしがどきりとするのを期待していたようだ。何分かまえなら、どきりともしただろうが、いまは平然と受け流し、彼女を見返す。わたしの心の臨床的な小部屋のなかの警告灯はいまだにオンオフをつづけているが、光は弱まり、間もなくはじめている。まるでバッテリーが消耗してきたかのようだ。

わたしはいままでエイリアンの地球乗っ取りを侵略と考えてきたが、この用語はかならずしも適切ではない。〝侵略〟とは征服のための一致団結した計画的な行動である。人類乗っ取りはその種のものとはまったく異なっていた。

乗っ取りの本質を理解する一助になればと、わたしが組み立てたひとつのアナロジーがある。こういうことだ――海軍の艦隊が南海の未開の島の沖あいに停泊する。提督は一週間の休暇を許すが、そのさい現地の部屋数に合うだけの下士官兵に上陸許可を与え、あとの者は残って、追加の居住区が建造されるまで待つことになる。水兵たちは幾重もの寄せ波となって島をおそい、数日後には島を事実上わがものにしてしまう。

ここでいう島とは地球のことで、艦隊とは星から来た巨大宇宙船の大集団、現地の部屋とは人間の宿主である。水兵たちは小さなバイセクシュアルの共生生物で、性交好きだが、われわれを身代わりに立てなければ楽しむことができず、彼らの一週間はわれわれの一世紀――それ以上ではないにしろ――に等しい。上陸した水兵がたいていそうであるように、彼らは仲が悪く、無責任で、酔っぱらいである。

これは実態を正確に述べたものではない――異星生物の暮らしは、そもそも一介の地球人の理解を超えている。しかし物事をこちらが把握できるレベルに引き寄せれば、実態はそうなる。

姉がいう。男が女をいまみたいに見ているにしても、それは男が悪いわけじゃないし、女が男をそう見ているにしても、べつに女が悪いわけでもない。「結局」と彼女はいう。「セックスを抜いたら、人生に何があるっていうの?」わたしはヘミングウェイのことばを思いだす。なぜこれ以上生きたくないか理由をたずねられたときのことで、わたしは彼の言を思い出せるかぎり正しく復唱する。

はじめのうち宿主の数は艦隊の下士官兵すべてを収容するには足りなかったものの、戦後まもなく起こった人口増加によって宿主不足は緩和され、いま、われらが主の紀元一九七三年において、水兵たちはほぼ全員上陸している。増加がいまのペースで進めば、そう行かない理由はどこにもないが、やがていつか宿主の数が多すぎる事態も生じるだろう。だが、それはわたしの一生のうちには起こらないと思う。ひねくれた意味で、わたしはそうならないでほしいと願う。最後の地球人であることはあまりうらやましい立場とはいえないが、これがわたしの知っている唯一の立場なのだ。

共生生物について、首をひねることがひとつある。生まれもった体質からして、彼らが宿主の心のそとや艦の特殊な環境のそとでは限られた時間しか生きられないことは明らかである。さてそうなると、いまの宿主が死んで、別の宿主に割り当てられるまで待つ必要があるときにはどうするのか？　いったん船にもどるのか、それとも一時しのげる場所を借り、割り当てが決まるまで待っているのか？

とりあえず艦に帰らねばならないことははっきりしている。エイリアンの水兵二人が人間の心の内にいっしょに住むことは数瞬以上はむりだし、人間以下の動物を勘定に入れなければ、ほかに手にはいる住みかはないからだ。

ヘミングウェイのことば（というか、そう噂されているもの）は、煎じつめればこうなる——仕事に打ち込むことができ、食いものと酒とセックスを楽しめなければ、人生は生きるに値しない。これは女の姉がいったことと一部重なる。彼女は自分の信条をそんな有名人に裏書きされて満足そうだ。

考えてみれば、わたし自身《セックスがすべて》という教義を裏書きしていることに気がつく。この教義は、わたしの内なる強固な行動原理に反するものだ。わたしはあわてて姉妹に訂正を出す。「セックスが人の暮らしで重要な役割を演じていると見るのはいいにしても」とわたしはいう、「そいつをでっかい赤い風船みたいに掲げて、〝ハレルヤ！〟とか叫びながら通りをパレードするってのはやっぱりおかしいよ」

そこへ来て、わたしはカウンターにあるウオッカ・オレンジに目をとめる。グラスが二杯、口をつけていないままだ。わたしはおしゃべりをしばらく休み、酒を飲みほす。

不意に部屋がずれたように見え、薔薇色の明かりがいっそう深い色に染まる……姉妹とわたしがいる空間は、いつのまにかこの部屋の、この世界の、この宇宙の焦点となる。ほかのいっさいがっさいは、このちっぽけな薔薇色の環礁(かんしょう)をとりまいてひそやかに騒ぐ海のように、無限のかなたまで広がっている。心の臨床的な小部屋の警告灯が最後に一回ちらつき、消える。と同時に、情景全体が凍りついたようになる。まるで時が停(と)まってしまったかのようだ。もちろん停まったとある意味でいっても、別の意味では否応なく流れつづけているわけだが――

姉妹はわたしを見つめている。立ち聞きする連中がにじりよってきた。わたしは声も落とさない。「セックスを目的そのものと見なすことは、エイリアン的な態度だ。人間の態度ではないよ」わたしははっきりと声に出していう。「それが真に目的となるためには、まず愛の祝福を受けなくちゃ。ところが人類は愛を殺し、その首と右手をちょんぎっちゃった。星の世界から来た酔っぱらい水兵たちの価値観を頂戴して、自分たちの価値観を放りだしちゃったんだな。地球を宇宙のキャンドルライト・カフェに変えちゃってさ。みんなエイリアンになっちゃって――」

わたしはことばを切る。姉妹はコートを着るところ。別のカフェに移るという。お話しできて楽しかったと愛想よくいうが、いっしょに行こうとはいってくれない。わたしは自分を誘うことにする。だがドアのところまで来たときには、二人は通りをわたりきって、自分たちの車に乗りこむところ。見送るこちらは手玉に取られた気分。仕方なく自分の車に乗り、なんとか六マイル車をとばして、住まいである簡易アパートに着く。階段をのぼって自分の部屋へ向かう途中、どっと疲れがのしかかる。ベッドルームになんとか帰りつき、服を脱ぎ、ベッドにはいる。明かりを消した瞬間、眠りが大槌のようにわたしの上に振り下ろされる。

わたしは黒い頭痛をかかえて目覚める。目を閉じて横たわっていると、前夜の出来事が古い映画のように心のなかを流れてゆく。ウオッカ・オレンジを二杯つづけざまに飲みほす場面にくると、フィルムはチカチカしはじめ、一瞬のち切れる。

わたしは苦労して目を開き、昼の光と向きあう。ベッドぎわの時計は十時二十五分を告げており、遅い朝の日ざしが部屋に満ちている。起きだし、顔を洗い、服を着、キッチンにはいる。コーヒーを入れるため、水をつぐ。沸くのを待つあいだ、わたしはふたたび映画をかける。フィルムはぴったりおなじところで切れる。

リビングルームにはいり、窓から駐車場を見下ろす。ひとはけの雪が枯れ草や駐まった車にかかっている。わたしの車も駐車スペースにある。両どなりの車から等距離のところだ。ひと安心するが、あまり気はゆるまない。

ふたたびわたしは内なる映画をかける。またもフィルムはおなじ個所で切れる。サウンドトラックはあるが、音質はあまりよくない。最後の場面では、わたしは声高にしゃべっている。セックスは大きな赤い風船だとかいっている。そのあと一体全体わたしは何をしゃべったのか？
一体全体、一体全体、一体全体。

結婚生活が終わる年、わたしは酒の飲みすぎを妻にとがめられ、彼女の機嫌をとるため精神科医にかかった。精神科医は長たらしい面接をいくたびも重ねた末、こういった。わたしが過度の飲酒に傾くのは、自分と周囲の世界とのあいだに恐怖と不信のバリアを築いているためで、そのバリアを消す唯一の方法が、大量のアルコール摂取に逃げこむことなのだ。わたしには有意義な人間関係を築く能力が欠けていて、そのような関係性を求める気持が定期的に高まることが、バリアを消そうと飲酒におよぶ原因である。基本的に、それは愛されたいという欲求が抑圧されているせいである。すなわち、若いころみずからに植えつけたセックスに対するビクトリア朝風の心的態度が、わたしの完全に正常な性衝動の上に焼き付けられ、複合化しているのだ。

精神科医はグループ療法を勧め、こちらで必要な手続きを取ってもよいといった。以後、わたしは二度と彼に近づいていない。

正午になって、日曜の新聞を買いにショッピングセンターまでいやいやドライブする。数秒おきにわたしはバックミラーを見やり、尾行がないことをたしかめる。やりすぎとは思うものの——昨夜（ゆうべ）はうっかりしてしまったが、すでに宿主を確保したエイリアンは心配ない——どうしてもたしかめてしまう。

駐まった車のフードや屋根に、また縁石に沿って融けた雪が残っている。空は透きとおった明るい青だ。そそくさと新聞を買い、自宅へ急ぐ。だが新聞は読まない——代わりにテレビを見る。駐車場に車のはいる音が聞こえるたびに、窓辺に行って見下ろす。わたしを訪ねてきた者がいないかと心配なのだ。誰も来はしないと自分にいい聞かせるが、心は安らがない。

わたしが秘密を漏らしていないことは、いまやわたし自身にも明らかのはずである。もし漏らしたとすれば、わたしはとっくに乗っ取られていておかしくないからだ。わたしが空いているというニュースは、共生生物が使っている地球と宇宙を結ぶ何らかの通信手段によってすぐさま艦隊に送られたにちがいない。そして休暇中であったか、宿主が死んでポストにあぶれていたのか、ひとりの水兵がわたしのエイリアン性に疑いありという通報を受け、とりあえずわたしへの配属が決まったはずである。

だが、わたしの心に水兵がいるにしても、果たしてわたしはそれに気づくだろうか？　いままで乗っ取られたみんなとおなじように、わたしもまた新しい価値観を正常と受けとめ、以前の価値観を異常と見なしてしまうのではないか？　それどころか、水兵はすでにわたしの知覚から自分や仲間の存在を消し去り、昨夜口走ったことのなかから記憶をつけ足し、いざというとき、わたしが否定なり言い訳できるように処置をすませているのではないか？

いや、やはりわたしの心のなかに共生生物はいない。いれば、記憶が脱落したあと何をいったか思案などしていないはずだ——何をしゃべったかぐらいちゃんと知っているだろう。エイリアンになってしまうとくよくよ悩んでなどいないはずだ——とっくにエイリアンになっているのだから。

めざめてからの長い歳月、宇宙からきたエイリアン水兵たちの地球乗っ取りという結論の真実性にわたし自身疑いがなかったわけではない。自分の推理に見落としはないという確信はあるものの、何らかの確証をつかまないかぎり、骨身を削(けず)り、心をこめてたどりついた真実もたんなる仮説に終わってしまう。戦後数十年、人類がなぜこれほど道徳的に腐敗したか、その謎を解き明かす理由がほかに何ひとつ見当たらないのに、だ。

確証はようやく一九七〇年の夏、エイリアンの旗艦の出現というかたちで訪れた。六月のあのむし暑い日の午後、なぜそいつが天から降りてきたのか理由はわからない。だが、たしかに艦は降りてきた。そいつは空に威容を見せて浮かんでいた。地上から一マイルほどの高度だろうか、黒々と、明確な形もなく、とげとげした火の衣(ころも)をまとっている。そのうしろ、天空のなかばを占め、大きくカーブしながらたなびいているのは虹色の旗だ。

そいつが空に浮かんでいた時間は十五分にも満たなかっただろう。やがてそいつは現われたときと同様、空へ拡散するようにひっそりと消えた。エイリアンと同居するわたしの同時代人たちのなかにも、これを見た者はいただろうが、おそらく自然現象としてかたづけてしまっただろう。みんな目で見た事実をそのとおり認めることができないのだ。かくして異星の旗艦は現われて去り、わたしひとりが——最後の地球人として——その出来事を目撃したわけである。

午後もなかばを過ぎるまで、酒は飲まない。あとで便利なようにボトルをリビングルームに持ちこみ、かたわらに置いてテレビを見る。真夜中近くまでうとうとし、目覚めると画面は空白になっている。わたしは強いナイトキャップをミックスし、夜の安眠を確保する。ドアがすべてきちんとロックされているか確かめたのち、服を脱ぎ、ベッドにはいる。

職場は保険代理店だが、あくる日は惨憺たるものとなる。やっと仕事を終えると、ビールの六本パックを買い、まっすぐ帰宅する。晩にはビールを飲み、テレビを見ながら過ごす。何をする気も起きない。最後の瓶を空けて、わたしはベッドに直行する。

火曜日には気分も晴れ、古い映画も切れぎれの二、三の場面を除けば、心から薄れる。水曜には自信がもどってくる。記憶の脱落は容赦なくやってくるし、その間わたしが何をしゃべったのか知るすべはない。だが、いまでは確信がある。自分が何をいったにしろ、正体をうっかり明かすことはなかったのだ、と。

木曜、金曜はそよ風のように過ぎ去る。酒量は一夜ビール二本に落ちる。土曜の朝は遅くまで寝ている。夕暮れ時にはキャンドルライト・カフェの裏に車を駐め、楽しい観察の宵を過ごそうと胸をふくらませている。

バーのドアを開けようとして、とつぜんひとつの思いがひらめく。わたしはキャンドルライト・カフェでは知られた顔だが、名前は知られていない。共生生物は結局わたしのところに配属されたのではないか。だが相手はこっちの住所を知らないので、誰かがわたしを見つけて指さしてくれるのを待っていたのだ！

それも行きつけのバーで。わざわざ待ち伏せして。

宿主が二体の共生生物を心のなかに同居させられる時間は、ほんの数瞬程度である。――以上のような結論を得たのは、長年エイリアンの観察をつづけてきたおかげだが、これが本当かどうかわたしにはわからない。ほか多くの結論とおなじように、当然のことながら仮説のままである。

すると、これは罠であって、わたしは罠に飛びこもうとしているのか。その可能性もおおいにある。

だが、わたしは怖じ気づくことなく、堂々とバーにはいる。

ドアを抜けたところでわたしは足をとめる。

カウンターにあの姉妹がいるのだ。二人のほど近くにすわっている客は、先週の土曜の夜わたしのうしろに立っていた男だ。三人ともスツールを回して、ドアのほうを見ている。

だが、わたしが足をとめたのはそのせいではない。

こちらを見て指さしているのだ。

わたしはきびすを返し、バーから逃げだしかける。そのとき気がつく。ドアを開けたとき、うっかり大きな茶色の犬を入れてしまったのだ。姉妹と男が指さしていたのは犬のほうで、自分ではなかった。

わたしはつっ立ったまま、おのれのバカさ加減をかみしめる。


人が非合理の斜面をどこまで登れるかについては限界があるはずで、その限界に達したとき、人はありふれたものに足をひっかけ、バランスを失って、ふたたび地上にころげ落ちる羽目になる。

このほかに答えは考えられない。

わたしの場合、ありふれたものというのはひとつの場面だ。その場面では、三人のごくごく普通の人間がごくごく普通にいる犬を指さしている。その犬は第三者がごくごく普通にあるバーにうっかり入れたものだ。バーにはほかにも人がいるけれど、彼らは数のうちに入らない。

効果を添えるのはこの場面の普通さそのものだ。いろいろな形で千回も、いや百万回も演じられてきた場面である。だからこそ、おそらく〝最後の地球人〟がぴったり当てはまらなくなったのだろう。

答えが何であるにしろ、人類との共感関係を持てないわたしの挫折感、および変化に適応できないわたしの無能さを合理化するため、突飛なレンガをひとつひとつ組んで造り上げた堅牢な幻想世界は足場をなくして崩れ去り、その決定的な瞬間、わたしは自分のほんとうの姿を目にする。人生を一度もちゃんと味わうことなしに年老いてしまった男。急速に変わりゆく世界でなすすべもなく行き暮れ、自分のすがる価値観がとっくに死んでいることを認めようとせず、雨雲から宇宙船を、よそよそしい目つきからエイリアンを、黒い二日酔いから恐怖を創作した男。

うちひしがれて立ち去ろうとしたとき、足もとに犬がすわって見上げているのに気がつく。その金色の目はこの世のものとは思えぬ知性を宿している。知性がほのかに伸び上がり、わたしを包みこみ、絶望をかなたへ押しやる……

犬は小さく鳴くと、ドアの隙間をすり抜け、夜のなかに出てゆく。

わたしはドアを閉める。

わたしはゆっくりとカウンターに歩みより、茶色の髪の女の子のとなりにすわる。わたしは彼女と姉と自分のために酒をオーダーする。

彼女らは礼をいうが、冷ややかな視線から察するに、わたしとかかわりあう気がないことは明らかだ。先週の土曜の夜わたしがいった、エイリアン的な態度とか愛が死んだとか人類が酔っぱらい水兵みたいに飲んで騒いで暮らしているという話からすれば、わ

たしには彼女らを責めることはできない。まったく、いままでわたしは気がくるってい
たにちがいない！……

　いまわたしは正気だ。そのことを姉妹と自分に証明するため、わたしは茶色の髪のほうに色目をつかう。「わたしがいったとおり」と黒い髪が勝ち誇っていう。「男は女のケツにしか興味がないのよ！」

「ほかに何があるってんだ？」とわたしがきくと、彼女らの目のなかの冷たさがやわらぎ、未来は温かく、広々と、日ざしの明るい平原さながらわたしの前に広がっている。

そしてやはり死んではいなかった〈愛〉が、小さな樹々(きぎ)の茂みから歩みでて、手をふる。

その姿は変わっている。蹄(ひづめ)があり、両脚は毛むくじゃらで、額からは二本の角(つの)が突き出ている。

11世紀エネルギー補給ステーションのロマンス

伊藤典夫 訳

アーチャー・フレンドは時間旅行のベテランにはほど遠いものの、かならずしも新米というわけでもなかった。そのため、航時スーツ姿でどんよりした超時間的虚無を飛行中、その虚無が旅程を十五世紀分も残したままチカチカとまたたきだしたときも、びっくりはしたが落ち着きは失わなかった。びっくりしたのは、いままで〝ガス欠〟を起こした経験がなかったからで、落ち着いていたのは、スーツには備えつけのエネルギー補給ステーション電子検索装置があり、スーツの対時間流パワーパックに残る最後のエネルギーが尽きるまえに、彼を自動的に最寄り（もより）のステーションに横っ跳びさせることを知っていたからである。

ふつうパワーパックにはエネルギーがはちきれそうに詰まっているものだが、アーチャーはここ三カ月、過去再建部隊（パスト・リコンストラクション・コアズ）（PRC）が「ガリアの時代」の名で分類している域圏にいて、もろもろの重要事件を関連づける苛酷（かこく）な任務にしたがっており、立ち去るときもばたばたしていたため、出発まえのエネルギー補給をうっかり忘れてしまったのだ。PRCがこのような失態をほっておくわけはなく、二十六世紀に着いたら、たちまち譴責（けんせき）処分を食らうのは目に見えていた。また、苦労して勝ち取ったＰＲＣマン3級から降格する可能性も小さくなかったので、自身びっくりもしたし、動揺こそないものの心は沈んでいた。

推進力が落ちるにつれ、明滅はゆっくりしたものになり、陸と空のごちゃまぜになった風景が形を取りだし、それが星をちりばめた闇（やみ）と交互に現われるようになった。この変位がいっそう神経にさわるのは、時間と空間のターゲットの固定化がいっしょに起こるからだ。これは電子検索装置による位置の自動修正と、対時間流エネルギーの減少に伴うゆらぎによって自然に生じるもので、あまり気分のいいものではないし、ベテランならげんなりするところである。アーチャーは前述のとおりベテランではなかったので、夜と昼のひらめきとごちゃまぜの風景の移り変わりがついにおさまり、目のまえに森のなかの小さな空き地が開けたときには大地にキスしたい心境だった。

空き地はそれなりに広く、早朝の陽光であふれかえっていた。豊かに生（お）い茂る草と枝を広げた樹々（きぎ）の若葉の色から、季節が春だとわかる。ひんやりしているが寒いというほどではない朝風は、野花の香りに満ち、そのすばらしい事実を裏づけていた。鳥の歌声がそこかしこで聞こえ、歌声の主たちは色彩のまだらや筋（すじ）となって樹々や雲ひとつない青空を背にくっきりと映（は）えている。アーチャーが鳥というものを見たのは、ＰＲＣの現地調査員になってからで、はじめて鳥を見たときのショックから彼はいまだに立ち直れずにいた。といっても、二十六世紀の世界から鳥がすっかり消えてしまったわけではない。それはたんに生き残った数少ない鳥たちが、人間は敬遠するに限ると承知して、実行しているだけのことである。噂によると、五大湖沼地方には鳥がまだいっぱいいるということだが、アーチャーはそのあたりのだだっ広い湿地帯を訪ねたことがないので、実情は知らなかった。

考えてみれば、二十六世紀というのは灰色っぽい時代である。暮らしていれば、灰色は意識しないが、緑の世界を多少知ってしまうと、その差に気づかずにはいられない。実際のところ、二十六世紀の世界はひとつの都市なのだ――無秩序に広がるメガロポリスで、大空白期のあとに残された廃墟の上に建設された。もちろん農業のことを考慮して、広い土地が確保されたが、どうしたものか農地の緑はあまり鮮やかな色にはならなかった――夏でさえもそうなのだ。これは土壌から何かが失われてしまったせいだ、と専門家はいった。でなければ、何かが混ざりこんだのだ。しかし、どこがどうおかしいのか突きとめた者はいず、今後の研究にゆだねられていた。

目のまえに開けた緑の世界は、いままでアーチャーが出会ったなかでも抜群に美しかった。

ここにずっといられればいいのに……。心の片隅にふとそんな思いがひらめく。アーチャーは思いつきに慄然とし、あわててスケジュールを心にたたきこんだ。これはPRCマン3級にあるまじき不心得である。白日夢にうつつを抜かすより、いまは全力をあげて本来属する世界に帰りつくことが肝心だ。そしてレポートを提出し、現代人が蓄積した膨大なデータベースにそれを組み入れて、歴史の欠落部分を埋めるのだ。おのれの節操のなさを恥ずかしく思いながら、彼はスーツに装備されたフリムキン・カウンターを起動すると、ゆっくりと体をまわした。

この計器の目的は、対時間流エネルギー補給機（CHARM）のエネルギー活性率を探知ならびに計測し、カチカチという音の頻度によって、CHARM*が隠されているステーション本体めざして誘導するのである。いまの場合、カチカチ音はアーチャーが東に向いたときにいちばん速かったが、本来聞こえていいテンポよりずいぶん遅く、これには少々首をひねった。しかし、ここで重要なのはCHARMが間近にあり（カウンターの有効距離は二マイル足らず）、一時間かそこらでたどり着けるということだ。通常より低い活性率の謎を棚上げにすると、彼はステーションの捜索にかかった。

さほど歩かないうちに、細い田舎道に出た。深い轍が刻まれ、いたるところに泥溜まりができているが、東に向かっているのはたしかなので、道をたどることにした。間もなく雄牛の一団が見えてきた。軛でつながれ、薪を積んだ無骨な四輪の荷車を引いている。御者台にいる中年男はだぶだぶの青い服を着、スカーフのような帽子をかぶっていた。だがアーチャーは身を隠すようすは見せなかったし、そうする理由もなかった。なぜなら航時スーツにはその名のとおりの機能に加えて、着用者がたまたま立ち寄った時代にふさわしい身なりをととのえる機能があるからだ。このとき使われるのは仮象フィ

＊単語として見れば魔力の意味がある。

ールドで、これが現地人の感覚にはたらきかけ、錯覚を生じさせるのである。もし現地人の精神状態と先入観によって、身なりが着用者の安寧をそこねる可能性があれば、仮象フィールドはただちに必要な改変をほどこす。いまの場合、アーチャーには〝新しい衣装〟がどんなものか知るすべはないものの、みすぼらしい荷車がよたよたと通り過ぎるとき、御者の畏れをなした顔つきを見て、決して恥ずかしくない服装であることを察知した。

何分かのち、小枝の束を背負った老女とすれちがった。その臆した表情とへつらうような物腰は、老女の見立てによるアーチャーの服装が、荷車の御者のそれと合致していることを明かしていた。

ほどなくふりかえった彼は、老女があとについてくるのに気づいた。御者も荷車をまわし、やはり後ろに従っている。ややあって道ばたの小さな民家のまえを通ったが、すこしすると若い男女と三人の子どもがついてきた。二つめの民家を過ぎたところでお供はさらに六人、四つめでは八人増えた。お供の者たちの顔にうかぶ畏れうやまうような表情から察するに、どうやら彼は名士と見られているようだ。

だが、それはどうでもよいことだった。現地人がアーチャーを見たい姿で見るのは勝手だし、こちらの邪魔をしなければそれでいいのだ。

道はほぼ直線状に延びており、やがて森を抜けた。左手は平らな土地が遠い山々の麓まで広がり、右手は高い生け垣で、何がその向こうにあるのか、視界はさえぎられている。そのころにはお供は総勢三十五名ほどにふくれあがり、見たとおりの騒がしいおしゃべりや派手な手ぶりからして、なにやら重大な出来事の到来を待ちうけているらしいことが見てとれた。

　アーチャーはお供衆に申しわけなく思った。人を失望させるのは彼の好むところではない。

　生け垣は切れ目なく数百ヤードつづき、つかのま途切れると、見上げるような門のまえに出た。フリムキン・カウンターのカチカチは門のなかへと見えない指を向けている。ＣＨＡＲＭが生け垣の奥のどこかにあるのはたしかなので、彼は道をはずれると――お供衆のはっと息をのむ気配をあとに――大胆にも門に近づいた。

　門衛の姿はなかった。ずっしりした鉄格子(てつごうし)でできた門だが、鉄材の大半はすっかり錆(さ)びつき、朽(く)ち果てていた。隙間(すきま)からのぞくと、手入れの行きとどいた青々とした広大な草地が見え、遠くにエキゾチックな建物が四つ並んでいた。板石道が門からいちばん大きな建物までうねうねと延び、花を咲かせた小山や緑なす樹々の優美な感嘆符のあいだを曲がりくねっている。地面からは、この季節にそぐわない熱気がたちのぼっているようで、建物も草も樹々も花々も奇妙にけぶって見えた。生け垣の向こうでは、春がいつのまにか過ぎ、真夏が来ているのか。この異様な光景をまえにアーチャーの足はしばらく止まった。

　やがて門にできた破れ目をくぐると――またもお供衆の畏れをなしたようなため息を

背に――板石道を歩きだした。数歩すすむうち、服にかすかな攣れを感じ、先ほど気づいた空気のゆらめきが消えた。早朝の風はやみ、真夏の熱気が彼をつつみこんだ。いったいここはどういうふしぎな世界なのだろう――二つの異なる季節が並びあって存在するとは？　PRCマンとしてアーチャーはびっくりすることにはたくさん出会っていたが、こんな現象ははじめてだった。

板石道にそって歩きつづけ、あちらこちらに目を走らせながら、人の気配をさがした。人っ子ひとり見あたらなかった。あたり全体に人間の暮らしのあとが見られないばかりか、動物さえも見あたらないのだ――というか、少なくともそのように見えた。鳥の影もなく、仮にいるとしても見ることはできなかった。嚙みついたり吠えたりして、彼を侵入者とみとめてくれる犬の姿すらない。

肩越しにふりかえる。お供はいまでは五、六十名を数えたが、もはや正しい意味ではお供と呼べなかった。なぜなら門のところまでは来たものの、誰もその先へ進む意志はないようなのだ。いま立っているところから見物するだけで満足らしい。

いったいどんな見世物が出てくるというのか？

いちばん大きな建物に近づくにつれ、フリムキン・カウンターのカチカチが一段と速くなった。明らかにCHARMは建物じたいの内部かその先にある。しかしステーションの近さを考えると、音の頻度はあるべきレベルに達していない気がして、漠然とした居心地の悪さを感じた。そんな気分をふりはらおうと、アーチャーは建築に神経を集中した。建物はたいへん良好な状態にあったが、灰色の石壁と縦長の狭い窓のおかげで、見かけは壮麗、威圧感もなかなかのものだった。屋根には先端のとがった大きなこぶが、細い窓をのぞかせて、いくつか乗っている。こぶの上にはまたしてもこぶ——こちらは小さくて、首を切り落とされた太った鳥に似ていた。いちばん大きなこぶのてっぺんには細い竿が立ち、オレンジと紫の旗が風のない大気のなかにだらりと垂れている。

あとの三つの建物のうち二つは最初の建物とほぼ同形で、屋根付きの通路と見えるもので結ばれていた。第四の建物はほかのものの後ろにあり、おおかたはアーチャーの視界から隠れていた。だが目に見える部分だけをとっても、それが石ではなく木材でできており、まわりの仲間よりはるかに魅力に乏しいことは確認できた。

板石道は石段の手前で終わり、石段を上ったところには堂々たる表玄関があった。距離を詰めるにつれ、この屋敷を無人と決めつけたのは早計だったと気づいた。というのは、玄関のどちらの側にも槍をたずさえ、極彩色の服に身をつつんだ衛兵が立っていたからである。

アーチャーは怖れることなく石段を上った。二人の衛兵も、ほかの現地人とおなじように彼の身なりをととのえてくれるものと思っていた。だが衛兵は身なりはおろか、彼自身にも目をくれようとしなかった。まっすぐ正面を見すえたまま、まるで二本の薪のようにしゃっちょこばって立っている。そればかりではない。二人とも呼吸すらしていなかった。

はじめは死んでいるのかと思った。だが血色はいいし、目にはある種の意識がみとめられた。ひとりの頬(ほお)にさわってみる。肌はたんに薔薇色(ばらいろ)なばかりか、温かかった。やはり衛兵は死んではいない——少なくともこの語の通常の意味では。なにやら得体の知れないかたちで、二人とも生きているのだ。

アーチャーは肩をすくめ、注意を表玄関にふりむけた。謎は彼が扱うべき領分ではない——ステーションを設置したＣＨＡＲＭマンの領分である。すでに報告はとどいているだろう。といっても、ＣＨＡＲＭがこっそり設置されたとき、これがまだ起こっていなかったとすれば話は別だが……もしそうだとすると、始まりは〝いつ〟かが、またひとつの謎となる。ＰＲＣは給エネを容易にし、隊員の安全を確保するために、時間にして五百年おき、空間にして（海洋ないし広大な湖がない場合）五百マイルおきにステーションを設置している。しかし年号はキリスト紀元で計算されるので、たどるのに苦労はないものの、ＰＲＣマンが、ステーションの位置を一望する時空直観像マップで、おのれの検索装置をおぎなう技法を習得しないかぎり、各ステーションがいつから存在していたのか確認する方法はないのだ。というわけで、自分がいつの時代のどんな場所にいるのか、おおよそのところは知っているものの、そのステーションの設置が昨日なのか五百年前なのか、知るすべはなかった。

玄関の扉は半開きになっていた。扉を押し、開ききったところで敷居をまたいだ。天井の高い無人の通廊があり、進むと、アーチ形の出入口にぶつかった。くぐった先はとてつもなく大きい広間で、壁はどこまでも高かった。遠いつきあたりには、きらびやかに盛装したカップルが分厚い詰め物をした大きな長椅子にすわっており、部屋のあちこちに人がいて、もうすこし地味な長椅子にかけたり、さまざまな姿勢で立ったりしている。足を踏みだしたところで凍りついた人間もいくたりか見えるが、誰ひとり――すわっている人間も、立っている人間も、歩いている人間も――筋肉ひとつ動かさないし、物音ひとつたてない。さっきの衛兵とおなじく、ここの人びとは死んではいない――だが、生きてもいないのだ。

フロアから二十フィートほどの高みに、広間をぐるりと取り巻く回廊があり、石段で結ばれていた。回廊の下、広間のわきには、第二のアーチ形の出入口が別の部屋へ通じている。ひとわたり調べてみようとアーチをくぐったアーチャーは、さらにふしぎな活人画と対面した。部屋はどう見てもキッチンだったが、二十六世紀のそれと似たところはほとんどなかった。背景には古代の鉄製の焜炉が見え、焼き網の上には大きな肉片がのっている。焼き網の下には薪の赤い炎が見分けられる。だが通常の火とちがって、その火は動いていなかった。焜炉のかたわらにひとりの少女がすわっていた。むしった羽根を両手に持ち、首のない太った鳥を膝にのせている。前景には体格のよい女性がひとり立ち、その前には小さな少年がちぢこまっていた。女性は右手をさしあげ、いまにも一発くらわせようとしているかに見えるが、その一瞬手前で、あたりの人びととおなじく、女性も少年も少女も生きた彫像に変わってしまっていた。

アーチャーは部屋をつっきり、裏手の窓から広い中庭をのぞいた。あちこちに太った鳥がいろんな向きで立っている。少女が膝にのせている鳥とおなじ種類だが、あちらはみんな首から上があるのに声を出していず、打ち首になった仲間とおなじく動いてもいなかった。さほど遠くないところには、アーチャーがいままで一部しか見ていなかった木造の建物がある。建物の前にはキッチンの活人画とおなじように身じろぎもせず、六頭の馬と二頭の乳牛、それに一ぴきの山羊が立っていた。窓のすぐ下には、三びきの大きな犬が横たわっているが、眠っているのか死んでいるのか、そのどちらでもないのか、ここからは判別がつかず、線引きする意味もなかった。

最初の部屋へ引き返すと、アーチャーは回廊へ通じる石段をのぼりはじめた。とたんにフリムキン・カウンターのカチカチ音が速くなり、回廊に着くころには、けっこう元気よく鳴りだした。とはいえ、本来あるべき速度には及ぶべくもなかった。回廊に並ぶ扉はたいてい閉まっていたが、カチカチ音だけに神経を集中し、かまわず先を急いだ。変化は十三番めの扉で起こった。音が小さな嵐のように高まり、目標に近づいたことを告げた。

扉を開けると、狭い廊下があった。はじめ彼は廊下そのものがステーションではないかと思った。いちばんの隠し場所はいちばん当たり前の場所というのがCHARMマンの仕事の大原則なので、そこはステーションを設置するお手本のようなところだったからである。通常なら活動の中心として機能している建物の一部だが、床に積もった埃と天井から垂れる蜘蛛（くも）の巣から察して、もはやいまでは使われていず、そうなってからしばらくたっていることもはっきりとわかる。これは二重の意味で理想的だった。だが結局ここはステーションではなく、さらに二十歩ほど進むと、上階に通じる狭い石段に出た。くねりながら、薄闇（うすやみ）と蜘蛛の巣のなかに延びている。

　石段はどこまでもつづいているように思われた。だが、とうとう終わり――小さな扉のまえに出た。すこし開いていて、その先の部屋にはいるには押すだけでよかった。踏みこむと、小さな鍵（かぎ）が錆びた錠からはずれ、騒々しい音をたてて石段を落ちていった。自分の息づかいをのぞけば、それはお供衆と別れてのち、アーチャーがはじめて耳にする音らしい音だった。

　踏みこんだ部屋はたいへん小さく、建物の屋根に見えた〝こぶ〟のひとつがこれなのだろうと見当をつけた。家具らしいものは部屋に二つしかなかった。ひとつはベッドで、ただひとつの窓の下にある。もうひとつは小さな器械で、それは埃の積もった片隅に置かれていた。

　アーチャーが見たこともない風変わりな器械で、木製の車輪が三本足の木枠（きわく）に支えられている。車輪の上、小さな腕木に取り付けられて、さがしものが見つかった。

　さて、これでやっと魅惑の緑の世界とおさらばし、二十六世紀への旅をふたたびはじめることができる。

　進みでて、ＣＨＡＲＭをはずすと、対時間流パワーパックにかぶせる動作にはいった。

パワーパックは航時スーツの左胸のポケットの上に留めてある。エネルギー活性端子はCHARMの基部に隠れているので、小さな突起を見つけ、それを押し下げようとした――

が、突起はすでに押し下げられていた。

呆然として、CHARMをフリムキン・カウンターにつきつける。とたんにカウンターは狂ったようにカカカカッと鳴りだしたが、まもなく落ち着き、ふたたび大儀そうなカッチカッチにもどった。

彼は二つ三つ数学的な頭の柔軟体操をした。早くから疑っていれば、とうの昔にすませていただろう。結果は愕然とするものだった。CHARMの対時間流エネルギーは、彼をせいぜい十三世紀初頭まで運ぶ程度しか残っていなかったのである。

しかし、そうすると作動されてから、どう見積もっても百年は過ぎている！しかもその百年間、CHARMは対時間流エネルギーを少なくとも日に四百フリムキンずつ放出しつづけていた。それだけのエネルギー量なら、小さな町ぐらいすっぽり隔離されてしまう――

いや、それとも、広い敷地か……

門をはいって以後、見かけた人間や動物が身じろぎせず、呼吸すらしていなかったのも道理。この敷地全体が時間流から放逐されていたのだ！

アーチャーが影響されなかったのは、漏出する対時間流エネルギーが作用を及ぼすフィールドのそとから来たからである。つまりは、局外者——このちっぽけな〝現実〟カプセルに属さない人間だったのだ。

彼はCHARMをしげしげとながめた。活性端子は巧妙に隠されているので、誰かが偶然に見つける確率は一〇〇〇万分の一程度である。だが、それは決して乗り越えられない壁ではなく、誰かがいつかどこかで——他意もなく——ここにあるようなフィールドをつくりだすのは必然の成りゆきだったのだ。

彼は手紡(てつむ)ぎ用の錘(つむ)のかたちをした装置を停(と)めた。

いったい誰が活性化したのか？

部屋を見まわす。はじめて彼はベッドに人が横たわっているのに気づいた。

若い女だ。

近寄り、女を見下ろした。

顔はハートのかたちで、髪の色は夏の日ざしを紡いだようだ。歳(とし)は十八ぐらいか。どうやら女は何の気なしにCHARMを始動させてから、横になり、眠りこんでしまったらしい。そして時間が停止したのだ。

見まもるうち、女が身じろぎし、呼吸をはじめ、対時間流フィールドが消散過程にはいったことを知った。

孤独な歳月が灰色の亡霊のように押し寄せ、両肩にのしかかった。

彼はかがむと、女に口づけし、歳月の重みをふりはらった。

彼女はため息をつき……目を開いた。

青い瞳だ。

おいおい、これではおとぎ話だぞ、ほとんど。

真夏の熱気がしりぞき、春のそよ風が窓から流れこんだ。戸外に目を向けると、樹々や花々や緑の草地を越えて、そのかなたにある門を見はるかした。門の外側には、いまや百人ほどの人びとが集まり、窓にアーチャーの姿をみとめて手をふったり、ぴょんぴょん跳ねたりしている。

群集のなかの老婆や老爺たちは、すでにおとぎ話をつくりはじめているだろう。

彼はふたたび女を見下ろした。女も見つめ返した。またも航時スーツは彼の有利にはたらき、彼女の表情から察して、目のまえにいる男性が金持だと思ったことは間違いなかった——

それとも、どこかの国の王子か。

おそらくこの土地の言語やこの時代の風俗習慣を学ぶことになるだろうが、たいした時間は取られないだろう。これはなかなか面白そうだ。彼はもう一度かがみ、あらためてたっぷりと口づけした……すると中庭にいた馬たちは胴ぶるいし、猟犬はとびはね、尾をふり、屋根にとまる鳩たちは翼の下から首を出して、見まわし、天に向かって飛びたった。壁にとまった蠅はまた這いはじめ、台所の火は燃えたってゆらめき、肉を焼きあげ、料理人は少年の横っ面をはりとばし、女中は鶏の羽根をむしりおえ、串に刺すばかりにし……後日〝王子〟といばら姫との婚礼は華麗にとりおこなわれ、二人は生涯を終える日までしあわせに暮らした。

スターファインダー

伊藤典夫 訳

アルテア4の軌道造船廠（ぞうせんしょう）は、この惑星の住民にとっては美の極致であるとともに、繁栄の源泉である。美は軌道上で宇宙船に改装される宇宙クジラたちの反射能からくるもので、繁栄はその改装プロセスが可能にする大量の雇用と、補給物資をいくらでも呑（の）みこむ莫大（ばくだい）な需要にある。

　これら巨大なアステロイド様生物は、個数に変動はあるものの、いついかなる時でも軌道をめぐる数が十二を下ることはめったにない。なぜなら通例そのうちのひとつが宇宙船として一本立ちし、軌道から離脱するが早いか、すぐさま別のクジラが現われて、その位置におさまるからである。彼らのおかげで、アルテア4の夜空はいっそう華やかなものになる。宵（よい）の明星がいくつもあるかのように、彼らはさまざまな間をおいて東の空に昇り、急ぎ足で天頂に駆け上がると、つぎには天空の暗い斜面をすべりおり、西の空に沈む。興味をひかれた観察者は、これら愛すべき小衛星が夜空をわたる姿を一晩中ながめて過ごすことができるし、その気になれば、彼らがどれほど遠い昔へさかのぼったか、想像を思いきりめぐらし楽しむことができる。というのは、どんな小学生でも知っているように、現在とはこの時空大洋の海面でしかなく、生きている宇宙クジラはここから深みへとダイブして、過去のいろいろな時代で過ごし、もし望みさえすれば、宇宙が創造された原初の瞬間にまで行き着くことができるからだ。

造船廠はときには《宇宙クジラの墓場》と呼ばれることがある。だが用語が暗示する意味と照らし合わせたとき、これは誤った名称といわざるをえない。宇宙クジラはおのれの意志でここへ来るわけではないし、死にたいから来るわけでもない。宇宙クジラは彼らを追う捕鯨船員と、彼らの神経節切除を受け持つヨナたちによって、ここへ曳航されるのだ。到着時すでに死亡しているのである——

というか、少なくとも死んだとされている。

幕が上がると、ひとりの男がいる。かつてはヨナ*であった男だ。名前、ジョン・スターファインダー。星籍、帰化テラルテア人。職業、駆動ユニットマン。

場面は軌道をめぐる一頭のクジラの体内。これはわくわくするような場面だ。なぜなら、このクジラは昇天に近づいていて、それはつまり蜂の巣状の内部はあらかた改造が終わり、隔室や格納庫、通廊や昇降路などに分かれているからである。隕石痕だらけのひび割れた外皮には丸窓が並び、表面は女の太腿のようにすべすべになり、不均整な外

＊旧約聖書中の預言者ヨナにちなむ。大魚に呑みこまれ、三日三晩その腹の中で過ごし、無事吐きだされた。

形は均されて対称性をもち、トランススチール製の船体はエアロックをそなえ、さらに人工重力と自動温度調節された大気が、近無重量状態と絶対零度の真空に取って代わっている。

とつぜん何の前ぶれもなく異質なイメージが心にひらめき、スターファインダーの足は薄青く光る通廊の途中で止まる。通廊は最下層デッキの端から端まで走り、二つの大船倉、機械工作所、十二の隔室、三つの貯蔵エリアに通じている。加えて、この通廊からは駆動筋房への出入りもたやすい。駆動筋房は彼の職場であり、スターファインダーはそこでクジラの持って生まれた推進装置である駆動筋を外部の動力源と適合させる仕事に終日たずさわっている。作業は改造の当初からはじまっており、終了までさらに一週間はかかる予定である。

彼の心に現われたイメージは、こんな図で表わすことができる――

((*))

スターファインダーは途方に暮れる。天使グロリア・ウィッシュのことに心を奪われていて、その思いと((*))とが結びつかず戸惑ってしまったのだ。

やがて((*))は薄れ、ふたたび通廊を歩きだした彼は昇降路に向かう。上がったところには主甲板と搭乗ロックがある。十二時間の勤務時間は終わり、聖書のヨナみたいにクジラの腹から吐きだされたいところ。天使と待ち合わせ、いっしょにスタービームに乗ってシティに降りるのだ――いまや彼の〝故郷〟である惑星の地表に。
ひょっとしたらイメージが心のなかに現われたのはそのせいか。仕事とグロリア・ウイッシュのことばかり根をつめて考えすぎたのだ。イメージがまた現われたのもそのせいだろう。いまではダブっている。

((*)) ((*))

ふたたびスターファインダーは立ち止まる。マシンショップのドアがすぐ目のまえにある。昇降路の上がり口は通廊の角を曲がったところだ。いまや彼は恐怖を感じている。と同時に、煙に巻かれたような不思議さ。正気を疑うような事態はまえにもあったが、いまふたたび彼はおのれの正気を疑っている。
　二つの((*))は長くは残らない。だが薄れかけたと思ったとたん、別のイメージが取って代わる。こんどは微妙に変わっている。

((*)) ―((*))―

おまけに、これには語句も添えられている。だが、その語句はスターファインダーの心から出てきたものだ。

朝は千の薔薇(ばら)で出迎えるとあなたはいう
そのとおり、だが昨日の薔薇はどこへ行ったのか?
そして薔薇とともに訪れるこの夏の最初の月
ジャムシードとカイクバードははや遠い*

最初に現われたイメージは、すると薔薇だ。二つめは二輪の薔薇。三つめは死んだ薔薇と生きている薔薇。スターファインダーが知らなくとも、潜在意識はこの象形文字が何を意味するか知っている。
潜在意識がさらにひとつ手がかりを与える。

薔薇は青い。

スターファインダーはいまマシンショップのドアを見つめている。マシンショップは元はクジラの神経節がおさまっていたところだ。ここにある神経節に、クジラは記憶を蓄(たくわ)えていた。クジラはここで思考し、決断し、夢を見ていた。そして神経節は、神経節がすべてそうであるように、巨大な薔薇のかたちをしていた――

巨大な青い薔薇だ。

それで意味が通る。薔薇は青い。

無気力状態からわれに返ると、スターファインダーは通廊を曲がり、昇降口の階段をのぼりはじめる。主甲板に出るころには、象形文字は心からすっかり消えている。代わって入ってくるものもないのに動揺はおさまらないままだ。彼は改装士たちの仲間に加わる。みんな揃(そろ)いのグレイのつなぎ服姿。なかのひとりはグループ長である。グループ長はエアロックのいちばん近くに立ち、部下たちとともに天使グロリア・ウィッシュの到着を待っている。スターファインダーはこの男が好きではない。攻撃的で、権柄(けんぺい)ずくで、デリカシーのない男だ。だからこそ彼はグループ長なのである。


　歓呼のなか、グロリア・ウィッシュが到着する。彼女は夕べのこの時間、警備員を配置し、改装士たちを母星へ連れ帰るために現われるのだ。スターファインダーは彼女と情を交わしているが、その点は彼女が送迎を受け持っているたいていの改装士たちと変わりない。ただしスターファインダーの場合、すこし事情がちがっている。というのは、彼女が究極の伴侶(はんりょ)として選んだ相手はスターファインダーだからだ。ぴっちりした銀白

＊十一世紀ペルシャの詩人オマル・ハイヤームの四行詩集『ルバイヤート』から。エドワード・フィッツジェラルドの英訳による。

色のつなぎ服は乳房の豊かさを強調し、乳首はそのためにくりぬかれた穴から突きでている。尻(しり)は幅広く引き締まり、脚(あし)はすらりと長い。若さを失うことのない顔は、古典的な面だち。そのなめらかな染みひとつない肌からは美しさが匂いたち、目は虹色(にじいろ)にかがやき、髪は日輪が頭を囲むようにセットされている。

彼女は自身シャトルサービスを所有しているばかりか、造船廠を所有する会社の大株主でもある。これはアルテア4にあっては決して珍しいことではない。テラルテア人の女性は進化のきざはしをテラルテア人の男性よりはるかに速く昇り、その過程で卓越した美貌と卓越した事業の才を発達させた。不幸なことに速く昇れば昇るほど、落伍する女性の数も増え、アルテア4ではいまや男性人口は女性の四倍に達していた。この状況では、相手を特定しない婚前性交渉はやむを得ないものとなる。アルテア4では、女性ひとりを「おれの女」と呼べる幸運な男はめったにいなかった。スターファインダーはその幸運に恵まれた男で、一週間足らずのちには、彼の肋骨(ろっこつ)一本は切り取られてネックレスの一部となり、二人の合一のシンボルとしてグロリア・ウィッシュの首にかかるのである。

改装士たちは一列になって搭乗チューブからシャトル船に移り、代わって警備員がクジラの当直にあたる。小型船は天使に付き添われ、アルテア4のブルー・グリーンの地表に向かって目もくらむような落下にはいる。周囲では星がきらめき、上空のクジラは卵形の月に変わる。天界を離れてどこまでもどこまでもどこまでも下るうち、平原都市群のかがやきがアルテア4の黄昏ベルトのかなたに見えてくる。いまベルトは急降下する船を出迎えるように進み出ているが、そのなかにはスターファインダーの住むシティもある。だが彼の視線はそこにはない。頭上の展望スコープを通して、彼が見ているのは夜空に浮かぶ死んだクジラたちとそのかなた、時空の闇に咲く星々だ。はるかに遠く〈忘れな草〉がまたたき、右手に目を向ければ〈らっぱ水仙〉が光り、あちらには〈釣りがね草〉〈すずらん〉……いつかあの星屑の原へ花を摘みに行こう——〈釣りがね草〉にふれ、〈すずらん〉の香りを吸いこみ、一輪の(*)を摘む……

天使グロリア・ウィッシュは最新型の飛行艇でスターファインダーを自宅に送りとどける。これは毎夕の習慣だ。彼女は自家用の飛行艇を買ってくれるというが、いまのところ彼は断わっている。というのは、まだテラルテア文化になじみが浅く、その習俗を全面的にみとめているわけではないからだ。しかし遅かれ早かれ受け入れるときがくるだろう。

彼の住まいがあるきらびやかな高層ビルの一階で、グロリア・ウィッシュはおやすみをいい、今日の領収書をまとめたら、また来るわとつげる。スターファインダーは手をふり、彼女は軽やかに飛びたってゆく。

アパートは三部屋から成っているが、天井はひとつづきだ。というのは、仕切りが腰までしかないからだ。天井は大空である。ビル内部の天井がすべてそうであるように、映像はビル屋上からのテレビ中継である。映像の精度は完璧で、本物と見分けがつかない。いまその中央にあるのは、地球母星のほのかな黄色い光点である。地球そのものはもちろん見えないが、存在は感じとれる。スターファインダーは地球をじかに見たことは一度もない。だが、そんな彼でさえ地球の存在を心の底に埋めこんでいる。その緒(お)が何光年も伸び、階層をなす地球大気の奥へとつながっているのがわかるのだ。同時代人だれもと同様、彼もまた地球が生まれ故郷であるかのように、地球の影響を強く残している。みんな地球の子ども——その精神風土の継承者なのである。

服を脱ぎ、シャワーを浴び、くつろいだ部屋着に着替える。腰を下ろし、夕食をダイヤルする。アパートの立体スクリーンは、彼がドアからはいった瞬間、オンになっている。夕食をとりながら、ときおりスクリーンに目を走らせる。そこでは男女が性交をつづけているが、彼はほとんど目をくれない。代わりに見えるのは薔薇

((*))……

「そうか、クジラくん、きみは死んではいなかったんだね」と、彼は四方の壁と小分けされた部屋の三方の間仕切りに向かっていう。

食後ベッドに横たわり、テレビ中継の天空を見上げる。一頭のクジラが東の空に現われ、天頂めざして昇ってゆく。やがて地球母星を通過し、下りの旅にはいる。だが、これはスターファインダーのクジラではない。別の巨獣だ。

彼は最後に現われたイメージのことを考え、心で反芻する——

((*)) –((*))–……

意味は明々白々だ。神経節切除を受け持ったヨナは知らなかったが、このクジラは二つの神経節を持っていた。ヨナはそのうちのひとつを破壊しただけだ。では、もうひとつは？

損傷を受けているのはたしかだ。さもなければクジラはとっくにダイブして、どこかほかの時空面に浮かびあがっているだろう。

神経節を二つ持つクジラがいることは噂に聞いていた。きわめて数は少ないが、たしかに存在するという。だが二つの神経節はとなりあっており、ひとつが破壊されれば、もうひとつも必然的に破壊されたと聞く。どうやらこのクジラの第二神経節は、第一神経節とは別のところにあるようで、改装士たちが気づかなかった天然の区画があるようだ。おそらくそれはマシンショップの近くにあるのだろう。かならずしもそうである必要はないが、位置がどこであろうと、ヨナの爆発物は衝撃波だけで第二神経節にダメージを与えているにちがいない。

しかしクジラが人間との意志疎通を試みたなどという話は聞いたことがなかった。クジラがおたがいに交信するというのは、まぎれもない事実である。ときには何光年もの距離を隔てて会話しているという。しかし人間相手とは？　ありえないことだ。

それでもこのクジラは長いこと考えてきたにちがいない。おそらくこの宇宙には不倶戴天の敵に神経節の治療を頼みこむより、もっとおぞましい運命があると覚悟したのだろう。たとえば死だ。

とつぜんスターファインダーは歯を見せて笑う。「クジラくん、もしぼくが治療してやったら、お礼に何をしてくれる？」

クジラに何ができるか察したとたん、喉もとを絞めあげるような緊張が訪れ、彼はベッドに横たわったまま星空を見つめる。だが星は見えない。いま星々は改装なかばの巨大船によって掩蔽されている。なかにいる自分の姿が見えるようだ。巨大なクジラ船のブリッジに立ち、叫んでいる。「ダイブしろ、クジラ、ダイブだ——潜航！」……するとクジラは時空大洋の深みに飛びこみ、一直線に過去へもどってゆく。展望スコープに映る星々は逆行をはじめ、星座はすこしずつ形を変え……過去へ、過去へ、時空の深み、人類の過ぎ去った日々の霧のなかへと突き進むが、つぎの刹那、潜航は唐突に終わり、クジラは何光年ものかなた、はるかな昔に浮上している。近くの広大な暗黒のなかでは地球母星が金色にかがやき、兄弟たちもさほど遠くないところをめぐっている。雲のナイトガウンを薄衣のようにまとった青い地球を見つめ、はだかの月を横目でながめながら、「もっと近づけ、クジラ——みずからを王者と称したバカ連中を見せてくれ。古代のいろんな帝国を、カルタゴの武装した象たちを見せてくれ。ハドリアヌスが長城を建設しているところや、アッチラがおぞましい軍勢を引き連れて、丘を越えるところを見せてくれ……目が見えなかったころ、本で読んだいろんなものをぜんぶ見たいんだ。クジラよ、きみのせいで目をやられていたころだ。おっと、きみじゃない、きみの兄弟だったな」

スターファインダーのひたいには汗が光っている。胸にはひどい痛みがある。「もし願いを叶(かな)えてくれたら、クジラよ——」

チャイムがひびき、スクリーンが明るくなる。天使グロリア・ウィッシュの笑顔が映る。「入れて、ダーリン。バスケットいっぱいのキスを持ってきてあげたわよ」

彼女は体にぴっちりと合ったレースの薄衣をまとい、その下から二輪の薔薇のように乳首をのぞかせている。彼女は女神の物腰とともに部屋にすべりこみ、他愛ない雑事を一蹴(いっしゅう)する。着ている一枚のドレスを不活性化すると、ドレスはフロアにすべり落ちる。彼女はテーブル・スプレッドのように彼のまえにいる。彼ははるかな土地からの旅人であり、前夜たらふく食べたご馳走(ちそう)を今夜も食べようと意気ごんでいる。

彼女は明かりを消し、彼を腕のなかに迎え入れる。星々は二人の愛の行為を冷たく見下ろす。恋人が疲れきったとき、肌身はなさず持っている皮下注射器を取り、彼の血管に精力剤を射つ、その手つきもおなじように冷たい……そして飽くことなく彼の体によじのぼる。人獣女神、天から墜ちた天使、これがスターファインダーの生きている時代だ。女類はここまで変貌したのだ。

スターファインダーの来し方はこのようなものだ。キャビンボーイとして、クジラを改装した鉱石運搬船に乗りこんでいたころ、彼は完全な破壊をまぬがれていた神経節の残存部から染みだす2オミクロンvii放射線を浴びて失明してしまった。失明状態は二年ほどつづいたが、その間スターファインダーは点字を学び、皮肉なことに目が見える時代には黙殺してきた読書に精を出した。そして視力がもどったら宇宙クジラを皆殺しにしてやると誓い、じっさい視力がよみがえると、ヨナとなり、たくさんのクジラの腹のなかにはいり、神経節を除去する作業にたずさわった。ということは、クジラの脳を粉砕しつづけたということだ。だが、この殺害行為は彼に奇妙な影響を与えた。精神的な不調におちいり、ある経験をきっかけに宇宙クジラの殺戮をやめて心の傷は回復したが、クジラ殺しから完全に足を洗うことはできなかった。というのも、それは彼が知っているすべてであったからで、そのため彼はアルテア4に移住して、軌道造船廠で働きだした。すると見よ！――天上にひとりの天使が現われ、スターファインダーは恋に落ちたのだった。

満腹したくせにどこか空しい気分で、スターファインダーはときれとぎれの眠りに落ちる。その間、彼は夢を見る。このところしょっちゅう見る先祖返りしたような夢だ。夢のなかでは彼はクロマニョン原人で、星降る平原を武器も持たずに歩いている。真正面から右手にかけては、影の多い低木林にさえぎられている。林は危険なので、大きく回り道をしたいが、足の自由はきかず、どんどんまっすぐ進んでゆく。林のすぐそばに来たとき、巨大なサーベル虎が影のなかから飛びだし、彼を地面に組み伏せる。虎は彼にのしかかり、太い前肢を彼の胸におき、呼吸を封じる。牙のある恐ろしい形相が笑みのようなものをうかべて彼の顔に近づく。獣の腹の奥深くからうなり声がひびき、くさい息が彼を打ちのめす。腭がゆっくりと開く。黄色い長い牙をおさめているので、腭は信じがたいほど大きい。そろそろと顔が下りてくる――

スターファインダーは死を予感するが、体はまったく動かない。そのことはサーベル虎以上にこの夢の悪夢らしさを強調する。麻痺状態から逃れるすべはない。両腕は鉛のように体のわきに横たわっている。指一本持ち上げることすらできない。孤立無援のまま横たわり、あんぐりと開いた腭が容赦ない旅を終えて閉じるのを待つばかりだ。

彼は気力をふりしぼり、両腕を持ち上げようとする。サーベル虎の黄褐色の喉に指を食いこませようとする。だが腕は揺らぐことはなく、指はふるえもしない。巨大な顔は全天をおおい隠す。四十五度の角度で開いていた腭が閉まりはじめる。牙の一本がスターファインダーの頸静脈をちくりと刺し、痛みで目がさめる――

彼は寝汗をかいている。かたわらではグロリア・ウィッシュが眠っている。空では星がまたたいている。

愛する女の体の上で視線をさまよわせるうち、悪夢の最後の残滓は消える。いったい潜在意識のどんなマゾヒスティックないたずらで、あんな悪夢がうかんできたのか？　グロリア・ウィッシュの目が開き、星影のもと、彼女はほほえみかける。とつぜん彼はクジラのことを思いだし、クジラが死んでいないことを彼女に知らせなければと悟る。クジラを所有する会社の大株主として、彼女は第二の神経節がもつ潜在的な危険に対して責任を負うことになるのだ。それに、二人のあいだに秘密があってはならない。なぜなら、間もなく二人は一心同体になるのだから。

だが星影のもと並んで横たわったまま、彼は口をつぐんでいる。そのあと立体スクリーンのまえでくつろぎ、おしゃべりに興じているあいだも、彼は話さない。あしたは話そう、と心に誓う——クジラに第二の神経節がほんとうにあるかどうか、たしかめてからだ。

いや、それよりもグループ長に話そう。だが、まず最初は、これが気の迷いでないことをはっきりさせるのだ。

あくる朝、クジラの体内にもどると、スターファインダーは昇降路を下り、最下層デッキにおりる。これは毎日の彼の日課だ。疲れてはいるが、ふだん以上に疲れているわけではない。ただひとつ疲れと押しころした興奮を明かしているのは、2オミクロンviiが残した右頬の傷跡のかすかな紅潮だけだ。

彼は用心深くマシンショップにはいる。2オミクロンvii放射線については、むかし彼に降りかかった視力喪失や頬の傷跡が証拠立てているように、きわめて危険だという以上のことはわかっていない。しかし、この第二神経節がクジラの体内で安全に封じこまれているのはたしかなようだ。そうでなければ、彼を含めた改装士全員がとうの昔に灰になっているだろう。

彼はマシンショップのドアをうしろ手で閉める。聞きいるが、何も聞こえない。やがて彼はクジラの最初のメッセージのことを思いだし、心にイメージ化する――

((*))

はじめ返事はない。だが、つぎの瞬間――

((*))　–((*))–

スターファインダーはふたたび神経を集中する。(どこだ?)

これに返事はない。

スターファインダーは驚かない。たんなる語句だけで何が宇宙クジラに伝わるものか。

そこで、スターファインダーは当面ことばを捨て、いちばん近くの船倉、いちばん近くの隔室、最後は駆動筋房へつぎつぎと心を集中し、それぞれの部屋の内部に((*))を思い描く。つぎに心を空(から)っぽにし、待ちうける。

淡(あわ)く、死のように冷たく、影が流れる。気づいたとたん影は消える。解釈はむずかしいことではない。恐怖だ。クジラは切羽(せっぱ)つまって第二神経節の存在を明かしたが、いくら破れかぶれでも人間への不信感をすっかりぬぐいさることはできなかったのだ。

戦略が必要だ。なんとしてでもクジラを追いつめ、第二の((*))のありかを突きとめなければならない。そこで彼はゆうべ白日夢で見たように、駆動筋を温存したほかはすっかり改装のすんだクジラ体内で、自分が指揮をとっている姿を想像する。「さあ、ダイブだ」と彼は心にいい、クジラの意識に語句を埋めこむ。「行け、クジラ——潜航せよ!」空想のなかで、クジラは唯一の乗船者スターファインダーを乗せ、過去へとダイブする。「浮上だ、クジラ! 元いたところにもどれ」彼のことばを受けて、クジラはふたたび現在に浮上する。

つぎにスターファインダーは、クジラのなれの果ての姿——貨物船になったところを思い描く。原料物質をあふれんばかりに船倉に積み、むっつり顔の船長はブリッジに立ち、げじげじ眉(まゆ)の航宙士は主甲板を行ったり来たりし、でぶの航法士はチャート室で星図に取り組み、不機嫌なコックは調理室で食事作りに精を出し、だらしない身なりのクルーは全区画に散っている。最後にスターファインダーは、駆動筋房が外部動力源によって稼動しているさまを想像する。これは、もし必要とあればだが、クジラが完全な死体となり、人間が船の全権限を握ったときのまざまざとした証となるイメージだ。二つの代案のうち、前者のほうが後者よりずっといいことをなんとしてでもクジラに伝えなければならない。

そして彼は待ちうける。

待ちうけるうち、遅まきながら自分がクジラと取り引きしたことに気がつく。彼はつぎのように示唆したのだ。もしクジラが第二の((*))のありかを明かすなら、お礼に自分は((*))が負った損傷を修復しよう。その代わりとして、クジラは彼の所有物となり、すべての命令に従わなくてはならない。クジラを罠にかけようと焦るあまり、彼は自分が仕掛けた罠にはまってしまったのである。

しかし、こんなことはばかげている。ときにどれほど人間らしくふるまおうと、生きたアステロイドは人間とは別種であり、それと取り引きをするなどというのはありえないことだ。それに人間だって信用ならないのに、宇宙クジラを信用していいものか？　それに、こんなことすべてはどっちみち無益な推測だ。なぜなら、どれほど破れかぶれだろうが、どれほど死にたくなかろうが、クジラがそんな奴隷の境遇を受けいれるはずがない——

スターファインダーの心に不意に現われた象形文字風のイメージは、つぎのように表記することができる。

—((*))—

((*))

スターファインダーは呆然とする。

クジラは奴隷の境遇を受けいれる気なのだ。

どうやら宇宙クジラにとって死は、人間の場合とおなじように恐ろしいものらしい。

第二神経節は第一の直下、改装士たちが見逃した自然のすきまにある。見逃したのは、それがクジラの表皮の近くにあったからだろう。ありかがわかったからには、グループ長に通報するのが義務である。それ以外の行動は狂気の沙汰だ。

マシンショップじたいはクジラの表皮に近いところにあるので、ショップと足もとのすきまとを隔てている甲板はせいぜい三乃至四フィートの厚さしかないはずである。クジラの下位組織をなすトランススチールは超硬度有機金属の二相物質だが、アルテア4の造船廠で開発されたハイパーアセチレン炎にはなんなくたわむ特性がある。甲板はもっと弱い物質からできているので、焼き切ることはほんの数分の作業ですむ。薔薇の粉砕はせいぜいさらに数分の余分な作業のはずだ。宇宙クジラをあやつって過去を思うままに手中にする――そうした夢を見ることと、夢を実現した結果、自分が選びとった社会から永久追放され、崇拝する女からも切り離される――そんな憂き目にあうこととではまったく違う。スターファインダーは思い知る。いましがたまで自分はまったく気がふれていた。だが、ありがたいことに正気に返ったのだ。

スターファインダーはマシンショップを出て、ドアを閉じる。グループ長の居所を見つけて、クジラが死んではいないと明かすつもりだ。それなら、なぜ彼は左ではなく右に曲がり、通路をどんどん進んで駆動筋房へ向かっているのか？　なぜかといえばグループ長に第二神経節のことを知らせるのは、いまでもいいし、お昼の休憩のときでもいいからだ。現状のままなら、かならずしも真の危険にはならないからだ。

スターファインダーは昨日やり残した仕事のつづきからはじめる。元の構造に手を加え、人間にとって理解を絶する個所をバイパスするのが彼の仕事だ。これはハイパーアセチレン手術を少なからず必要とするが（いまのところまだ手をつけてはいない）、ひどく込みいった手術なのだ。

作業を進めながらスターファインダーは、古代カルタゴ人が象を戦闘マシンに改装した工程を思い起こす。横腹や前肢を鎧でおおい、安定のわるい背中に塔を乗せ、敵に突進し、踏みつぶすことを教えたのだ。

どうしたものか、カルタゴの象たちの姿が心から離れず、午前中いっぱい考えつづける。インターカムを通じて昼食のベルが鳴ると、彼は駆動筋房を去り、通廊に出て昇降路の上り口に向かう。マシンショップのまえを急ぎ足で通りすぎるが、速度が足りず、心には薔薇が刻み込まれる。二輪——生きている薔薇と死んだ薔薇だ。

ダイニングルームは厨房（ちゅうぼう）の真上、第二甲板にある。厨房は間もなく竣工（しゅんこう）する船の試験航宙のために貯蔵品も蓄えられているが、現場作業員の食事の量など微々たるものだ。しかしながらスターファインダーは空腹ではなく、厨房のことなど知ったことではない。心のなかは象の群れでいっぱいで、彼の思考を踏みにじっている。不格好な巨獣たちのあいだに薔薇がときおり現われる。こんなことをいつまでもつづけているわけにはいかない。何とかこの重荷を払いのけるか本気でかつぐか、いずれかに決めなければならない。しかし、かつぐのは問題外なので、彼はグループ長に近づく。リーダーは食事をすませ、専用のテーブルにすわって、楊枝（ようじ）で歯をせせっているところ。

テーブルのまえで立ちどまる気は充分あり、あとほんのすこしで足が止まりそうになる。だが最後の瞬間、グループ長は目を上げ、スターファインダーはリーダーのさらしたようなブルーの目を見て思いだす。グループ長は攻撃的で、権柄ずくで、無神経であるばかりか、ストレスもいっぱい抱えこんでいる。クジラがまだ生きていると、スターファインダーが報告すればグループ長は大喜びするだろう。なぜなら、この情報が耳にはいれば、グループ長はさっそく第二神経節を破壊して、一時的にであれストレス解消ができるからだ。

しかしスターファインダーは第二神経節の切除を、誰かほかの人間にやってもらいたがっていたのではなかったか？　これは違ったらしい。彼はグループ長に声もかけず、かたわらをすりぬけ、昇降路を下って第三甲板に出る。中央備品室へおもむくと、2オミクロンvii防護服を取り出す。備品室と第三甲板通廊に人けはない。ほどなく最下層デッキにおり、駆動筋房へと向かう。マシンショップのドアのわきに防護服を置き、駆動筋房にあるハイパーアセチレン・トーチとボンベを取ってもどる。おもむろにショップへはいると、うしろでドアが締まる。

ショップのフロアのまん中に印をつけ、2オミクロンvii防護服を装着し、甲板を焼き切る作業にかかる。

ショップのドアは宇宙クジラの下位組織からくすねたトランススチール製で、厚さは六インチある。健康な神経節が発する放射線でもさすがにこれは透過できない。その点スターファインダーは何の心配もないわけだ。

ハイパーアセチレンは金属を溶かさない――蒸発させる。直径三フィートの窪(くぼ)みが形をとりだす。

トーチをかざしながら、スターファインダーの心はあらぬ方向へさまよってゆく……カルタゴ人が戦象の背中に建てた塔(とりで)には、弓使いが乗っていた。敵が至近距離に近づくと、弓使いはその安全かつ軽便な砦から矢を放ち、あまたの敵を殺傷した。それぞれの戦象の首には舵取(かじと)りが乗り、舵取りは象がパニックを起こし、暴走したときのために、いつでもその背骨を打ちすえられるよう、大槌(おおづち)を手に用意をかためていた。カルタゴ人は改装の達人であり、彼らの仕事に抜かりはなかった。

時代が下がり、文明が進むにつれ、人間はもっと巧妙な動物の改装法を考えだした。その古典的な例証がイルカである。人目につくところでは一部のイルカたちと仲よくしながら、人間はひそかに彼らを訓練し、爆薬とともに敵艦の横腹に向かわせ、ぴったりの瞬間いっしょに自爆するように仕組んだのだ。技術者たちもまた改装の達人であった。

イルカのことを考えるうち、思いは否応なしにかつて地球の海に栄えていたクジラのことに飛ぶ。しばらくのあいだスターファインダーは『モービー・ディック』のことを考える。それは視力をなくしていたころ読んだ本で、彼は思いめぐらす。メルヴィルはほんとうにクジラに悪を象徴させていたのだろうか？　多くの学者がそう考えているようだが、ひょっとしたら悪はエイハブ船長のほうではないのか？

ところで、このクジラは何を象徴しているのか？

自由か？　死か？　その両方か？

このおれ、スターファインダーは、何を象徴しているのか？

燃やせ、燃やせ――トーチよ、燃やしつくせ！　魂なんぞはほっておけ。象を創(つく)ったのはお前じゃない。イルカを創ったのはお前じゃない。このクジラを創ったのはお前じゃないし、それより何より人を創ったのはお前ではないのだ。燃やせ、燃やせ、燃やせ！――薔薇に出くわしたら、そいつも燃やしてしまえ！

だが薔薇が見えても、彼はトーチをかざさない。反対にトーチを消し、第二神経節房にそろそろと身を下ろす。房は意外に広く、まわりの壁はクジラのほかの体内部分とおなじく青白い燐光を放っている。薔薇はとてつもなく大きい。だが放射線はいまだに強力であるものの、その青さはこれまで彼が知った——彼が破壊してきた——薔薇の青さとは微妙にちがっている。

スターファインダーは片膝をつき、花梗を調べる。ひびがはいっている。おそらく第一神経節を取り去った爆発の衝撃波によるものだろう。そのためクジラのトランススチール下位組織に蓄えられているエネルギーが、薔薇の機能を保つほど充分には送りこまれていないのだ。

だが傷は小さい。スターファインダーなら数分の作業で修復できる傷だ。薔薇も花梗もともにトランススチールから成っている。傷の治療に必要なのは、溶接機と溶加棒だけ。どちらも駆動筋房からそれほど遠くないところにある。

だが、くそっ！——ここへは薔薇を修復するために来たのではない。破壊するために来たのだ。

では、どうしてたやすく仕事がかたづく特別製の爆薬を持ってこなかったのか？　薔薇をきれいに抹消できるのはヨナの爆薬だけだし、備品倉庫には爆薬が箱詰めされている。

スターファインダーはゆっくりと身を起こす。背負わせた荷物をさらに重くしようというのか、クジラは新しい象形文字の組み合わせを送ってよこす。

⚲　　((*))　　((*⚲))　　ϟ_/

-((*))-

はじめスターファインダーにはメッセージの意味がわからない。つぎの瞬間、クジラは取り引きのことをいったのだと思い当たる。-((*))-は現在の傷ついたままの薔薇を、棒きれ人間はスターファインダーを表わしている。((*))はスターファインダーが修復したあとの薔薇であり、((*⚲))はその結果生じるスターファインダーとクジラの一体化だ。ϟ_/が意味するものはこれしかない。時空だ。三辺の図形_/は空間を、ϟはその急な降下で時の深淵（しんえん）を表わす。

長い沈黙が過ぎる。やがてクジラは、意を尽くせなかったことを危惧（きぐ）するように（また死のまぎわに来て破れかぶれになったのか）、プライドをかなぐり捨て、たったひとつの象形文字で取り引きの受諾を宣言する。これはスターファインダーには誤解のしようもない。

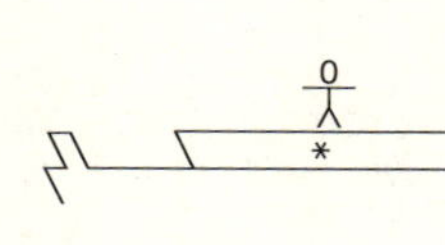

スターファインダーはどうすればよいのか？　第二神経節房からはいだすと、ハイパーアセチレン・トーチとボンベを取り、ショップを店じまいしてドアを締める。駆動筋房にもどり、2オミクロンvii防護服を脱ぐと、いつもの仕事にもどる。あとの勤務時間はなんとか大過なく過ぎる。

ベッドに横たわり、両手を頭のうしろで組み、スターファインダーは部屋の星空天井を見上げる。彼のクジラは宵の明星だ。

たやすく見てとれるのは、その表面が磨きあげられていて、アルテアの光を死んだ兄弟たちよりはるかに効率よく反射するからである。それは天空でいちばん明るい物体なのだ。

天使グロリア・ウィッシュを待ちながら、彼はクジラが夜空にのぼり、沈むのをながめて思案する。もしも彼女に打ち明けたら——クジラがまだ生きていて、そのクジラと取り引きしてしまったと話したら、これからの人生、彼はどうやっておのれに耐えていけばいいのか?

じっさいに打ち明けたときの相手の反応は思案するまでもない。彼にはわかっている。きっとこういうだろう。「スターファインダー、あなた正気なの? グループ長に連絡を取ったら、早く向こうへ行ってクジラを殺しなさい!」

スターファインダーは答える。「そうだね。わかったよ、グロリア・ウィッシュ——きみの命令どおりにする」

そんな言い方になるのは、グロリア・ウィッシュのほうが彼よりも体力があるからだ。彼女は神でも女神でもないが、その両方にたいへん近いところにいる。テラルテアの女性がここまで進化するのに要した時間はわずか三世紀だが、グロリア・ウィッシュは女類すべてがそうありたいと願う到達点となった。彼女は女類の栄光の化身（けしん）である。テラルテアの女を見つめることは、恋に落ちることなのだ。

だがその恋が実質的なかたちで返されることは、めったにない。男性人口があまりにも多い惑星では、それは叶わぬことなのだ。スターファインダーは自分がいかに幸運であるか知っており、その幸運をありがたく思っている。グロリア・ウィッシュが彼より長命で、彼が死んだあとも多くの恋人と一体化するのは間違いないことだ。だが、いまこの瞬間グロリア・ウィッシュは彼のものであり、彼ひとりのものである。彼女を自由にできるのはスターファインダーだけ。彼女の性欲を鎮める責任は彼ひとりが負っているのだ。

それにしても、あの巨大な性欲を彼は鎮めることができるのか？　いままで男二十人分のエネルギーを要した仕事を――強精注射の助けがあるとはいえ――彼ひとりで担うことができるのか？

アルテア4には、いい習わされた二つの言説がある。どちらも酒場での会話にしょっちゅう出てくるもので、便所の壁にたびたび落書きされているものだ。一つめはある種の詩的な高みに達しており、それはこのようなものである――

この肋もて、汝をめとる
十年ののち、われ死すべきものなれば

二つめはたんなる事実の叙述で、こうなっている――

テラルテアの男の年寄りはみんな同性愛者だ。

グロリア・ウィッシュを待ちながらベッドに横たわり、スターファインダーは底なしの黒い宇宙を見上げる。そこでは昨日はひとつの遠い星のきらめき、明日はまた別の星のまたたきであり、今日はひとしずくの闇(やみ)だ。彼は死んだクジラたちが天へのぼってゆく姿をながめる。((*))をなくしたレバイアサンたちが　の表面をわたる物悲しい光景だ。《地球母星》の黄色い光のつぶが目にはいり、薄衣のナイトガウンをまとった地球がありったけの宝物を隠して待っているさまを思いうかべる。大いなる青い惑星《地球往古》——七つの海に浮かぶ数知れぬ船、山々を越えて行進する古代の軍勢。歴史の精髄、女王たち、国王たち、壮麗(そうれい)かつ残忍なページェント——このすべてがいまおれの手中にある、どのように料理するも自由——

グロリア・ウィッシュがキスの花束をいっぱい抱えて登場する。「スターファインダー、わたしのスターファインダー——どうしたの？　顔色がよくないわよ」

彼女はクモの巣を織りなしたようなレースを脱ぎ捨て、明かりを消して、ベッドの端に腰を下ろす。彼女の乳房はふたごの丘のように目のまえに盛りあがり、その向こうに彼女の顔がある。見つめるうち、その美しさはいっそう増し、夜空の星々をも圧倒する。彼女はさながら南から吹く風であり、青白い双丘は彼の顔に近づき、温かく顔をなぶる。飢(う)えた彼はただ乳房をむさぼる。いまや風は温かさを増し、彼をつつみこむと、天空に運びあげる。星々は燦然(さんぜん)と夜空を回転し、風はさらに高く彼を運びあげ、いまや彼はめぐる星々とともに夜空にある。やがて星はひとつひとつ彼の頭のまわりでノヴァ化し、彼の顔を花のようによぎり、下界へ、地上へ、大地に向かって落ちてゆく……ちくりとする感覚があり、彼は最初の皮下注射の痛みをおぼろに感じ、速まる血流のなかに目覚める。風はいまや身を灼(や)くような熱風となり、彼を鞭打(むちう)ち、ふたたび宙に持ちあげようとする。天空にはあまたのスーパーノヴァがかがやき、武器もなく、たったひとり歩く旧石器オーリニャック文化期の平原からそれらを手に取るように見ることができる。そのときまたも痩身(そうしん)の巨獣が林の暗がりから飛びかかり、彼を大地に押し倒す。巨大な腭(あぎと)がふたたび開き、悪臭を放つよだれが顔にしたたり落ちる。両肺は苦痛に燃えさかっている。獣はご馳走にありつける喜びに唸(うな)り声をひびかせ、腭を近づけてくる。

　体を動かすことさえできれば……。彼はこの身動きならぬ不可視の桎梏(しっこく)を打ち壊そうとする。おのれの体のありったけの細片を使い、すべての分子、すべての原子を動員して——壊せ！　壊せ！　壊せ！……すると、とつぜん彼の内部で何かが裂け、理解を超える激痛がおそい、つぎの瞬間、彼の両腕は自由を得て上昇し、指は黄褐色の喉(のど)くびに食いこんでゆく。どこまでも深く、さらに深く。いまや唸り声は悲鳴に変わっている。だが悲鳴は長くはつづかない。スターファインダーの指が悲鳴を吹き払ってしまうからだ。われながら驚くような力を奮いおこして彼は立ちあがり、死にゆくサーベル虎を中身の抜けた袋のように揺さぶる。揺さぶり、締めあげ、揺さぶり、締めあげる。そして自分が目をかたく閉じたままだったのに気がつき、目をあけ……天使グロリア・ウィッシュの顔を見るが、そのときになっても指の力は抜かない。だが、その顔の蒼白さからいえば、彼女が死んでいるのは明らかだ。

天界へのきざはしをスターファインダーはふたたび上る。ただし、今回はひとりきりだ。

シャトル船をクジラの横腹につけると、搭乗チューブを通ってクジラの体内にはいる。警備員を失神させ、男をかついでシャトル船にもどる。オートパイロットをプログラムし、惑星を三周したのち、着陸にはいるようにセットする。ふたたびクジラの体内にもどると、最下層のデッキに直行する。両手のふるえがおさまるのを待ち、薔薇を修復する。

マシンショップのドアを外部から密閉し、ブリッジに足を向ける。薔薇にエネルギー不足を補う時間を与えたのち、おもむろに彼はいう。「軌道を離れよ、クジラ——自由に泳げ!」その声を合図にクジラはおのれを解き放つ。アルテア4の住人にとって美の極致であり、繁栄の源泉である軌道造船廠に、そして死んだ兄弟たちに永遠の別れをつげる。

何カ月もの飢餓(きが)状態のあとなので、クジラは宇宙塵やデブリをがつがつと取りこむ。体内の燐光が新たなかがやきを帯び、駆動筋がよみがえるにつれ、足もとでジンジンという振動がはじまる。満ち足りて、クジラは大洋の表面に浮かぶ。「さて」とスターファインダーはいい、クジラはダイブの用意をかためる。「行くぞ、クジラ」駆動筋のふるえは力強い律動に変わる。「潜航だ！」そしてクジラはの深みへ身をおどらせ、

と＊は自由になる。

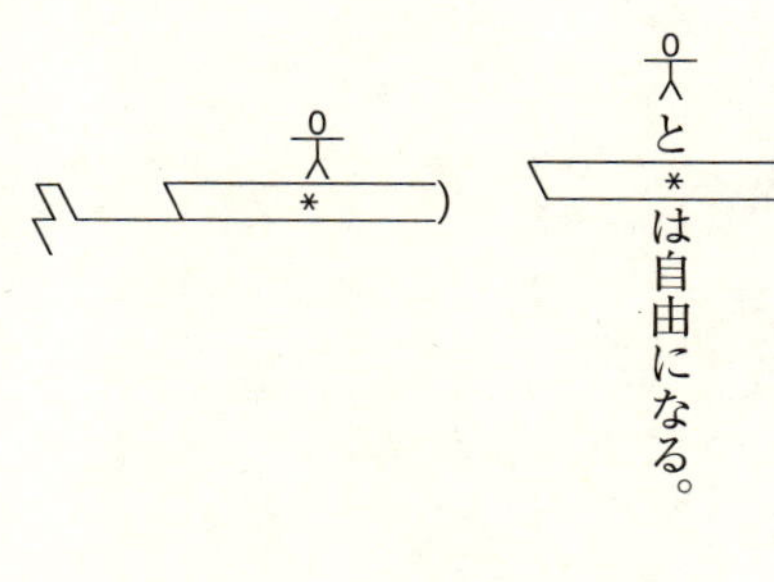

ジャンヌの弓

山田順子　訳

第十六降下軍団歩兵第九七部隊は、〈豊饒の大河(フルーヴ・ダボンヌ)〉の北岸に降りたち、プロヴァンス台地の沖積土層の斜面のふもとに展開した。第九七部隊がこの台地に前線を開けば、この惑星、蒼天(シエル・ブルー)の南半球の要(かなめ)の都市〈南の花(フルール・デュ・スユッド)〉が陥落するのは、ほぼ確実だ。

降下任務の成功に満足した第九七部隊隊長は、すぐに銀河連邦政府艦隊の旗艦〈女性大使(アンバサドレス)〉に、現在地を報告した。シエル・ブルーの軌道上にある旗艦〈アンバサドレス〉では、改革者オライアダンが、いわゆる第二次内戦においては十度目の、そして最後の作戦の第一段階を指揮している。オライアダンは隊長の報告を喜び、即刻〈南の花〉市を攻略しろと命令した。分離独立を主張していたほかの九つの星州同様、じきにシエル・ブルーも降伏するだろう。それでようやく、六年前、地球で、宗教と政治が一体となっていた精神現象主義教会の中枢機関を殲滅(せんめつ)し、銀河連邦政府を樹立した日以来、全能の存在になるという、オライアダンの政治的野心の確固たる目的が達成されるのだ。

連射ライフルをかまえ、第九七部隊は沖積土層の斜面を登りはじめた。兵士たちはベレー帽に似た青いヘルメットを小粋(こいき)にかたむけている。朝日をあびた深紅(しんく)の戦闘服は血の色に見える。時は春、南からさわやかな風が吹いている。どう見ても、〈南の花〉市が防衛のために充分な兵力をそなえているわけがない。

　だが、第九七部隊が斜面を登りきって台地に出ると、そこには防衛軍とおぼしい一隊が待ち受けていた。とはいえ、それは軍隊ともいえない、貧相な一団だった。遠目にも、老人や女、そして少年ばかりだというのが、はっきりと見てとれる。その朝早く、第十六降下軍団のほかの部隊がここよりも北寄りの地に降りたち、〈南の花〉市周辺に配置されていた防衛軍をおびきだし、市から引き離しているのだ。つまり、ここで戦火をまじえるまでもなく、勝敗はすでに決しているといえる。

　第九七部隊は戦闘態勢をととのえ、突撃のかまえに入った。と、そのとき、貧相な防衛軍がふたつに分かれ、みごとな黒馬に乗った人物を通した。黒馬に乗っているのは若い女だ。朝日に輝く純白の鎧に身をつつみ、左手にはまばゆい弓を、右手にはきらめく矢を持っている。顔はむきだしで、明るい茶色の髪が朝風にたなびいている。距離があるために目鼻だちがぼやけて、白い顔は白い花のように見える。

　第九七部隊は動きを止めた。九回の惑星戦争を生きのびてきた強者ぞろいの兵士たちなのに、突撃隊列のなかに、怯えている木の葉のようなざわめきが走る。

　斜面まで二百メートルという地点で、黒馬は立ちどまった。若い女はきらめく矢をまばゆい弓につがえ、弦を引きしぼった。まったき静寂のなか、弦が鳴り、矢は天空に向かって放たれた。上へ、上へと、比類ない蒼さをたたえた天空へと翔け昇った矢は、ようやく第九七部隊の真上に達して停止した。しかし、矢は地上に落下しなかった。天空で停止した矢は、青く光る稲妻となった。雷鳴が轟き、みるみるうちに台地の縁、斜面の上空が死の影のように黒くなった。と思うと、どっと雨が降りだした。

斜面の上空以外は、雲ひとつない澄みきった蒼天で、黄金の粒子のような陽光が降りそそいでいる。

雨足が強くなる。土砂降りの豪雨は、瀑布のように流れる水の壁となる。第九七部隊の将校たちは声を張りあげて突撃を命じたが、兵士たちはすでに足くびまで、ぬかるんだ泥にはまっていた。そこに、豪雨でゆるんだ台地の縁が崩れ、斜面全体が地すべりを起こした。

第九七部隊は必死になって安全な場所に移動しようとしたが、早くもあたりは一面の泥の川と化している。敵意に満ちた無情な泥流は、もがき、あがく兵士たちを巻きこみ、否応なく、水かさの増したもうひとつの大きな流れ、すなわち〈豊饒の大河〉に運んでいく。将校も兵卒も非戦闘隊員も、全員がわけへだてなく、不名誉な運命を甘受するていたらくとなった。しかし、たとえ増水しても、本来、〈豊饒の大河〉は激流ではない。第九七部隊は全員無事に対岸にたどりつくことができた。

ずぶぬれのドブネズミのような第九七部隊の兵士たちは、岸辺に整列し、自分たちの幸運に感謝し、煙草が濡れずにすんだことをありがたく思った。隊長は軌道上の〈アンバサドレス〉に、局地的豪雨による潰走と、その原因を作った若い女のことを報告すると、兵士たちを近くの丘の裏側まで退却させ、歩哨を立てた。そして、少し湿った煙草を吸いながら、オライアダンの指示を待った。

オライアダンは歴史を知らないわけではない。したがって、すぐに類似に気づいた。気象要素を利用した戦術の脅威もさることながら、歴史上の類似という点が、彼をためらわせた。現代版のオルレアンの少女が、どちらかといえば素朴なシエル・ブルーの住人たちにどういう影響を与えるか、察しがついたのだ。たとえ天候をあやつる武器がなくても、少女は人々を鼓舞できる。それが高じれば、爆弾でも落とさないかぎり鎮圧できない事態になりかねない。そうなると、すでに手中にしたと思っていたこの星が、無惨な状態になってしまう。そこでオライアダンは、第九七部隊だけではなく、第十六降下軍団のほかの部隊も帰艦させるように指示した。そして、情報局長のスミス－コルゴスに新たな作戦計画を立てさせることにした。

一週間もたたないうちに、スミス－コルゴス情報局長は任務を終えた――オライアダンに報告書と作戦計画を提出する準備がととのったのだ。

銀河連邦政府艦隊の戦艦〈番犬〉に乗務している二級暗号解読官、レイモン・ダーシイは、これまで一度も軍事会議に出席したことはなかった。そればかりか、旗艦〈アンバサドレス〉に乗りこんだのも初めてだ。レイモンは気おくれし、少しばかり怯えていた。

〈アンバサドレス〉は、いわば空に浮かぶ都市だ。その都市には、乗組員のほかに、オライアダンそのひとが、彼の顧問、彼の裁定者、彼のボディガード、彼の参謀や幕僚、彼の秘密警察、彼の文民統制局、彼の改革軍団、彼の情報局、彼専属の料理人（シェフ）、複数の愛人、従者、マニキュア師、多数の医師などとともに暮らしている。

旗艦〈アンバサドレス〉は形も色も巨大なオレンジそっくりだった。しかし、この艦本来の色はオレンジ色ではない。船体に使われている特殊合金が星の光をあびて、オレンジ色に見えるのだ。甲板（デッキ）は全部で七つあり、まんなかのいちばん大きなデッキには、行政、事務管理、司法の各本部と、その職員たちを収容するユニットがずらりと並んでいる。各ユニットは、〈グリーン〉と呼ばれる円形の広場に面している。〈グリーン〉には本物の樹木や芝生（しばふ）が生（は）えていて、その樹木や芝生は中央部のアスファルトの円形広場を囲んでいる。

七つのデッキは昇降口階段とエレベーターでつながれ、どの階にも高速の自動通路が完備している。さらに各階には、緊急時にはすぐに駆けつけられる脱出用宇宙機の発着ベイがあり、そこには各デッキの規模に見合った数の宇宙機が待機している。すべてのデッキには重力コイルが内蔵され、人工重力を一定に保っている。艦の動力ユニットは一号デッキに設置されているが、動力ユニットには〈アンバサドレス〉の整備員以外、あえて足を踏み入れる者はいない。

軍事会議室は〈グリーン〉に面した行政本部のユニットの中にあった。レイモン・ダーシイは開いた窓の前に立ち、あこがれるような目で、本物の樹木や芝生、人工の太陽光が作る金色の日だまりを見おろしていた。芝生のあちこちに配された花壇には水栽培の花々が咲き乱れ、巧妙に隠してあるテープから、感傷を誘う鳥の鳴き声が流れている。レイモンはさまざまな鳴き声やさえずりを聞きわけようと耳をすましたが、室内に満ちている人声のせいで、鳥の声を聞きわけるのはむずかしかった。そのうち、人声のひとつが、自分に向けられているのに気づいた。「こちらへ、ダーシイ――オライアダン閣下がおでましです」

レイモンは長い会議テーブルに近づき、議事進行役に指示された席に腰をおろした。前に水の入ったグラスが置いてある。レイモンはそのグラスを取って、少し水を飲んだ。それでもまだ、喉の渇きはおさまらない。テーブルの向こう側にお偉方の顔が勢揃いしているため、どうにも居心地が悪い。テーブルのこちら側にもお偉方の顔が並び、そのなかで、彼の顔だけが不協和音を奏でている。ドアが開き、次いで、閉まる音がした。室内がしんと静まりかえる。「全員、起立！」議事進行役が号令をかける。全員が起立する。

レイモンはオライアダンをテレビ画面で見たことはあるが、実物を見るのは初めてだ。のっぺりした顔の、小柄ながらも精力あふれる男で、茶色の目がきらきら輝いている。六十歳を越えているようには見えない。目尻にカラスの足跡が刻まれているのを別にすれば、血色のいい顔にはほとんどしわがない。砂色の髪も、少しばかり白いものがまじっている程度だ。しかし、最高司令官を顕示する豪奢(ごうしゃ)な金と青の礼装軍服をもってしても、彼の前身を隠しおおすことはできない。オライアダンは一介(いっかい)の貧しい農民から身を起こし、農民特有の抜け目のなさとねばりづよさで、政界の玉座に昇ってきた男なのだ。両脇(りょうわき)を冷酷な面(つら)がまえのボディガードに守られ、オライアダンは室内を突っ切って、会議テーブルの最上席にすわった。「全員、着席！」議事進行役が号令をかける。全員が着席する。

オライアダンは葉巻をひと吸いして、テーブルの両側に並んだ顔を眺めわたした。レイモンと視線が合うと、オライアダンの目がちかりと光ったが、視線はそのまま流れていき、やがて、するどい顔つきの情報局長のところで止まった。「よし、スミス－コルゴス――報告を聞こう」

スミス－コルゴスが立ちあがる。「閣下、それにつきましては、報告書をまとめました当人、レオポルド・マグロウスキー作戦指揮官から直接お聞きになるのがよろしいかとぞんじます」

がっしりした体格の平服の男が立ちあがった。スミス‐コルゴス情報局長が腰をおろすと、マグロウスキー作戦指揮官は口を開いた。「閣下、例の少女の追跡に成功いたしました。経験豊富な工作員三名を地上に派遣し、この件を調査させた結果、かの少女の名前はジャンヌ・マリー・ヴァルクーリ、住まいは〈妖精の森(ル・ブワ・フェリク)〉の洞窟(どうくつ)とわかりました。ひとり暮らしです。プロヴァンス台地から〈南の花〉市に向かって、北へ五十キロメートルほどいったところに、ボードレールというひなびた村があります。〈妖精の森〉はその村の近くにある、かなり大きな森です。少女は村人たちに〝妖精の森の乙女(ラ・ピュセル・デュ・ブワ・フェリク)〟として知られています。一時停戦という、閣下のご英断によって、少女がほかの戦場にも現われる事態が阻止されなければ、いまごろは、その名がシエル・ブルー全域に広まり、この惑星の独立存続に固執する精神現象主義者たちのヒロインとして、その姿はこの星の住人たちの心に強く焼きついてしまっていたでしょう。しかし、目下のところ、そういう事態は回避され、少女が喚起(かんき)したやもしれぬ宗教的愛国心は、いまだ眠ったままです。

　シエル・ブルーの村々はほとんどがそうですが、このボードレール村も例にもれず、時代遅れの田舎(いなか)の村落で、三世紀前にこの惑星に移住したフランス人入植者たちの反進歩的精神を、いまだに頑固に遵守しています。ジャンヌ・マリー・ヴァルクーリの母親は、彼女の出産時に死亡しました。その九年後には父親も死んでしまったため、ジャンヌ・マリーは、村はずれにあるプロヴァンス公営の小さな孤児院に引きとられました。十二歳になるまでは、ごくふつうの子どもでしたが、ある日、どういうわけか、孤児院をとびだして、〈妖精の森〉に姿をくらましました。やがて孤児院の職員たちが、天然の洞窟で暮らしている、すこぶる健康そうなジャンヌ・マリーをみつけだしたのですが——孤児院に連れもどそうとすると、彼女がなにをしたのか、仰天した職員たちはほうほうのていで森から逃げ出し、それ以降、彼女に近づこうとはしていません。彼女がなにをしたのかという点については、正確なことは把握できておりません。しかし、〈南の花〉市の戦い以前には、ボードレール村の住人たちは彼女を悪しき魔女とみなしていたようですが、あの戦いのあとは、村人たちの彼女を見る目がころっと変わり、いまは善き魔女とみなしているようです。とはいえ、村人たちはあいかわらず〈妖精の森〉を敬遠して、森に入ろうとはしません。

旧弊な村人たちがそうした態度をとるのは、無理もないことでしょう。というのも、彼女が木々や花々に話しかけているのを耳にした者も多く、そのなかの何人かが勇気をだして訊いてみたところ、彼女は木々や花々と話しているのではなく、〝頭のなかの声たち〟と話しているのだと答えたそうです。彼らは――」

「声たち、だと?」オライアダンがさえぎった。

「はい、閣下。彼女は明らかに、極度の栄養失調による幻聴幻覚症状を呈しています。ご承知のとおり、彼女は厳格な精神現象主義者として育てられました。その結果、狂信者となり、何週間にもわたる断食をおこなっていると判断してもさしつかえないでしょう。そのような暮らしぶりであるからには、幻覚も見ず、幻聴も聞かないというほうが、むしろ奇妙というものです」

「だが、あの弓」オライアダンはいった。「彼女はあの弓をどこで手に入れたのだ?」

「閣下、遺憾ながら、その点は調べがつきませんでした。彼女はどこに行くにもあの弓をたずさえ、肩には矢でいっぱいの矢筒を担っています。かの武器は局地的な豪雨を引き起こすことができるぐらいですから、ほかになにができるかわかりません。したがって、工作員たちには、どうしてもやむをえないとき以外は、決して彼女に姿を見られないように、決して無用の刺激を与えないようにしろと命じてあります。彼女がいないすきを狙って、洞窟に入れれば、もっといろいろなことを探りだせるかと――」

「なぜ洞窟に入らなかった？　なにか支障があったのか？」

スミス－コルゴス情報局長があわてて立ちあがった。「わたしが洞窟には入らないように指示したのです、閣下。彼女の居所をつきとめたあと、最小のリスクで彼女を拉致するという計画を思いついたからです。前後の見境なく早急に事を運ぶのはいかがなものかとぞんじまして。それに、この拉致計画を成功させるには、できるかぎり少女のことをくわしく知る必要があるので、工作員たちに、孤児院から逃げ出す前の少女のことを知っている村人たちに接触し、少女の好きなものや嫌いなもの、癖や習慣、生きかたについての考えかたなどを徹底的に聞き出すよう命じました。閣下も少女を捕まえるのをお望みでいらっしゃるのでは？」

「そのとおり」

「では、閣下、これまでにどういう手を打ったかを申しあげます。まず、工作員たちが持ち帰ってきたデータを、〈アンバサドレス〉のコンピュータに入れ、こういう指示を与えました――このタイプの女性が、肉体的、感情的、知的に、もっとも魅力を感じる男性を検索しろ、と。そして、コンピュータの検索結果を、艦隊にいる男子全員のファイルとつきあわせてみました。これは決してばかにできない、たいへんな作業といえますが、充分にその価値があるのです。当然ながら、データだけでは、候補者をひとりに絞りこめるわけではありません。人間という生きものは、それほど大きな個体差があるとはいえませんので。しかし、ほかのもろもろの条件も加えて検討した結果、この拉致計画をもっともうまく遂行できる可能性のある人物を、ひとりだけ選別することができました。わたしの判断では、彼ならば、必ずや、かの少女の好意を勝ちえるでしょう。好意は愛を、愛は信頼を生みます。そうなれば、彼女の弓矢を奪うのも、彼女を説得して、自分から進んで〈アンバサドレス〉に来る気にさせるのも、児戯に等しい。仮に自発的に来る気にならないようであれば、実力行使に出ればよろしいのです」

スミス－コルゴスは口をつぐんだ。飼い主が投げた棒きれを拾って持ち帰り、頭をなでて褒めてもらうのを待っているようだ――レイモン・ダーシイはそう思った。しかし、オライアダンは指一本動かさなかった。「で、その魅力たっぷりの男とは、いったい誰なんだ?」軽蔑の念もあらわにレイモンに目を向けながら、ひややかに訊く。

「レイモン・ダーシイ、起立しろ」スミス－コルゴスがいった。

レイモンはおずおずと立ちあがった。

「閣下、この者は戦艦〈番犬〉の二級暗号解読官、レイモン・ダーシイです」情報局長は紹介した。「この者は、先ほど申しあげました諸条件をすべて満たすだけではなく、シエル・ブルーの入植者と同じく、フランス人の子孫でもあり、かの地の言語を流暢にしゃべることができます。ですから、この者にいかにもありそうな身の上話を仕立てて教えこみ、洞窟をみつけるために必要な情報を与え、闇にまぎれて〈妖精の森〉に送りこめば、二週間足らずで、例の弓矢ともども、ジャンヌ・マリー・ヴァルクーリが我らの手に落ちるは必定かと」

　オライアダンはくびを横に振った。「いや、それはだめだ、スミス－コルゴス。女を捕まえるのはいい。だが、あの武器はだめだ。あんなものはいらん。いいか、なぜならば、このばかげた騒動全体が、ほかでもない、あの弓矢を、この〈アンバサドレス〉の艦内に持ちこませるために仕組まれた罠かもしれないからだ。弓か矢か、あるいはその両方が作動すると、我々は全員、麻痺状態に陥るか、あるいは意志をもたない操り人形の一団と化してしまうかもしれん。スミス－コルゴス、トロイの木馬の話はおまえも知っているだろう。いうまでもなく、〈アンバサドレス〉はトロイではないが、これが〝陥落〟すれば、銀河連邦政府はおしまいだ。理由は簡単。なんといっても、〈アンバサドレス〉こそが銀河連邦政府そのものだからだ」

　スミス－コルゴスのするどい顔が赤くなった。「そ、そこまでは考えが至りませんでした、閣下」へどもどした口調だが、すぐに立ち直る。「ですが、弓矢はいかがいたしましょう？」

「容易にみつからんところに埋めろ。シエル・ブルーが降伏した暁に、掘りだして調べさせる」

スミス－コルゴスとのやりとりのあいだ、オライアダンは一度としてレイモンの顔から目を離さなかった。そして、レイモンから目を離さないまま、スミス－コルゴスに訊いた。「一人前のおとなの任務に、まだ子どものような若僧を遣わすのか？」

スミス－コルゴスはおもねるような笑みをうかべた。「正直にいいますと、わたしも最初はためらいました。ですが、いや、むしろ、一人前の成人男性ではなく、青くさい若僧のほうが適任ではないかと思い直したのです。本質的に、この任務は、むかしながらのラヴストーリーの焼き直しのようなものでして。少年が少女と出会う（ア・ボーイ・ミーツ・ア・ガール）。少年が少女をくどく。少年が少女をものにする。まあ、そういう筋立てで」

レイモンはカラテの黒帯だし、自分の体重の二倍の重さのものを持ちあげることができる。鉄棒の片手懸垂（けんすい）は、どちらの手でも連続十回は楽勝。任務の限度を超えた勇敢な行動を称えられ、過去三回、棒渦状星雲（バード・スパイラル）賞を授与されている。手のひらは板のように固く、彼のカラテチョップは重さ十六ポンドのハンマー並みの威力を発揮する。だのに、思春期の若僧あつかいされて、レイモンは顔が熱くなるのを覚えたが、なにもいわずに黙っていた。

考えこんでいたオライアダンが訊いた。「彼女を連れてこられると思うか、若僧？」

レイモンは黙ってうなずいた。口を開くとなにをいってしまうかわからなかったからだ。

オライアダンはテーブルの両側に並んだ顔をずいっと見まわした。「わたしは、この作戦を決行しようと思う。異議のある者は？」

　すべての頭がいっせいにぶんぶんと横に振られ、滑稽なユニゾンを呈した。そしてへつらうような声音の合唱。「異議なし！」オライアダンはなにやらぶつぶついいながら立ちあがった。「全員、起立！」議事進行役が号令をかける。全員が起立する。

　オライアダンはスミス－コルゴスにいった。「次の曙光帯が通過する前に、彼を森に送りこめ」次にレイモンにいう。「十日だ。十日のうちに収容の要請がなければ、わたしがみずから出向き、この手で断を下す」そして、会議テーブルに背を向けてつぶやいた。「そのうち、〈声〉とやらのこともわかるだろう。その少女があくまでもジャンヌ・ダルクになりたいのなら、そのように扱ってやるまでだ」オライアダンは足音も荒く、会議室を出ていった。


　初めて〈声〉が聞こえたとき、ジャンヌ・マリー・ヴァルクーリは十二歳だった。〈声〉の主はふたりで、しばらくすると、自分たちが誰か、教えてくれた。やさしい声のほうは、聖女ラシェル・ド・フ。権威のありそうな声のほうは、慈善家のジョゼフ・エリモシナリー。ジョゼフは精神現象主義教会の創立者で、百二十年前に死亡した。ラシェルは精神現象主義教会の最初の聖女で、七十六年前に死去している。

　はじめのうち、ふたりは実体をもたず、〈声〉だけの存在だったが、それほど時間がたたないうちに、顔をともなうようになった。ラシェルにしろ、ジョゼフにしろ、ジャンヌ・マリーは肖像画すら見たことがなかったので、ふたりの顔が実物とは似ても似つかぬものだったことは、少しも問題ではなかった。ジャンヌ・マリーの目に映るラシェルの顔は、丸くて感じがよく、やさしい目は青く、口もとはいまにも笑みをうかべそうだ。ジョゼフの顔は若くハンサムで、若者らしい覇気(はき)に満ちている。黒い巻き毛に、胸がときめくような黒い目。肌は浅黒いが、肌理(きめ)がこまかい。ときどきジャンヌ・マリーは、どちらの顔のほうが好きか、決められなくなる。

　ジャンヌ・マリーがこのふたりと親しくなると、やがてジョゼフがいった。〃〈妖精の森〉に行きなさい。ラシェルとわたしとで、住みかとなる洞窟をみつけてやる。そこをちゃんとした住まいにするのを手伝ってやろう。そして、すばらしいことができる方法も教えてやる〃

　ジャンヌ・マリーはためらいもしなかった。孤児院が好きではなかったからだ。好きだと思ったことなど、一度もない。死んだ父親が恋しくて、四六時中、父親のことばかり考えていたので、勉強にも身が入らなかった。それで、森に行った。ジョゼフとラシエルは洞窟をみつけてくれ、そこをちゃんとした住まいにする方法を教えてくれた。両手を使って思考するという方法だ。ふたりはその方法を〈思念創造〉と呼んでいたが、ジャンヌ・マリーは単に〈思って作る〉と呼んだ。ラシェルの説明によると、〈思念創造〉は、改革者オライアダンが精神現象主義教会から権力を剝奪(はくだつ)し、放射線銃で聖職者や教徒たちを虐殺(ぎゃくさつ)する、ほんの少し前に、高位の聖職者たちが開発した能力だった。その能力のことを聞くと、オライアダンはあざ笑った――知力だけで固い物体を造れるなど信じられるわけがない、男を魅了する、固くてやわらかい物体はいうまでもない、と。この話をしたあと、ラシェルはさらにいった。〝あなたがこの能力をもっていることを、決して誰にもいわないように〟

ふたりは天然の洞窟を住まいにするやりかたを教えると、次はその中に置く品々の〈思って作る〉方法を教えた――椅子、テーブル、化粧台、ラグ、カーテン、テレビ－ラジオセット、書きもの机。台所には自動調節型料理用ストーブ、居間には暖炉、家事室には乾燥機つき洗濯機。そして、なによりも重要な、食材の〈思って作る〉方法。ジャンヌ・マリーにとって、こんなにすばらしい体験は生まれて初めてだった！　手の指の一本一本にそれぞれ小さな意思が宿っていて、両の手は、太陽のもとに存在するすべてのものをこしらえることのできる工場のようだ。しかしラシェルは、そうではないといった。こんな不思議なことができるのは、ラシェルとジョゼフがジャンヌ・マリーにエネルギーを与えているからだという。ふたりの精神エネルギーが大地と大気から必要な要素を取りだし、それらを組み合わせて、ジャンヌ・マリーの望みどおりのものを造りあげるのだそうだ。

孤児院の職員たちが〈妖精の森〉にやってきて、ジャンヌ・マリーを連れもどそうとしたとき、ラシェルとジョゼフはジャンヌ・マリーに力を貸して、なにもない空中にもくもくと煙を発して、身の毛のよだつ怪物たちを造りだし、ジャンヌ・マリーの指先から火花を、耳からは炎を放った。肝をつぶした職員たちは、靴もぬげんばかりに跳びあがって逃げていった。ジャンヌ・マリーは生まれて初めて、人がそんなに速く走るのを見た。それ以降、人々はジャンヌ・マリーに近づこうとはしなくなり、彼女を魔女と呼ぶようになった。ジャンヌ・マリーは魔女と呼ばれても平気だったし、魔女とは楽しいものだと思った。なにせ、こんなにおもしろい思いをしたことは、これまで一度もなかったからだ。

ジャンヌ・マリーが十五歳になると、ラシェルとジョゼフは弓と矢を造らせた。想像しうるかぎりでもっとも美しい弓ができた。きらめく陽光を曲げて、朝霧の弦を張ったような弓だ。矢も弓に負けないほど美しいうえに、弓よりも驚異的だった。銀色で、とても細いために、よくよく目を凝らさないと見えないほどなのだ。ジョゼフは、どこに行くときも、この弓と矢をたずさえていくようにといった。そこで、ジャンヌ・マリーは陽光と闇、砂と塵、時間と希望と夢、木と金属、それに十種類以上のもろもろを加えて、細身の矢筒をこしらえ、夜、眠るとき以外は、つねに肩に担うことにした。床につくときは、黄金の弓といっしょに、枕もとのベッドの支柱に掛けておいた。

ジャンヌ・マリーが十六歳になったとき、ラシェルとジョゼフはもっとすてきな課題を与えてくれた。人形造りだ。ジャンヌ・マリーは人形造りに夢中になった。人形など持ったことがなかったので、ほかのなによりもほしかったのだ。日に日に人形らしくなっていく――急速に、ではなく、ごくゆっくりと。というのも、人形造りはじつに複雑で精緻な作業を必要としたからだ。これほど大きな人形でなくても、人形のさまざまな部位をきちんと造りあげるのが、こんなにむずかしい作業だとは思いもしなかった。人形を一体造りあげるのに必要な材料のリスト——ジャンヌ・マリーにもわかる材料はほんの少しだ——を見ただけで、頭がくらくらしてくる。だが、ついに、それはそれはすばらしい人形ができあがった！　ほかの少女が持ったこともないような、この世のどんな人形も及ばないような、すばらしい人形だった。ラシェルが人形用に、洞窟を広げて秘密の部屋を造ってあげなさいといったのも、あまりにも見事な出来だったからだろう。ジャンヌ・マリーはいわれたことはもちろん、それ以上のことをした。人形用の小部屋を造ると、ベッド、椅子を二脚、小箪笥、化粧台、それにこぶりのラグもこしらえた。だがすべてが完了したころには、ジャンヌ・マリーは十八歳になっていて、人形に夢中になる年齢ではなくなっていた。

　次の課題は鎧造りだった。人形造りにくらべれば、ずっと簡単な作業だった。ジョゼフはいった——鎧の目的はふたつあると。ひとつは、彼女の身を守ること。もうひとつは、敵に心理的動揺を与えること。ジャンヌ・マリーは星くずと金属、それに百ものもろもろを加えて鎧をこしらえた。できあがった鎧を着けてみると、太陽のようにまぶしく輝き、雲のようにふんわりと軽かった。

　ラシェルとジョゼフが声をそろえていった——その時は近い。その準備として、おまえはボードレール村に行かなければならない。おまえが作った黄金の櫛をひとつ持っていき、いちばん美しい黒馬と交換しなさい、と。ジャンヌ・マリーはいわれたとおりにして、黒馬を手に入れた。そして、精神現象主義教会のふたり目の聖者にちなんで、サン・エルマン・オショーネシイと名づけた。サン・エルマンのために、自分の洞窟の隣に廏舎を〈思って作〉り、雨の日以外は毎日、彼の背に乗って森の中を駆けまわった。ある日、ジョゼフがいった——時が来た、と。その意味を充分に理解したジャンヌ・マリーは、輝く鎧を着け、誇らしげにサン・エルマンの背にうちまたがり、プロヴァンス台地を横切って〈南の花〉市に入った。朝日をあびながら、ジャンヌ・マリーは市の通りを行きつもどりつして、市民に呼びかけた。「わたしといっしょに行こう！　わたしは南部を脅かしているオライアダンの軍隊を破り、みんなに勝利をもたらす。わたしとともに闇の力から精神現象主義教会を守り、救おう！」サン・エルマンが踊るようにはね、人々が通りに出てきて歓呼の声をあげた。ジャンヌ・マリーが〈豊饒の大河〉めざして出立するときには、急ごしらえの貧相な防衛軍がいっしょだった。

ついにその時が来た。ジャンヌ・マリーは防衛軍がふたつに分かれたなかを通って前に出ると、蒼天高く、きらめく矢を射た。矢は稲妻となって雷鳴を呼び、豪雨が降りしきって地上にあふれ、敵軍を流し去った。ジャンヌ・マリーは〈妖精の森〉の洞窟にもどり、次の指示を待った。

森は春には美しく萌えるものだが、この森はとりわけ緑があざやかだ。シエル・ブルーの農民の服を着こんだレイモン・ダーシイは、夜明け前の湿りけをおびた空気に震えながらも、心が躍った。

曙光帯が通過する直前に、小型シャトルのパイロットに降ろされた森の中の空き地から、レイモンは気持のいい木陰と暖かい陽光のなかを進んでいった。父親然とした木々、母親のような木々、男の子や女の子のような木々もある。緑の腕をからみあわせ、緑の指を触れあわせて、何本もの木々がひとつになり、幸せな大家族として生きている。森の下生えには明けがたの露がダイヤモンドのようにきらめき、木々の梢では本物の鳥がさえずっている。

まっすぐに進んでいくと、小川にぶつかった。右に折れ、流れに沿って川上に向かう。低い山々の奥に源を発している流れだ。この流れを見おろす山の中腹に、ジャンヌ・マリーの洞窟がある。小型シャトルに乗りこむ前、レイモンは三人の工作員に、偵察ずみの情報をすべて教わっていた。

ほとんどが地勢についての情報だった。

もちろん、ジャンヌ・マリー・ヴァルクーリのことも教えてもらったが、彼女に関する情報はとうてい万全とはいえないように思えた。工作員たちに摑めなかったことのほうが多いのではないだろうか。

工作員たちはいった——彼女は散歩が好きだ。走るのも遊ぶのも好きだ。馬に乗って森を駆けまわるのも好きだ。若い女にしては、本をよく読んでいる。孤児院では並みの成績だったが、勉強に興味をもてれば、もっといい成績をとれただろう。あざやかな色の服が好きで、ブラシや櫛が好きで、しょっちゅう髪を梳かしている。信心深く、孤児院にいたときは、朝昼晩、必ずお祈りをしていた。

彼女のこういったことが、なぜ、肉体的知的感情的にレイモンを好ましく思えるというのか、レイモン本人にはさっぱりわからなかったが、まさか〈アンバサドレス〉のコンピュータに問いただすわけにはいかない。

しかし、目にする光景に心を奪われ、いつのまにか、そういった疑問は頭から消え去ってしまった。小川の土手に咲きみだれている淡い色の花々が、遊びたがりの朝風が通った跡をはかなくとどめて揺れている。小川の水は川底の白い小石の上をさらさらと流れ、ときおり、澄みきった水の中を、うろこを光らせながら矢のように過ぎいく魚が見える。地面には、葉むらからこぼれた陽光が、海賊の財宝をぶちまけたようなまばゆい光だまりを作っている。

すでに一キロは歩いた。さらに半キロほどいったあたりで、蹄の音が聞こえてきた。音はどんどん大きくなってきて、小道に、木陰に、ほの暗い横道に響きわたった。さらに小川をたどっていくと、まもなく広い空き地に出た。レイモンは陽光のなかに足を踏み入れた。ちょうどそのとき、空き地の反対側から馬と乗り手が現われた。

レイモンは立ちどまったが、隠れようとはしなかった。馬は黒い雄馬で、乗り手は青いスカートと、白いストライプの入った赤いブラウス姿の少女だ。右の肩に黄金の弓を掛け、左の肩の上に複数の矢羽根がのぞいている。靴もはかず、帽子もかぶっていない。明るい茶色の髪をうなじでまとめ、赤いリボンで束（たば）ねている。その顔は、太陽に向かって開いたばかりの花を思わせる。

　少女はレイモンのまん前まで馬を進めた。「ボンジュール、ムッシュー」

「ボンジュール、マドモアゼル。あなたは〈妖精の森の乙女〉だね？」

　少女はにっこり笑った。髪と同じ茶色の目の中で小さく光が踊り、左の頬（ほお）にえくぼができた。青くさい思春期を過ぎて、女として成熟する道を歩みはじめたところだ。「あたしはジャンヌ・マリー・ヴァルクーリ。魔女よ」

「そう聞いてる」

「怖くないの？」

　レイモンは苦笑した。「善き魔女を怖がる？　悪しき魔女なら――そりゃ、怖い。悪しき魔女は、ぼくをイモリやらカエルやらに変えてしまいそうだけど、善き魔女なら、いまのぼくより、ずっといいものに変えてくれるだろう。そうなれば、ぼくもいまよりずっと幸せになれるだろうね」

　ジャンヌ・マリーは笑った。と思うと、急に黙りこんだ。真剣な表情から察するに、一心になにかに耳をかたむけているようだ。なにに耳をかたむけているのか、レイモンには想像もできなかった。やがてジャンヌ・マリーはまた口を開いた。「〈声〉たちがあなたを気に入ったって。あたしもあなたが好きだから、うれしいわ」

「声たち？」

「ジョゼフ・エリモシナリーとラシェル・ド・フよ」ジャンヌ・マリーは黒い馬から降りて、はだしの足で軽やかに地面を踏んだ。「それから、これはサン・エルマン・オショーネシイ。この子もあなたのこと、好きだと思う」

サン・エルマンは笑うようにいなないた。レイモンは黒いたてがみをなでた。「いっぺんにたくさん友だちができて、とてもうれしいよ」

マグロウスキー作戦指揮官が栄養失調による幻聴うんぬんといっていたことを思い出し、レイモンはジャンヌ・マリーの顔をしげしげとみつめた。くびから下と同じく、くびから上も、これ以上は望めないほど健康そのものに見える。断食をしたにしても、一カ月もつづけたわけではあるまい。声たちとやらの正体は、栄養失調による幻聴ではなく、もっとほかのなにかだろう。

しかし、それを突きとめるのは、レイモンの職分ではない。彼の任務は、ジャンヌ・マリーを動かしているものの正体を探ることではなく、彼女を旗艦に連行することなのだ。「ぼくはレイモン・ダーシイ。道に迷ってしまってね」出だしと同じく、そのあとの説明も真実っぽく聞こえるように話をつづける。「でも、たとえ道に迷わなくても、たいしたちがいはなかったかも。だって、どっちみち、どこにも行けっこないんだから。きのうの夜、モリエール行きの空中乗合馬車を待ってたら、頭を殴(と)られてね。気がついたときには、金も荷物も盗られて、森の空き地に放りだされてたんだ」

このストーリーは、スミス-コルゴスがでっちあげたものだ。彼によれば、ジャンヌ・マリーのような田舎娘には、手のこんだ嘘（うそ）より、ごくありふれた話のほうが疑われにくいとのことだった。確かにそれは当たっている。ジャンヌ・マリーはレイモンの側頭部のこぶを調べてみようともしなかったからだ。小型シャトルのパイロットに殴ってもらってこしらえた、せっかくのこぶだというのに。ジャンヌ・マリーはこぶには興味を示さなかったが、レイモンの顔にはひどく興味をもち、どうしても目が離せないようだった。レイモンには知るよしもないのだが、じつは、彼の顔はジョゼフのそれ――ジャンヌ・マリーの目に映るそれ――にそっくりなのだ。レイモンの顔に見入っているジャンヌ・マリーに、ラシエルがささやいた。〝ほんとにすてきな若者だこと――助けてあげたら?〟

それで充分だった。ジャンヌ・マリーはいった。「いらっしゃいな、レイモン。なにか食べるものをこしらえてあげる。あたしのうちはこのすぐ近くよ」

ジャンヌ・マリーはサン・エルマンの手綱（たづな）を引いて、小川に沿って歩きはじめた。うしろめたい思いを抱えながらも、レイモンも彼女と並んで歩いていく。「とってもすてきな住まいなのよ」ジャンヌ・マリーはいった。「どんなかは、見るまでのお楽しみ。ただの洞窟だと思ってるひとたちも、中を見たら、きっとびっくりするでしょうね。もちろん、まだ誰も招いたことはないけど」

並んで歩きながら、目の先にあるのを幸いとばかりに、レイモンはじっくりと弓を観察した。しかし、それが正体不明の合金でできていることと、じっとみつめていると網膜に残像が焼きついて、目がちかちかと痛くなるということしかわからなかった。つまり、有益な情報などなにも得られなかったも同然だ。矢のほうはどうかといえば、どれほど目を凝らしても、弓以上になにもわからなかった。矢筒に入っているため、見えているのは、刻み目のついた矢筈(やはず)と銀色の矢羽根だけだ。だが、どういうわけか、ほんとうはそれすら、ちゃんと見えているわけではないような気がした。

この不可思議な武器のことをジャンヌ・マリーに訊いてみたかったが、レイモンはいまではなく後日にしようと決めた。

少し前から、花が咲き乱れている土手は別として、小川の両側の地面は上り斜面となっていた。木々におおわれた山々に近づくにつれ、傾斜はどんどんきつくなってきた。やがて、ジャンヌ・マリー、レイモン、サン・エルマンの一行は、洞窟の前までやってきた。そこに着くまで、そんなところに洞窟があるとは、レイモンはまったく気づかなかった。いつのまにか木々は蔓(つる)に似た植物に取って代わられ、ジャンヌ・マリーがその蔓をカーテンのように引き分けるまで、レイモンはそこに洞窟の入り口があるとは思いもしなかったのだ。そして、さらにジャンヌ・マリーがすぐ横手の蔓のカーテンを引き分けると、サン・エルマンの洞窟厩舎が現われた。床には干し草が敷かれ、飼料用と飲料用の桶(おけ)がふたつ置いてあった。なんと、照明器具もある——ピンクのシェードのついた永久自動ランプだ。

ジャンヌ・マリーはサン・エルマンが自由に草を食めるように、放してやった。彼は外に出たがらないから、夜だけつないでおけばいいの——ジャンヌ・マリーはそう説明してから、レイモンを彼女の住まいの洞窟に案内した。洞窟の内部を見たレイモンは心底驚いた。部屋が四つとクロゼットがひとつ——いや、寝室内にあるドアを見て、クロゼットだろうと見当をつけたにすぎないのだが。どの部屋にも家具や調度がそろっている。壁と天井は木肌が密な天然木材だ。床はタイル貼りで、小さなラグがあちこちに置いてある。照明はすべて永久自動タイプで、それぞれが専用の永久自動モーターに接続されていた。水は、地下の圧力パイプで小川から引いている。

ジャンヌ・マリーはレイモンをキッチンのテーブルにつかせ、結婚前の娘たちが支度品をしまっておく箱によく似た小型冷蔵庫から、ベーコンとたまごを取りだした。調理用ストーブの上で、ベーコンがじゅうじゅういっているあいだに、ジャンヌ・マリーはコーヒーを淹れた。ベーコンとたまごを食べ終えたレイモンにマグを渡す。いっしょにコーヒーを飲みながら、レイモンは、いったいどうやって、女手ひとつで、天然の洞窟を王女さまにふさわしい、りっぱな住まいに改造できたのかと質問した。ジャンヌ・マリーはにっこり笑った。「それはいえない。秘密なの」そのあと、レイモンを仰天させるようなことをいった。「あなた、ここでいっしょに暮らさない？」

レイモンはまじまじと彼女の顔をみつめないようにしようとしたが、それは無理というものだ。当然ながら、彼女がそれほど純心なはずはない。だからといって、それに乗じるのは恥ずかしいことだ。「きみの〈声〉たちはどう思うかな？」

「あら、大賛成よ。ソファで寝られるようにしてあげる。大きなソファだから、ゆっくり休めると思うわ。それに、そうよね——パジャマを作ってあげる。ズボンやシャツも。ね、コーヒー、お代わりする？」

「ありがとう」レイモンは気の抜けた声でいった。

〈妖精の森〉でのジャンヌ・マリーとの暮らしとは、子ども時代にもどり、十歳ぐらいのときに創(つく)りだした〈ごっこ遊び〉の世界に浸(ひた)る——じっさいに、その世界で生きる——ようなものだと、レイモンは思った。

レイモンが来るまでの長い年月のあいだに、ジャンヌ・マリーはひとりで楽しめるゲームをたくさん考えだしていた。しかし、いまはレイモンがいるので、ふたりで遊べるようにゲームのルールを変えた。いや、黒馬のサン・エルマンを数に入れるならば、三人になる。この馬は、たいていのゲームに欠くことのできない存在だからだ。ふたり、いや三人が楽しんだのは、ゲームだけではない。静かな森の中の空き地へのピクニックや、山のふもとの森へののんびりした散歩もそうだ。いにしえのむかしと変わらず、ここでも、朝(あした)は七時、丘陵には露が玉を結ぶ。少なくとも、ジャンヌ・マリーの天国では、すべてが世界と調和していた。

暗くなると、ふたりは洞窟の入り口をおおっている蔓のカーテンの下にすわって星々を見あげ、沈黙の合間にぽつりぽつりとその日の出来事を語りあった。よく見える星々のうち、いくつかは惑星——シエル・ブルーには十一個の姉妹星がある——で、いくつかはオライアダンの艦隊だ。後者はたやすくそれとわかる。動きが目立つだけではなく、ぴったりと赤道の真上に位置しているからだ。オライアダンの艦隊は、目に見えない糸で連ねられたダイヤの、細いネックレスのように見える。なかでも、ひときわ大きくて、オレンジ色にきらめいている旗艦は、ペンダントヘッドというところだろうか。旗艦を見ていると、レイモンは月を思い出した。ある意味では、そうだといえる——宇宙征服の野心に燃える男が住む人工の月。

ジャンヌ・マリーは、旗艦が北東から現われ、北西へと消えていくまで、時を追って何度も見あげていた。しかし、レイモンに興味があるのかと訊かれると、興味があるのは自分ではなく、ジョゼフとラシェルなのだと答えた。「ふたりは、あたしの目を通して見て、あたしの耳を通して聞くの。だから、ふたりがなにかを気にしてるときには、気のすむまで、あたしの目と耳を使わせてあげるの」

レイモンはジャンヌ・マリーがなにかたくらんでいるのではないかと、彼女の目をのぞきこんだが、そこにはちっちゃな星々が光っているだけだった——はるか上空でまたたいている星々に、負けるとも劣らない美しい星々が光を放っている。彼女の目にこんなにも美しい星々を宿らせたのは自分だと思うと、レイモンは当惑してしまった。そう、ジャンヌ・マリーはレイモンを愛しているのだ。〈アンバサドレス〉のコンピュータは正しかった。だが、皮肉なことに、レイモンのほうは兄のような気持しかもっていない。これでいい、とレイモンは思う――このほうが任務遂行が容易になる。

ジャンヌ・マリーはどこに行くときも、弓と矢でいっぱいの矢筒をたずさえていた。ある日レイモンが、そこいらで見かける動物一匹射るわけでもないのに、なぜいつも弓矢を持ちあるくのかと訊くと、彼女は、ジョゼフとラシェルに肌身離さず持っているようにいわれたからだと答えた。弓と矢には魔法の力がこもっているから、どんな危険からも彼女を守ってくれるのだ、と。

レイモンの頭にはっとひらめくものがあった。「ラシェルとジョゼフが、弓矢をこしらえるのを手伝ってくれたんだね?」

しぶしぶと、ジャンヌ・マリーはうなずいた。「そう」

レイモンにはとうてい信じられない話だが、ジャンヌ・マリー自身がそう信じこんでいる可能性はある。「それじゃあ、洞窟の住まいとか家具なんかも?」

またもや、ジャンヌ・マリーはしぶしぶとうなずいた。

レイモンはにやりと笑った。「ぼくが弓にさわったら、なにか起こるのかな? バッタにされちまうとか?」

「そんなことにはならない」ジャンヌ・マリーは笑った。「でも、あたしが矢をつがえてあなたを射たら、なにが起こるか、なんともいえない。もちろん」あわててつけくわえる。「そんなことをしようなんて、夢にも考えたことはないけど」

ある日の午後、森の中を歩いているうちに、レイモンはジャンヌ・マリーとはぐれてしまい、どうしても彼女をみつけることができなかった。きっと彼女も洞窟にもどるはずだと思い、レイモンは洞窟に向かって歩きだした。だが、どれほど急いでも、彼女の姿は見えない。洞窟に着いたころには、彼女の身になにかあったのだと、なかば覚悟した。

洞窟の中に入り、彼女を呼ぶ。返事はない。隠れているのだろうか？　彼女はよく、そういうことをする。じつをいえば、かくれんぼは、ふたりでよくやるゲームのひとつなのだ。ソファの下をのぞく。キッチンに行き、料理用ストーブの裏側を見てみる。家事室を調べる。最後に彼女の寝室に入り、ベッドの下をチェックしたが、ジャンヌ・マリーが軽蔑している靴が一足、みつかっただけだった。

立ちあがると、クロゼットのドアが目に入った。ここだ、とレイモンは思った。ジャンヌ・マリーは色とりどりのワンピースやブラウスやスカートのあいだに隠れているにちがいない。ほくそ笑みながら、ノブをつかんでドアを開けようとした。だが、ノブは回らない。よく見ると、指紋照合錠が取りつけられ、きっちりロックされていた。

顔をしかめて、レイモンはジャンヌ・マリーの寝室を出た。ほかのどのドアにも指紋照合錠は取りつけられていない――なぜひとつだけ例外にしたのだろう？　クロゼットには鎧がしまってあって、それを彼に見られたくないからだろうか？　そういえば、〈南の花〉市の戦いで彼女がどんな役割を果たしたか、一度も聞いたことがない。自分の行為を恥じているのかもしれない。

しかし、そんなことはありそうもない気がする。となると、答をみつけるには、ほかを捜さなければならない。洞窟を出ると、ちょうど、森からジャンヌ・マリーが出てきたところだった。彼女の無事な姿を見て、レイモンはほっとして、いろいろな疑問も忘れてしまった。

また別のある日、レイモンが森を散歩――今回は彼ひとりだった――しているうちに、暗く深い窪地に迷いこみ、二体の骸骨をみつけた。骸骨は張り出した花崗岩の下に並んで横たわっていた。一体――骨格が華奢な点から判断して――は女性のものだ。その証拠に、女ものの腐った衣類の断片が残っているし、もう一体の、男性とおぼしい骸骨のそばには小さな真鍮のバッジが落ちていた。レイモンはそのバッジを拾いあげた。腐食が進んでいるが、ポケットナイフで緑青をこそぎ落とすと、精神現象主義教会の身分証だとわかった。それによると、名前はアレクサンダー・ケイン。その名前はレイモンの記憶をくすぐったが、どこで知ったのか、どうしても思い出せない。

しかも、なにか違和感を覚える。民族主義者の惑星ではどこでも、住人たちは頑固に先祖の名前を踏襲している。ここシエル・ブルーでも、住人たちは先祖伝来のフランス名を用いている。だが、どう考えても、〝アレクサンダー・ケイン〟は、フランス人の名前とは思えない。

レイモンはバッジをポケットに入れて窪地を去り、洞窟にもどると、ジャンヌ・マリーにそれを見せて、骸骨をみつけたことを話した。「知ってる。何年も前からあそこにあるの。でも、近づいたことはない」

「怖い？」

ジャンヌ・マリーはくびを横に振った。「ううん、そうじゃない。でも、ラシェルとジョゼフに固く禁じられてるの。どうしても行かなければならないってとき以外は、あのあたりに近づいてはいけないって」

なぜだ？　レイモンはいぶかしく思った。だが、あえて質問はしなかった。ひとつには、ジャンヌ・マリーがその答を知っているかどうかあやしいものだし、またひとつには、レイモン自身が〈声〉の件をまともに受けとることを拒否していて、ジャンヌ・マリーと話をするうえで必要だから、やむなく〈声〉の存在を認めているだけだからだ。どちらにしろ、〈声〉の件は情報局長の問題だ――レイモンが気にすることではない。スミス－コルゴスでなければ――そう、オライアダンの問題なのだ。

とはいうものの、〈声〉の問題はレイモンの頭から離れなかった。特に、こうして新しい局面を見てしまったからには。レイモンはくりかえし考えた。ジャンヌ・マリーの頭のなかに存在しているふたつの〈声〉――本当に存在しているとすれば――は、無害な二体の骸骨を、なぜ恐れているのだろう？

その夜、ソファで眠っていたレイモンは、低い声に起こされた。オライアダンの声だ。

どうやらレイモンの腕時計に超小型の送受信機が内蔵されているらしく、声はそこから聞こえてきた。「あと二日だぞ、ダーシイ。念を押しておこうと思ってな」

レイモンは信じられなかった。畏れおおくもオライアダン閣下本人がじきじきに連絡してきたことだけではなく、自分が時間の感覚を失っていたことに驚いたのだ。〈妖精の森〉に来てまだ二、三日しかたっていないような気がする。と同時に、生まれたときからここにいるような気もする。

「いるのか、ダーシイ？」オライアダンがいった。

「あ——はい、おります」

「それはけっこう」人工の月に住む男はいった。「すべて予定どおり順調に進んでいるか？」

「はい、閣下」

「よろしい。四十八時間以内に、おまえの報告があるのを楽しみにしている。そうでなければ、こちらから連絡する。いいか、忘れるな——そこを離れる前に、例の弓と矢を埋めるんだぞ。地中深く誰にもみつからないように」

そして人工の月に住む男は連絡を断った。

そのあと、レイモンはまんじりともできなかった。明けがたになっても、まだ良心との戦いは終わっていなかったが、なんとか抑えこめるようになっていた。ある意味で、ジャンヌ・マリーを連行することは、彼女のためになるのだ。どんなに牧歌的であろうと、森は若いレディが暮らすところではない。いかに美しくしつらえてあっても、洞窟は若い女の住むところではない。オライアダンの六人の裁定者は、黒く長いローブをまとっているため、熊のように見える。その熊たちはそろってオライアダンの追従者で、オライアダンに〝踊れ！〟といわれれば、唯々諾々（いいだくだく）として踊るだろう。だが、先にデイモス会議で採択された規定書により、ジャンヌ・マリーを戦争犯罪人として裁くことはできないはずだ。オライアダンは彼女をなんらかの罪に問おうとするだろうが、軽い判決がくだるはずだ。シエル・ブルーが征服されれば――一カ月以内にはそうなるだろう――ジャンヌ・マリーは新政府の適切な部署に引き渡され、再教育とリハビリテーションを受けたのち、新しい社会に出ていき、彼女にふさわしい場所をみつけることになるだろう。

その日の午後、レイモンは〈アンバサドレス〉に連絡し、洞窟の座標を伝え、次の日、曙光帯が〈妖精の森〉の上を通過する二時間前に、ピックアップしてもらうように手筈（てはず）をととのえた。そして当日、レイモンはジャンヌ・マリーといっしょに森を散策した。交替でサン・エルマンに乗ったり、彼をしたがえて、ジャンヌ・マリーと肩を並べてぶらぶら歩いたりした。洞窟から数キロ離れた峡谷まで足をのばし、そこでジャンヌ・マリーが用意してきたピクニックランチを食べた。レイモンは当初から、ジャンヌ・マリーがどこでどうやって食材を手に入れているのか、不思議でたまらなかったので、思いきって訊いてみた。内心では、彼女はにっこり笑って、それは秘密というだろうと思っていたが、まさにそのとおりになった。

　ふたつの点を考慮にいれなければ、レイモンは彼女を〈思念創造〉能力者だとみなしただろう。しかし、オライアダン同様、レイモンもまた、〈思念創造〉の能力など、精神現象主義者たちが教会の敵対者を脅(おびや)かすために作りあげた、神話にすぎないと信じている。百歩ゆずって、神話とはいいきれないと認めるにしても、ジャンヌ・マリーにその能力があるとは思えなかった。なにしろ、その能力を獲得するには、まず第一の必須条件として、天才級のＩＱの持ち主でなければならず、第二の必須条件として、もうひとり、同程度のＩＱの持ち主が必要なのだ。そのふたりが協力して〈意識の統合〉をおこない、〈理想的な友好関係〉をつくりあげて、それを維持していかなければ、その特殊な能力を行使できないのだ。

　夜の帳(とばり)が下りてくるころ、レイモンとジャンヌ・マリーは洞窟にもどった。サン・エルマンを廏舎に入れると、ふたりは洞窟の入り口前に腰をおろして、きらめきはじめた星々を見あげた。時刻どおりに人工の月が地平線上に現われる。あの〝月〟がこの上空に来たときには、一条の月光(ムーンビーム)が宇宙空間の闇を切り裂いて地上に達し、レイモンとジャンヌ・マリーを運び去るのだ。

　レイモンはそのことを考えまいと努力したが、自分にはそうするだけの強い意志の力がないことを思い知っただけに終わった。その夜、眠りにつく前に、レイモンは体内目覚ましを午前二時にセットした。時間ぴったりに目覚めると、彼は暗闇のなかで服を着て、そっとジャンヌ・マリーの寝室に入った。ベッドに淡い光を投げかけている常夜灯のもとで、ジャンヌ・マリーはぐっすり眠っている。レイモンはベッドの支柱に手をのばし、そこに掛けてある弓と矢筒を手に取った、まさにそのとき、ジャンヌ・マリーが寝返りをうち、彼のほうに顔を向けた。彼女がいまにも目を開けるのではないかと気が気でなく、レイモンは身じろぎもせずにその場に凍りついた。だが、彼女のまぶたは閉じたままで、いかにも深い眠りについているらしく、やわらかい寝息が聞こえてくる。ほっとしたレイモンはしのび足で寝室を抜け出すと、居間を通って洞窟の外に出た。

弓と矢は、二体の骸骨が横たわっている窪地に埋めた。もう長いこと、誰かが来た痕跡すらない場所だ。彼が洞窟にもどったころには、〈アンバサドレス〉はちょうど上空に姿を見せていた。蔓のカーテンの前にすわりこみ、迎えを待つ。

ほどなく一条の月光が見えた。月光は流星のように下へ下へと降りてきて、〈妖精の森〉のほうに向かってくる。と思うまもなく、伝えておいた座標に入った。小型シャトルは小川の土手の花野に着陸した。

透明なナセルが開き、パイロットが降りてきた。レイモンに気づくと、近づいてきて、手を貸そうかといった。「いや、だいじょうぶだ」レイモンは立ちあがって廏舎に行き、つながれているサン・エルマンを解き放った。「さよなら」黒馬の尻を軽くたたく。「ジャンヌ・マリーもぼくもいなくなるんだよ。もう帰ってこないと思う」

廏舎を出て、ジャンヌ・マリーの洞窟にもどる。寝室に入ると、くぐもったすすり泣きが聞こえたような気がしたが、空耳だったようだ。というのも、ジャンヌ・マリーはすやすやと眠っていたからだ。ジャンヌ・マリーの肩をそっと揺する。彼女の肌がひどく冷たくて、なめらかなのに驚く。「ジャンヌ・マリー、起きて、服を着て」目を覚ました彼女にいう。

「なにかあったの、レイモン?」そして、はっと気づいた。「あたしの弓はどこ? あたしの矢はどこ?」

「なにも訊かないでくれ、ジャンヌ・マリー。ぼくを信じて、ぼくのいうとおりにするんだ。ぼくを信じてるよね?」

常夜灯のほのあかりでは、ジャンヌ・マリーの表情が読みとりにくい。「ええ、レイモン、あなたを心から信じてる」

自己嫌悪にさいなまれながら、レイモンはジャンヌ・マリーの身支度が終わるのを待った。そして彼女を連れて洞窟を出た。ジャンヌ・マリーは小型シャトルを見ると、ようやく事態を呑みこんだらしく、レイモンの手を振り切って逃げようとしたが、しっかりとつかまれている腕をふりほどくことはできなかった。レイモンはジャンヌ・マリーをむりやり小型シャトルに乗せると、彼女の隣の席にすわった。「ごめんよ、ジャンヌ・マリー。いつか、許してもらえたら……」

ジャンヌ・マリーは顔をそむけたきり、なにもいわなかった。

パイロットが操縦席につき、ナセルを閉ざす。小型シャトルはふわりと離陸して〈妖精の森〉の上空に昇ると、またもや一条の月光と化した。

二三五三年九月一〇日
〈アンバサドレス〉より
全乗員に告ぐ／全乗員に告ぐ／全乗員に告ぐ

[案件]
ジャンヌ・マリー・ヴァルクーリの裁判および裁定について。被告人は自然の力をねじまげ、文明戦争の公認武器を補助するものとして利用した罪により告発された。
[事実認定]
①自然の力を人間に対して行使することは、すなわち神の行為を模するものであり、戦時下におけるこのような行為は、先のデイモス会議にて採択された規定に反する。
②被告人の罪はきわめて重く、一般の刑罰にて償うことはできない。
③被告人ジャンヌ・マリー・ヴァルクーリは故意にこの罪を犯したものであり、その責めを負って然るべきである。
④被告人が聞いたと主張している〈声〉に関しては、紀元一八八三年ごろにフランシス・ガルトンなる者の幻聴の記述と酷似しているが、本案件と関連があるとは認められない。

［裁定］
被告人ジャンヌ・マリー・ヴァルクーリは、第十六降下軍団歩兵第九七部隊に対して行使した武器に関する真相、および、それを授与した単数あるいは複数の人物について、本法廷での証言を拒否した罪により、二三五三年九月一一日〇九四五時、〈グリーン〉にて火刑に処す。〈グリーン〉内の小広場に火刑台をすみやかに設置し、被告人を生きながらの火刑に処し、これをラジオ／テレビにて公開し、処刑の姿、その悲鳴を、シエル・ブルーの全家庭に流すものとする。

なお、非番の乗員も全員、これを視聴すべし。

レイモン・ダーシイは慄然（りつぜん）とした。
ジャンヌ・マリーをスミス－コルゴスに引き渡してから、四時間がたった。その間、レイモンは〈グリーン〉をぶらぶらと歩きまわりながら、誰かが彼のことを思い出して〈番犬〉に帰艦する手配をしてくれるのを待っていた。そして木陰にすわって〈妖精の森〉をなつかしく思っていたときに、小広場の大型スクリーンに信じがたい裁定が公示されたのだ。
それを見たとたん、レイモンは、厳重に警備されたオライアダンの執務室になぐりこみ、オライアダンをこの手で殺してやりたいという衝動に駆られた。彼はこの改革者の非情さを、狡知(こうち)を、低く見積もりすぎていた。そして、戦時法は、あらゆる法と同様に、状況や効果を鑑(かんが)みて、施政者の意のままにいかようにも適用されるということを忘れていた。オライアダンにとって、ジャンヌ・マリーはシエル・ブルーの住人たちを屈服させるための、願ってもない道具だった。ジャンヌ・マリーが弓矢の秘密を明かそうが明かすまいが、最初から火刑に処する腹づもりだったのだ。

　しかしレイモンは、憤怒の衝動をからくもこらえた。そんなまねをしても、オライアダンを殺すどころか、自分のほうが殺される羽目になるだけだし、ジャンヌ・マリーにいい結果をもたらすことにはならない。彼にとって唯一の合理的な行動は、全力をあげてジャンヌ・マリーを救出することだ。レイモンはそれを実行することにした。

　幸いに、いま現在、彼は最適の場所にいる。どこかにひそんで、最高のタイミングを待てばいい。〈アンバサドレス〉では、昼と夜が確固としている。毎日一八〇〇時には、日中は〈グリーン〉をうらうらと照らしている人工陽光が自動的に切り替わって、星明かりに似た青白い光となる。そして、同じ時刻に、日中の音響効果だった鳥のさえずりのテープが自動的に切り替わって、虫のすだく音が流れるのだ。レイモンは昼夜が切り替わるときまで待つことにした。ひと目につきにくいあずまやをみつけ、そこに身をひそめて夜を待つことにする。少なくとも、あと十六時間は、彼が〈アンバサドレス〉にいることを誰も思い出さないことを念じながら。

眠らずに、石と化してすわりこんだまま、レイモンは、どうしてこんなにも長いあいだオライアダンの正体を見抜けなかったのか、我ながら不思議でしようがなかった。許しがたい近視眼だ。彼も歴史書ぐらいは読んでいる。ならば、歴史上には数多くのオライアダンがいたことに気づいて然るべきだったのに。鹿皮をまとったオライアダンをはじめとして、チュニック姿の、東洋の衣服の、軍服姿の、苦行用の毛のシャツの、ブルックスブラザーズのスーツ姿の、何人ものオライアダン。その全員が、同種同族といえる。すべてのオライアダンが権力の座に就くために行使した非情さは、その座を守るために行使した非情さに通じる。

〝夜明け〟が近づいてくると、レイモンは作戦に見合う木に登り、下の小道におおいかぶさるように葉むらを広げている枝にひそんだ。三時間と四十五分後、この小道に、艦内監禁室の看守に先導されたジャンヌ・マリーがやってくる。レイモンの作戦とは、ジャンヌ・マリーを奪ってもよりの発着ベイに駆けつけ、緊急脱出用の宇宙機に乗りこんでシエル・ブルーに向かい、〈妖精の森〉に着陸する、というものだった。そして、弓と矢を掘りだし、ジャンヌ・マリーを守る。控えめにいっても、それは大胆きわまりない無謀な作戦だが、チャンスといえるものは、それしかないのだ。

〇七〇〇時になると、大工たちが現われ、小広場に火刑台を作りはじめた。木の柱を立て、その周囲にふつうの薪の十倍の燃焼力がある人工粗朶を積みあげる。大工たちが去ると、ラジオ/テレビスタッフが現われ、中継装置を設置した。そして最後に、艦の整備員たちが現われて、火刑台の真上の〝空〟に穴を開けて強力な換気ファンを取りつけると、二百フィートほどの長さの甲板内用通風パイプを近くの排気閘に接続した。いまや準備はととのい、オートダフェ、すなわち火あぶりの執行を待つだけとなった。

○九〇〇時が近づくと、〈グリーン〉は、オライアダンの顧問、裁定者、ボディガード、参謀、幕僚、秘密警察官、文民統制官、改革軍兵士、情報局員、専属シェフ、愛人、従者、マニキュア師、理容師、そして非番の乗組員たちでいっぱいになった。誰もが恐怖におののいていてもいいはずなのに、そんな気配はかけらもなかった。笑い声に、はしゃぎ声、卑猥なジョーク、いやらしいあてこすりが飛びかっている。改革軍の男が文民統制局の女をつねっている。柳の木の下では、理容師がマニキュア師とこっそりキスをしている。同性愛者の医者は同性愛者の参謀長とおしゃべりに夢中だ。情報局員のひとりは、早くもスコッチのボトルを五分の一も空けている。幸いなる追従屋どもや出世欲の亡者ども。なぜなら、宇宙を受け継ぐのは、彼らだからだ。

レイモンは空腹だし、疲れてもいる。枝にしがみついているせいで、手も足もしびれている。だが、本人はまったくそれに気づいていない。ただひたすらに嫌悪と憎悪しか感じていない。

○九〇〇時を少し過ぎたとき、いつものように、ボディガードの一団に囲まれて、オライアダンが現われた。ボディガードのうち、ふたりは金襴張りの肘掛け椅子を運んでいる。一行は人々のあいだを通り、広場の端まで行った。そこに椅子が置かれる。オライアダンは椅子に腰をおろした。血の色の肩章のついた純白の軍服を着たオライアダンは、長い葉巻をふかしている。

いつのまにか、レイモンの両手の指がまっすぐにのびたかと思うと、死を与える武器の形をとっていた。レイモンはなんとか手の力を抜き、そのまま枝にしがみついていた。彼が遂行すべきただひとつの使命は、ジャンヌ・マリーの救出であって、オライアダンの暗殺ではない。

ようやく〈グリーン〉に静寂が広がった。小道をジャンヌ・マリーがやってきたのだ。愛らしい顔に乱れた明るい茶色の髪がかかり、木々や芝生の緑を背景に、はなやかな色合いの服があざやかに浮き立っている。いつものように素足だ。

彼女の警備は、麻痺銃で武装した、がっしりした体格の看守が三人。その四人が真下にきたとき、すでに膝立ちになってかまえていたレイモンはさっと跳んだ。

しんがりの看守の肩に跳びおりると、くびすじに強烈なカラテチョップをお見舞いする。前にいた看守がふりむく間もないうちに、彼に跳びかかり、後頭部にラビットパンチをくらわせ、小道にたたきつけた。

三人目の看守が麻痺銃の引き金を絞ろうとしている。レイモンはその男の腕をがっしりとつかんだ。腕の骨が折れ、看守の手から麻痺銃が離れた。レイモンは片手でその銃を、もう一方の手でジャンヌ・マリーの手くびをつかんだ。「逃げるぞ!」

驚いたことに、ジャンヌ・マリーはあとずさった。「あなた、どうしてまだここにいるの？　どうして自分の艦に帰らなかったの？」

レイモンの頭の隅っこのほうで、ぼんやりと疑問が湧いた。彼がこの艦の乗員ではないことを、どうしてジャンヌ・マリーが知っているのだろう？　だがいまは、そんなことにかまけている場合ではない。「そんなこと、どうでもいい。行こう！」

「いえ、だめ――あなたはわかってない！」

腹が立ってきたレイモンは、いきなりジャンヌ・マリーを肩にかつぎあげた。ほっそりしているわりに、驚くほど重い。だが、障害になったのは彼女の体重ではなかった――彼から逃れようとする、彼女の必死の抵抗だった。「たのむよ、ジャンヌ・マリー。火あぶりになりたいのかい？」

「ええ、そうよ！」ジャンヌ・マリーはふいに抵抗をやめて、ぐったりした。「でも、あなたにはわかってないし、説明する時間もない。ああもう、どうしよう！」

レイモンはひたすら走った。背後からも、左右からも、叫び声や悲鳴が聞こえる。行く手をさえぎろうと秘密警察官たちがとびだしてきたが、銃をかまえる間も与えずに、レイモンは看守から奪った麻痺銃で彼らを倒した。木々がまばらになってきた。目の前に管理区画と境をなす歩道がある。その歩道を右に折れ、赤いライトの灯った、脱出用宇宙機発着ベイに至る自動通路の入り口まで走る。それに乗ってしまえば、彼も、肩にかついでいる重い荷物も、そのますみやかに目的地まで運んでもらえる。発着ベイに着くと、レイモンはどっしりした非常扉を閉めて、ベイを閉鎖状態にした。この扉が突破されるまでは安全だ。

ベイには十八機の緊急脱出用の宇宙機が自動発射装置の上に並んでいて、先頭の一機は、すでに自動開閉閘の前で待機していた。レイモンは先頭の宇宙機まで行き、ジャンヌ・マリーをコックピットに押しこんだ。つづいて自分も乗りこみ、ナセルを閉じる。前かがみになって操縦装置を調べていると、目の隅に、振りおろされるスパナが見えた。ジャンヌ・マリーがどこでスパナを手に入れたのか、見当もつかない。おそらく、コックピットのシートにあったのだろう。体をひねって避けようとしても、もう手遅れだろう。まさにそうだった。目の前に星々が流れてきたかと思うと、夜空できらめく星々さながらに、明るく燃えあがった。そのあとに闇が押しよせてきた。宇宙空間のように黒い闇が。

以前にも、レイモンはノックアウトされた経験がある。そのため、意識をとりもどしたときに、気絶していたのは、主観的にはほんの一瞬だと思えても、客観的にはもっと長い時間だったのではないかと判断できた。

すばやく周囲を見まわしただけで、その判断は正しいとわかった。

宇宙機は、宇宙という巨大なクリスマスツリーに飾られた、ちっぽけなオーナメントのように、宇宙空間に在る。もっと大きなオーナメントは背後の〈アンバサドレス〉で、さらにそのうしろには、見渡すかぎりでは最大の――いちばん美しい――オーナメント、すなわち、シエル・ブルーがある。

なにがあったのか、簡単に推測できた。スパナでレイモンを殴りつけたあと、ジャンヌ・マリーは自動航行プログラムにしてから自分だけ降りて、レイモンを乗せた宇宙機を発射させたのだ。

なぜだ？　それにどうして、一介の田舎娘にそんな高度な操作ができたのだ？

頭が痛くて、思考もよろけている。それでも、レイモンには最初の疑問の答がわかった。ジャンヌ・マリーは彼に邪魔してほしくなかったのだ。自分がふたたび捕らえられて……火刑にされるために。

これで、また別の〝なぜ？〟にさいなまれる――より重大で、より恐ろしい〝なぜ？〟に。

緊急脱出用の宇宙機の例にもれず、この機にもラジオ／テレビが設置されている。受像装置は〈アンバサドレス〉のチャンネルに合わせてある。あとはスイッチを入れればいい。震える指でスイッチを入れる。

レイモンはすくみあがった。火刑がすでに始まっていたのだ。

無我夢中で宇宙機の前進を停(と)め、方向を転換する。そうしながら、レイモンは自分がやみくもな衝動だけで行動していることも、ジャンヌ・マリーを救うのはもはや不可能だということも、ちゃんと自覚していた。

と、ふいにスクリーンが空白(ブランク)になった。

調整装置をいじってみる。あの恐ろしい光景を見たいからではなく、なぜか、そうしなければならない気がしたからだ。しかし、スクリーンは映像を映しだそうとはしない。ホワイトノイズがちらちらするばかりだ。

　そのときになってようやく、レイモンは宇宙空間がまばゆいばかりに明るいことに気づいた。コックピットの中も明るいが、コックピットから光が発しているわけではない。目をあげて、透明なナセル越しに見てみる……そして、急いでその目をそらした。〈アンバサドレス〉が在ったところに、新星が誕生しつつあった。

　ショックを受けながらも、レイモンは宇宙機の進路を変えた。そのショックは思考回路にも及び、よろけていた思考がしゃんとした。おかげで、これまで考えたこともなかった思考経路をたどることができた。〈妖精の森〉でみつけた二体の骸骨。レイモンはそれをジャンヌ・マリーの頭のなかに聞こえる〈声たち〉と結びつけたのだ。その推論を押し進めてみる——精神現象主義者たちはほんとうに〈思念創造〉能力を開発しただけではなく、その能力を、精神をさらに高度な里程に引きあげる、足がかりにしたのではないだろうか。意識と意志とを理知に集中して、一種の超精神存在（エンズ）に到達し、さらに肉体から〈エンズ〉を離脱させることに成功したのではないか。

　オライアダンが地球の精神現象主義教会を殲滅（せんめつ）したとき、教徒や聖職者たちを放射線銃で殺戮したことは、誰もが知っている。また、致命的な火傷（やけど）を負いながらも、一部の聖職者が、教会が原始的ながらも確固とした地盤を築いていた辺境の星に逃れたことも、誰もが知っている。オライアダンは精神現象主義者たちの目的も意図も破壊しつくしたとみなし、逃げた聖職者たちを追うことはしなかった。

ここまで考えてきて、レイモンはようやくアレクサンダー・ケインという人物が誰なのか――いや、誰だったのか――を思い出した。アレクサンダー・ケインとは、辺境の星に逃れた聖職者のひとりだった――そして、彼の妻プリシラも夫とともに逃れた。

こういった事実の断片を組み合わせれば、なにが起こったのかは容易に推測できる。シエル・ブルーに逃れたアレクサンダーとプリシラは、残り数日の生命だとわかっていた。オライアダンの野望を完膚無きまでにたたきつぶすには、〈エンズ〉に昇華するしかないこともわかっていた。〈エンズ〉になったら、宿主をみつけなければならない。なぜならば、〈エンズ〉は限られた範囲でしか移動できないし、テレパシー能力があるとはいえ、生身の目と耳がなければ、能力を効果的に作動させるのは不可能だからだ。アレクサンダーとプリシラは、ジャンヌ・ダルク伝説を思い出し、ある計画を立てた。ジャンヌ・マリーは理想的な宿主だった。アレクサンダーとプリシラは〈エンズ〉に昇華すると、抜け殻となった肉体を〈妖精の森〉の窪地に放置し、ジャンヌ・マリーの意識に住みついた。そして彼女の守護者となる一方で、計画を実行に移した。まず、助言を与えながら、ジャンヌ・マリーに弓と矢を作らせた。この弓と矢は、真のトロイの木馬――つまり、ジャンヌ・マリー自身――からオライアダンの注意をそらすための、囮の道具だった。アレクサンダーとプリシラはジャンヌ・マリーともども〈アンバサドレス〉に乗りこみ、〈エンズ〉を純粋のエネルギーに変えて爆発を引き起こし、〈アンバサドレス〉を――ジャンヌ・マリーと自分たちもろとも――〈あの世〉へ吹き飛ばす、そのときを待つことにしたのだ。

レイモンはコントロールパネルにつっぷした。その姿勢のまま、長い時間がたった。ときどき、その背に震えが走る。ようやくショックの反動がおさまると、体を起こして自動航行装置に〈妖精の森〉の座標を打ちこんだ。そして、決然として、レバーを〈フルスピード〉に入れた。

レイモンはなぜ〈妖精の森〉にもどる気になったのだろうか。

それは誰にもわからない。第九七部隊を〈豊饒の大河〉に押し流した、あの局地的な豪雨は、けっきょくは〝ジョゼフ・エリモシナリー〟と〝ラシェル・ド・フ〟に引き起こされたにせよ、自分が埋めた弓矢が気になったからだろう。あるいは、もう一度ジャンヌ・マリーの洞窟を訪れ、彼女の持ち物を整理したかったからだともいえる。

どちらにしろ、レイモンはシエル・ブルーにもどるしかなかった。旗艦〈アンバサドレス〉が爆発消滅したため、混乱に陥った艦隊はすぐさま地球に帰っていったからだ。〈妖精の森〉にもどると、レイモンはまっ先に弓と矢を掘り出した。そしてその小さな窪地に着陸した宇宙機をそこに置いたまま、森を抜けて洞窟に向かった。洞窟に入る前に、サン・エルマンの廏舎をのぞいてみたが、中はからっぽだった。

ジャンヌ・マリーの洞窟の中もからっぽだった。もちろん、覚悟はしていたが、胸が締めつけられるような思いで、こぢんまりした風変わりな部屋を次々に見て歩いた。

そっと寝室に入る。からっぽのベッドに目をやる。「ごめんね、ジャンヌ・マリー」そっとつぶやく。

ふと気づくと、一週間前に開けようとして開かなかったクロゼットのドアが、いまは開いていた。しかし、そこはクロゼットではなく、ちゃんとした部屋だった。

いぶかしく思いながら、レイモンは中に入ってみた。寝室によく似たしつらえだ。ベッドがあり、小箪笥があり、化粧台がある。床にはラグが置いてある……ジャンヌ・マリーにはふたごの姉か妹がいるのだろうか？

いや、ふたごの姉か妹ではなく……。

洞窟の外に出たとき、レイモンはすでに真実を悟っていた。朝の陽光のなかを、小川の向こう岸の森から、馬に乗った少女が姿を現わした。レイモンをみつけた少女は小さな太陽のように顔を輝かせ、黒馬をせかして小川を渡った。少女が黒馬の背からすべりおりた、まさにそのとき、レイモンも岸辺に駆けよっていた。サン・エルマン・オショーネシイはうれしそうにいないた。ジャンヌ・マリーも歓声をあげた。「レイモン、もどってきたのね！　ジョゼフとラシェルが行ってしまう前に、あなたはきっと帰ってくるといったけど、あたしは心配だった。でも、ああ、レイモン、またあなたに会えて、ほんとにうれしい！」

そんなつもりではなかったが、レイモンの声は少しもしっかりしていなかった。「なら、怒ってないんだね？　ぼくが、その――」

「あたしのお人形を盗んだこと？　もちろん、怒ってないわ。だって、ジョゼフとラシエルからそれが計画の一部だと聞いてたから――だからこそ、あの夜、ふたりにいわれたとおりに、お人形をあたしのベッドに寝かせ、あたしは秘密の部屋に隠れたのよ。あのお人形がなんなのか、ふたりがなにをするつもりなのか、あたしにはさっぱりわからなかったけど。ねえ――あのふたりも帰ってくる？」

レイモンはくびを横に振った。「いや、帰ってこないよ、ジャンヌ・マリー」

ジャンヌ・マリーの目から涙があふれ、片方の目からこぼれ落ちた涙が頬をころがった。「泣いたりしてごめんなさい。でも、すてきなひとたちだった」

「そうだね。それに、とても勇敢だった」

勇敢。確かにそのとおりだ――が、レイモンが想像していたのとはちがい、ジョゼフとラシェルは全能ではなかった。というのは、爆弾は、彼らが生気を与えた人形だったのだ――彼ら自身が爆発したわけではない。ふたりは起爆装置にすぎなかった。

「ふたりがあたしの頭のなかからいなくなるときに、あたしに約束させたことがあるの」ジャンヌ・マリーは矢を選んで矢筒から引き抜き、その矢をレイモンの右手に持たせた。「あなたがもどってきたら、空に向けて、あなたにその矢を射させる。それもまた計画の一部なんだって。いいえ、そのときは〝計画〟とはいわなかった。〝筋書き〟っていった」

「わかった」レイモンはうなずいた。「やるよ」

レイモンは空に向けて矢を放った。矢は上へ、上へ、どこまでも空高く飛んでいき……いきなりくるっと向きを変えて、今度はまっすぐにレイモンめがけて飛んできた。レイモンはわきに跳んだが、そんなことは問題ではなく、あらかじめ決まっていた標的に達するために、矢のコースが微調整されただけだった。胸に矢が突き立ち、心臓をつらぬかれたのに、レイモンはなにも感じなかった。手で触れてみても、矢はない。

ふいに弓が砕け散って、きれいに消滅した。レイモンの胸に突き立った矢も、矢筒に残っていた矢も、すべて消えてしまった。

レイモンがジャンヌ・マリーに視線をもどすと、そこにいたのは、かわいい少女ではなく、成熟した美しい女性だった――ずっと探しつづけていたのに、どうしてもみつからなかった、まさにその女性。茫然(ぼうぜん)としているレイモンの胸にジャンヌ・マリーがとびこんできて、ふたりはキスを交わした。

〝ジョゼフ・エリモシナリー〟と〝ラシェル・ド・フ〟は、ハッピーエンドを信じていたのだ。

編者あとがき

本書『たんぽぽ娘』は、日本で出版されるロバート・F・ヤングの三冊目の本であり、ぼくが編んだヤングの著作では『ジョナサンと宇宙クジラ』（一九七七）につづく第二弾にあたる。おなじ作者としては、ほかに桐山芳男編『ピーナッツバター作戦』（一九八三）がある。

表題作の「たんぽぽ娘」はヤングの代表作であり、ジュディス・メリル編の年刊ベストで出会って感心し、同人誌〈宇宙塵〉一九六四年三月号に訳して以来のつきあいである。前回は版権の都合で収録を断念したものの、このたびは「たんぽぽ娘」を中心にヤングが遺した二百編近い短編を手にはいるかぎり読みあさり、版権などの制約もなしに自由に選んで、十三編をここに収めた。

ヤングは雑誌専門のSF作家として生涯を終えた人だが、「たんぽぽ娘」がアメリカでちょっぴり評判になったとき、もっと金の稼げる市場へ進出を考えなかったのかどうか、すこし調べてみたことがある。

ヤングが活動をはじめた五〇年代前半は、アメリカではざら紙印刷のパルプ雑誌が滅びる時代にあたり、雑誌の判型も大判から一回り小さいダイジェスト判に変わり、新しい出版形態としてペーパーバックが幅を利かせはじめていた。こうした状況のなかで、ヤングは力量を上げてゆくわけだが、なかでも「たんぽぽ娘」は、大部数を誇る家庭向きスリック（つや紙）週刊誌サタデイ・イヴニング・ポストの一九六一年四月一日号に掲載され、あくる年、メリル編 *The 7th Annual of the Year's Best S-F*（創元版『年刊SF傑作選2』）に選ばれると、雑誌編集者らの推薦によって老舗（しにせ）サイモン&シュスター社から初の短編集 *The Worlds of Robert F. Young*（1965）がハードカバーで出版の運びとなり、デビュー以来十年にして彼はSF界の第一線に躍りでた。

　この時期、ヤングはポスト誌に計四編の作品を発表している。そのうち二つは「たんぽぽ娘」を含むSF、あとの二つは普通小説で、つけ加えるならそのすべてがロマンスものである。しかし、五〇年代後半はパルプ雑誌が終焉（しゅうえん）を迎えるとともに、テレビの普及によってスリック雑誌が大打撃をこうむる時代でもあって、それまで高い稿料の上にあぐらをかいてきたスリック専門の小説家たちの多くは他の分野への転身をせまられていた。カート・ヴォネガットなどもそのひとりで、数年間はペーパーバック作家として苦しい生活を強（し）いられている。

　ヤングにとっても、それは試練の時代であったろう。大きく開いていた市場がとつぜん狭まり、いままでと同様に作品を買ってくれるのはSF専門誌だけになってしまったからだ。もちろんレイディーズ・ホーム・ジャーナル、マドモアゼルとかの婦人雑誌はりっぱに残っていたが、ヤングの作風は手軽にそういう方面に手を伸ばせるほど広いものではなかった。このころのヤングはSF作家としては最高に脂(あぶら)の乗った時期で、「ジョナサンと宇宙クジラ」「リトル・ドッグ・ゴーン」「いかなる海の洞(ほこら)に」などの充実した作品を発表している。ぼくはこれらの作品に注目し、(「たんぽぽ娘」は収められなかったものの)「ジョナサン」を表題作に短編集を一冊編んだが、ほかの国々ではすこし事情が違ったようだ。

ヤングの短編集を編むとき、ぼくが特化したのは、ロマンスもの——というか、彼のボーイ・ミーツ・ガールものである。ほかの作家ならいざ知らず、彼の作品中ずばぬけた出来ばえを見せているのはボーイ・ミーツ・ガールものとそのさまざまなヴァリエーションだったし、それは翻訳者としてのごく自然な選択で、できあがった本にはなんの不満もなかった。

外国でのヤングの扱いについて、不満というより違和感をおぼえはじめたのは、時代が進んだ一九九〇年代にはいってからである。新しいスターがあとからあとから生み出されるアメリカSF界でヤングの人気が盛り上がらないのは当然として、彼にいち早く目をつけ、オリジナル長編 *La quête de la Sainte Grille*(フランスでは聖杯を〝サン・グラール〟というのに対し、車社会風刺もののこの長編では〝聖放熱格子(サント・グリーユ)〟が探索の対象となる)まで書かせたフランスでも、いちばん力強い作品群であるボーイ・ミーツ・ガールものはほとんど注目されていないのだ。フランス人はSFでもなんでもみんな恋愛とくっつけると、デーモン・ナイトがむかし何かの序文でからかっていたけれど、ヤングにかんしてはフランスにおいてもこの〝恋愛偏重〟は見られない。これにはさすがに積み上げてきた自信がぐらついたが、インターネットをちらちらとのぞくうち、《つぎのプロジェクトはロバート・F・ヤングだ》という文章に出くわした。アメリカのネットファンジン *The Thunder Child* で見かけたものだ。ロベール・スービー Robert Soubie というフランス人翻訳家のインタビューで、スービーは三〇年代のSF作家スタンリー・G・ワインバウムの作品をこつこつと訳していたが、ちょうど四冊ほど本ができたところで、《つぎにどんな作家を訳したいか?》と質問を向けられたのだ。

しかし——とスービーはヤングについての問題点を述べている。ワインバウムでは作品がすべてパブリックドメインにはいっていて、楽に手にはいったけれど、ヤングの場合は著作権がどうなっているのかさえわからない……

調べていくうち、フランスでは二〇〇八年(やっと!)、このスービーによって「たんぽぽ娘」が発見されていることがわかった。雑誌 *Lunatique* の78・79合併号で、そこに"La Fille aux Cheveux d'Or"(黄金色の髪の娘)を訳したのち勃然とヤングを訳す計画が頭をもたげてきたらしい。「たんぽぽ娘」がいかに力のある作品だったか、これはぼく自身おぼえがあるし、それまでのフランスでのヤング紹介がどこかおざなりだった理由もこれではっきりした。

ヤングについては、彼が非鉄関係の金属会社の監査人として定年を迎えたことや、終戦直後の日本にいたことなど、その後いろいろ発見があったが、ここでは収録作のいくつかについて解説を加えながら、そのあたりにもふれることにしたい。

本書のなかでは、まず中編「主従問題」について特別の解説が必要だろう。

「主従問題」はアナログ誌発表作としては珍しい、きわめてゆる〜い設定のソフトSFである。ぼくがこの作品を手にとったのは一九八〇年代のなかばだが、ちょうどこの時期に出版されていた石川英輔『亜空間不動産株式会社』（一九八一）のほうが、同種のアイディアを使った作品としては発想も豊かではるかにおもしろく、読み比べて首をひねったおぼえがある。

しかし「主従問題」の価値はたんに設定にあるのではなかった。掲載は一九六二年十一月号。ニューススタンドに出回ったのはその年の十月、まさにキューバ危機の真っ只中である。当時のソ連がキューバにミサイルをひそかに持ち込んでいることが発覚し、ミサイルを撤去するかどうかでケネディとフルシチョフが火花を散らしていたときだ。熱核兵器がいつ頭上に飛来するかわからない状況がせまってきたのだから、アメリカ市民としては〝亜空間〟を通じて別の世界へ逃げ出したい気分だったろう。時事的にもSF的にもこれを利用しない手はない。

アナログ誌の編集長は当時まだジョン・W・キャンベル。さて、切羽つまった状況でこのタイムリーな企画を誰にまかせるかとなったとき、書けると答えたのがロバート・F・ヤングだったのだろう。ヤングは改題まえの同誌に作品が一編採用されただけ。そのころアスタウンディング／アナログは業界のトップ雑誌で、同誌に定期的に採用されることは一流SF作家として認められることだったから、くりかえしのボツにもめげず、ヤングも作品を送りつづけていたにちがいない。「主従問題」は十日足らずで書き上げられ、ヤングはめでたくアスタウンディング／アナログ作家の仲間入りをした（結局キャンベル時代、四編の作品を売るのに成功している）。

一方、キャンベルのほうもこの企画によほど思い入れがあったのだろう、それまで同誌に絶対載ることのなかったとっておきのアイディアをヤングに提供し、便宜をはかっている。そのアイディアとは何か――それをこのあとがきで明かすわけにはいかない。「荒寥（こうりょう）の地より」は遺作である。ヤング夫人が遺稿とともにF&SF誌に寄せた手紙によれば、夫は死の前日までつぎの作品の準備をしていたという。その意味で、ヤングの死が夫人にとってもきわめて唐突だったことがわかる。しかし作品を読んでいくと、その数年まえから、彼の書くものには死の影が色濃くにじみでていた。この遺作にしても八〇年代のどこか物足りない作品群のなかでは、著しく気合いのはいった力作で、まるで彼が間近にせまる死を予感していたかのようだ。

「神風」もおなじく晩年に近いころの作品である。アイディアの出所はたちどころに察しがつく。背景には退職後の校務員生活があり、女子生徒に手をふれてはいけない、ふれたら、そのとたんすべてが終わるという状況のメタファーだ。しかし、そうした下世話な詮索とは関係なく、主人公と若い女性とのふれあいはヤングの独壇場であり、この時期の作品のなかではひときわみずみずしく痛切な印象を残している。

「最後の地球人、愛を求めて彷徨す」――邦題は大仰ながら、いちおう原題の忠実な翻訳である。発表年が七〇年代前半であることからもうかがえるように、当時アメリカSF界を席巻していたニュー・ウェーブ運動に影響された作品で、時代を現代にとり、現実と幻想の微妙な境界を踏み分けながら物語は進んでゆく。語り手は独身だが、その点を除けば、この人物は作者に案外近いかもしれない。

「第一次火星ミッション」はエドガー・ライス・バローズ《火星シリーズ》へのオマージュである。八本脚の怪獣に乗った美女が〝火星のプリンセス〟デジャー・ソリスであることは、指摘するまでもあるまい。

「スターファインダー」は同題の長編の抜粋である。原題がまったく異なっているように、このパートは長編より十年早く、独立した短編として発表された。メルヘンタッチの前作「ジョナサンと宇宙クジラ」では、クジラの形状はぼかされていたが、今回はコンセプトを組み直した上での再出発で、ストーリーもまったく違うものになっている。

さてここで、重要なことを書かなければならない。それはヤングの長編小説のことである。

わが国で「たんぽぽ娘」が高い評価を受けたのは、この作品が日本人の感性にうまく合うところがあったからだろう。読者を選ぶ作家ではあれ、いったんヤングが好きになった人間は、短編でこれだけの出来ばえなら、長編はどれほどすばらしいだろうと夢をふくらませる。しかし短編の延長で長編を読むことはお勧めできない。というのは、ヤングの短編に初期からほの見え、いいスパイスとなっていた〝少女愛〟――その傾向が年を追って顕著になり、余計なものまで取り込まれるようになったからである。（前述の〝聖放熱格子〟は未読なのでこれは除いて）第二長編 *Starfinder*（1980）は、出版されて数年後、女性差別的な内容だという風評が立った。本書に「スターファインダー」の訳題で収録した短編は、プロローグにつづく場面で、この長編の第一章にあたる。ここでのアルテア人女性のエピソードは、彩り程度のものだが、長編全体を読むと少女愛ばかりが目立ち、それとは対照的に成熟した女性への憎悪が前面に押し出されてくるのだ。

　他の長編もいちおう読んでみた。たとえば、SFマガジン掲載の「真鍮の都」（山田順子訳）はなかなか面白いアラビアン・ファンタジーで、機会があればつぎのヤングの短編集に収めたいと思っているが、その中編を加筆した *The Vizier's Second Daughter*（1985）は、十五歳のアラブの少女といちゃいちゃしているだけでページが過ぎてゆき、原形にあったファンタジーのアイディアさえ活かしきれていない（二〇一四年に創元SF文庫より『宰相の二番目の娘』として邦訳された）。

結論として、ヤングの長編について断言できることは「すべて壊れている」――なのである。

ところで、水準がいまひとつだったので本書に収録されてはいないけれど、ヤングには日本女性の登場する作品がいくつかある。お読みになりたいなら、長編 *Starfinder* がてっとりばやいだろうか。そのプロローグに、主人公の相棒としてナイシノスケという女性が登場する（といっても、ヤングの記憶はあまりたしかではなく、作中の表記は Naishi No-Kue だが……）。ナイシノスケは漢字で表わせば「典侍」――源氏物語の桐壺(きりつぼ)その他に出てくる高級女官らしい。別の作品では、永遠の女性をさがし求める主人公が、銀河系の惑星ニュー・トーキョーに立ち寄るエピソードでヒサコという名前が言及される。ヒサコは明らかに娼婦であり、また宇宙船の名前でキヨミも登場する。調べていくと、ヤングは名古屋でＭＰ（憲兵）をしていたという新情報が発掘できた。文庫『ジョナサンと宇宙クジラ』カバーの著者紹介にある「太平洋戦争に従軍した3年半」という〝空白期〟、ヤングはなんと駐留軍として戦争直後の日本に来ていたのだ。彼の作品に登場する日本女性の名前には二つの種類があり、このうちナイシノスケやコジジュウ（小侍従、これも源氏物語）とニックネームで登場するのは駐留軍関係の施設に勤めていた女性がモデルかもしれない。

ヤングと外国とのかかわりは、フランスとこの日本しか知られていない。なんにしても、日本人の〝平たい顔〟はヤングの美の範疇（はんちゅう）に入らなかったらしく、女性のきびきびした動きの描写はあっても、美しいという形容詞にはあまり結びつかなかったようである。つぎに計画しているヤングの第三短編集では、こうした日本とかかわりのある作品をもうすこし真剣に再読しなければと考えている。

二〇一三年五月

伊藤典夫

収録作原題・初出一覧

「特別急行がおくれた日」The Day the Limited Was Late (*F&SF*, 1977/3)

「河を下る旅」On the River (*Fantastic Stories of Imagination*, 1965/1)〈SFマガジン〉二〇一二年七月号

「エミリーと不滅の詩人たち」Emily and the Bards Sublime (*F&SF*, 1956/7)〈SFマガジン〉一九八四年十二月号

「神風」Divine Wind (*F&SF*, 1984/4)

「たんぽぽ娘」The Dandelion Girl (*The Saturday Evening Post*, 1961/4/1) 同人誌〈宇宙塵〉一九六四年三月号→風見潤編『たんぽぽ娘　海外ロマンチックSF傑作選2』(集英社文庫コバルトシリーズ、一九八〇)→文藝春秋編『奇妙なはなし　アンソロジー人間の情景6』(文春文庫、一九九三)→〈SFマガジン〉二〇〇〇年二月号／井上一夫訳、ジュディス・メリル編『年刊SF傑作選2』(創元推理文庫、一九六七)→『栞子さんの本棚　ビブリア古書堂セレクトブック』(角川文庫、二〇一三)

「荒寥の地より」What Bleak Land (*F&SF*, 1987/1)

「主従問題」The Servant Problem (*Analog Science Fact-Science Fiction*, 1962/11)

「第一次火星ミッション」The First Mars Mission (*F&SF*, 1979/5)

「失われし時のかたみ」Remnants of Things Past (*F&SF*, 1973/4)〈SFマガジン〉一九七四年三月号

「最後の地球人、愛を求めて彷徨す」Adventures of the Last Earthman in Search for Love (*Amazing Stories*, 1973/6)

「11世紀エネルギー補給ステーションのロマンス」Romance in an Eleventh-Century Recharging Station (*F&SF*, 1965/5)　〈SFマガジン〉二〇一二年一月号

「スターファインダー」Starscape with Frieze of Dreams (*Orbit* 8, 1970)

「ジャンヌの弓」L'Arc De Jeanne (*F&SF*, 1966/1)　室住信子訳、〈SFマガジン〉一九八四年一月号

＊初出誌のうち、*The Magazine of Fantasy and Science Fiction* は *F&SF* と略記。

＊既訳がある場合はその掲載誌・収録書を併せて記し、本書とは異なる訳者によるものには訳者名も付した。

ロバート・F・ヤングについて

ロバート・フランクリン・ヤング（Robert Franklin Young）は、一九一五年六月八日、ニューヨーク州シルヴァークリークに生まれた。

SF作家ヤングにとっての主な活躍の場のひとつ、〈F&SF〉誌の一九六四年十月号に「いかなる海の洞に」が掲載された際、編集部による作品紹介とともに、ヤングがみずからを語った貴重な一文が掲げられている（以下、引用はこの一文より。〈SFマガジン〉一九七二年六月号「ロバート・F・ヤング特集」解説中に全文が訳出されている）。

「わたしは四十七歳、身長五フィート九インチ、眼鏡をかけている。共和党支持者として育てられたが、同一党派に二度続けて投票したことはほとんどない。妻とのあいだにもうけたひとり娘はすでに結婚して、八カ月の孫がいる。わたしたち夫婦の家は、エリー湖から数百フィートと離れていないところに建っている。晴れた日には、生垣にかこまれたフロント・ポーチの窓――わたしの仕事机はその窓に面しているのだが――から、カナダが見える」

SF作家を志したきっかけとして、ヤングは子どものころの読書体験を三つあげている。ひとつめは《ターザン》シリーズや《火星》シリーズなどエドガー・ライス・バローズ、ふたつめはH・G・ウエルズ。

「わたしの野心を燃えあがらせた第三の火花は、九つか十ぐらいのころ、〈ボーイズ・ライフ〉誌か〈アメリカン・ボーイ〉誌のどちらかで読んだある短編小説である。テーマが四次元であったこと以外、その内容はほとんど覚えていないが、それによって、わたしは初めて真のセンス・オブ・ワンダーというものに目覚めた。昔ほどではなくなったが、わたしはいまだにそのセンス・オブ・ワンダーにとりつかれており、将来もそうありたいと願っている」

ハイスクールを卒業後、大学には進学しなかったが不況のため定職も得られず、年間六カ月以上も休業状態の工場に勤めながら、余暇の大半はジャンルを問わずに本ばかり読んですごした。

一九四一年に結婚。翌年に長女が生まれる。まもなく陸軍に入隊し、第二次世界大戦で太平洋に従軍した。戦後、進駐軍のMPとして日本の名古屋に赴任した。

三年半で除隊した後、地元の鋳造（ちゅうぞう）工場や製鋼所などでさまざまな現場仕事をおこないながら、三十三歳のとき執筆をはじめる。なかなか作品は売れなかったが、〈スタートリング・ストーリーズ〉一九五三年六月号に"The Black Deep Thou Wingest"が掲載され、三十七歳でデビュー。「作家こそ、わたしが最初に本心から志したたったひとつの職業なのである」

その後はコンスタントに作品が売れつづけ、SF誌を中心に、〈サタデー・イヴニング・ポスト〉や〈プレイボーイ〉、〈コリアーズ〉など家庭誌や一般誌にも寄稿し、毎年十作前後の短編を発表していく。

一九六〇年代後半にはいると非鉄関係の金属会社の監査人としてフルタイムで勤務するようになり、平日の夜と週末のみを執筆時間にあてた。定年退職後は地元バッファローの学校法人で校務員を十年間ほどおこなっていた。

三十年以上の作家活動で発表された短編は、十数作の普通小説を含めて約二百作。六〇年代に二冊の短編集が編まれている。六五年、「リトル・ドッグ・ゴーン」がヒューゴー賞短編小説部門にノミネートされる。八〇年代には四作の長編を単行本として刊行(長編はそのほか一九七五年にフランスでフランス語版の単行本が刊行されている)。長編 *The Last Yggdrasill* は刊行後にディズニー社が映画化権オプションを高額で取得したが、映画化は実現しなかった。

一九八六年六月二十二日、逝去。享年七十一。ヤングの妻によれば、ヤングは死の前日まで次作の準備をしていたという。太平洋戦争に従軍した三年半を除き、ほぼ生涯にわたって生まれ故郷を離れることはなかった。

(文責:河出書房新社編集部)

著作リスト

●短編集

1 *The Worlds of Robert F. Young*, 1965

2 *A Glass of Stars*, 1968

3 *Memories of the Future*, 2001 電子書籍版のみ。

4 *The House That Time Forgot and Other Stories: The Best of Robert F. Young, Vol. 1*, 2011

●長編

1 *La quête de la Sainte Grille*, 1975 "The Quest of the Holy Grille" (1964) をもとに長編化。フランス語版のみ。

2 *Starfinder*, 1980　「スターファインダー」他の宇宙クジラものの短編を集めて長編化。

3 *The Last Yggdrasill*, 1982　「妖精の棲む樹」（深町眞理子訳、中村融編『黒い破壊者　宇宙生命SF傑作選』創元SF文庫）をもとに長編化。

4 *Eridahn*, 1983　『時が新しかったころ』中村融訳、創元SF文庫（二〇一四）。「時が新しかったころ」（市田泉訳、中村融編『時の娘　ロマンティック時間SF傑作選』創元SF文庫）をもとに長編化。

5 *The Vizier's Second Daughter*, 1985　『宰相の二番目の娘』山田順子訳、創元SF文庫（二〇一四）。「真鍮の都」（山田順子訳、中村融編『時を生きる種属　ファンタスティック時間SF傑作選』創元SF文庫）をもとに長編化。

●日本オリジナル編集による短編集

1『ジョナサンと宇宙クジラ』伊藤典夫編訳、ハヤカワ文庫SF（一九七七）。↓新装版（二〇〇六、久美沙織による解説を追加）。収録作は、「九月は三十日あった」「魔法の窓」「ジョナサンと宇宙クジラ」「サンタ条項」「ピネロピへの贈りもの」「雪つぶて」「リトル・ドッグ・ゴーン」「空飛ぶフライパン」「ジャングル・ドクター」「いかなる海の洞（ほこら）に」の全十編。

2『ピーナツバター作戦』桐山芳男編、青心社SFシリーズ（一九八三）。↓新装版（二〇〇六、堺三保による解説を追加）。収録作は、「星に願いを」「ピーナツバター作戦」「種の起源」「神の御子」「われらが栄光の星」の全五編。

3『たんぽぽ娘』伊藤典夫編、河出書房新社　奇想コレクション（二〇一三）。↓河出文庫（本書）。

本書は河出書房新社〈奇想コレクション〉の一冊として、
二〇一三年五月に刊行されました。

たんぽぽ娘

二〇一五年 一 月二〇日 初版発行
二〇二三年一〇月三〇日 7刷発行

著者 R・F・ヤング
編者 伊藤典夫
訳者 伊藤典夫／深町眞理子／山田順子
発行者 小野寺優
発行所 株式会社河出書房新社
〒一五一-〇〇五一
東京都渋谷区千駄ヶ谷二-三二-二
電話〇三-三四〇四-八六一一（編集）
〇三-三四〇四-一二〇一（営業）
https://www.kawade.co.jp/

ロゴ・表紙デザイン 粟津潔
本文フォーマット 佐々木暁
本文組版 株式会社キャップス
印刷・製本 TOPPAN株式会社

Printed in Japan ISBN978-4-309-46405-3

さようなら、いままで魚をありがとう

ダグラス・アダムス　安原和見〔訳〕　46266-0

十万光年をヒッチハイクして、アーサーがたどり着いたのは、八年前に破壊されたはずの地球だった‼　この〈地球〉の正体は⁉　大傑作ＳＦコメディ第四弾！……ただし、今回はラブ・ストーリーです。

最後のウィネベーゴ

コニー・ウィリス　大森望〔編訳〕　46383-4

犬が絶滅してしまった近未来、孤独な男が出逢ったささやかな奇蹟とは？　魔術的なストーリーテラー、ウィリスのあわせて全12冠に輝く傑作選。文庫化に際して１編追加され全５編収録。

ハローサマー、グッドバイ

マイクル・コーニイ　山岸真〔訳〕　46308-7

戦争の影が次第に深まるなか、港町の少女ブラウンアイズと再会を果たす。ぼくはこの少女を一生忘れない。惑星をゆるがす時が来ようとも……少年のひと夏を描いた、ＳＦ恋愛小説の最高峰。待望の完全新訳版。

どんがらがん

アヴラム・デイヴィッドスン　殊能将之〔編〕　46394-0

才気と博覧強記の異色作家デイヴィッドスンを、才気と博覧強記のミステリ作家殊能将之が編んだ奇跡の一冊。ヒューゴー賞、エドガー賞、世界幻想文学大賞、ＥＱMM短編コンテスト最優秀賞受賞！　全十六篇

フェッセンデンの宇宙

エドモンド・ハミルトン　中村融〔編訳〕　46378-0

天才科学者フェッセンデンが実験室に宇宙を創った！　名作中の名作として世界中で翻訳された表題作の他、文庫版のための新訳３篇を含む全12篇。稀代のストーリー・テラーがおくる物語集。

とうに夜半を過ぎて

レイ・ブラッドベリ　小笠原豊樹〔訳〕　46352-0

海ぞいの断崖の木にぶらさがり揺れていた少女の死体を乗せて闇の中を走る救急車が遭遇する不思議な恐怖を描く表題作ほか、ＳＦの詩人が贈るとっておきの二十二篇。これぞブラッドベリの真骨頂！